山 海 见 证

——作家笔下的扶贫开发"宁德模式"

宁德市文学艺术界联合会　编

海峡出版发行集团　海峡文艺出版社
THE STRAITS PUBLISHING & DISTRIBUTING GROUP　Haixia Literature & Art Publishing House

图书在版编目(CIP)数据

　　山海见证:作家笔下的扶贫开发"宁德模式"/宁德市
文学艺术界联合会编. －福州:海峡文艺出版社,2020.12
(2021.9重印)
　　ISBN 978-7-5550-0930-6

　　Ⅰ.① 山…　Ⅱ.① 宁…　Ⅲ.①中国文学－当代文
学－作品综合集　Ⅳ.①I217.1

　　中国版本图书馆 CIP 数据核字(2020)第 252952 号

山海见证
——作家笔下的扶贫开发"宁德模式"

宁德市文学艺术界联合会　编

责任编辑　朱墨山　林　颖
出版发行　海峡文艺出版社
经　　销　福建新华发行(集团)有限责任公司
社　　址　福州市东水路 76 号 14 层　　　**邮编**　350001
发 行 部　0591－87536797
印　　刷　福建东南彩色印刷有限公司　　　**邮编**　350008
厂　　址　福州市金山浦上工业区冠浦路 144 号
开　　本　720 毫米×1000 毫米　1/16
字　　数　215 千字
印　　张　16
版　　次　2020 年 12 月第 1 版
印　　次　2021 年 9 月第 2 次印刷
书　　号　ISBN 978-7-5550-0930-6
定　　价　96.00 元

如发现印装质量问题,请寄承印厂调换

前　言

三都澳千帆竞发，鸾峰桥旧貌新颜。短短几年，宁德靓丽了，宁德繁荣了。

曾几何时，宁德一度被称作中国东南沿海"黄金断裂带"。1985年，闽东地区农民人均纯收入仅 329.65 元；9 个县中有 6 个县被认定为国家级贫困县，120 个乡镇中有 52 个被列为省级贫困乡镇。脱贫致富是闽东人民梦寐以求的夙愿。

为摆脱贫困，改革开放以来，宁德党委、政府一任接着一任干，集各方之智啃"硬骨头"，创造了闻名全国的脱贫攻坚"宁德模式"，为党和人民交出了一份最美答卷，被誉为"中国特色扶贫开发道路的典范"，吸引了老挝、柬埔寨、越南等国家政党考察团前来学习考察。

尤其是习近平同志在宁德工作期间，坚持把摆脱贫困摆上重要位置，大力倡导"弱鸟先飞、滴水穿石"闽东精神，组织"经济发展大合唱"，大念"山海田经"，推广"种养加"，推动工业、农业两个轮子一起转，基本解决绝大多数贫困户的温饱问题。

到了 20 世纪 90 年代，宁德抓住国务院批准闽东为"开放促开发扶贫综合改革试验区"机遇，精心组织实施"八七扶贫攻坚"，并在全省率先开展"造福工程"，采取"抓两头带中间"的超常规发展措施，顺利摘掉"连片特困地区"和 6 个"国定贫困县"的帽子。

新世纪以来，宁德以全面建成小康社会为奋斗目标，坚持开发式扶贫方针，全面组织实施整村推进、小额信贷、造福工程搬迁等扶贫工程。仅第一个十年，全市就有 25.68 万人实现脱贫。

近年来，宁德市委、市政府坚持以习近平新时代中国特色社会主义思想为指导，认真落实中央和省委相关会议部署要求，紧扣全面建成小康社会目标任务，坚持稳中求进工作总基调，坚持新发展理念，坚持以供给侧结构性改革为主线，坚持以改革开放为动力，推进高质量发展落实赶超，深入实施"一二三"发展战略，更是把脱贫攻坚作为第一重点民生工程来抓。

为扎实实施好这一重点民生工程，宁德市先后建立健全了精准扶贫领导责任、一线帮扶、政策保障、财力投入、督查考评、执纪监督等工作机制，大力弘扬"四下基层""四解四促"等工作方法，通过党建引领，发展产业，聚力民生，维护生态，大胆创新等举措，脱贫攻坚取得历史性成就。截至 2019 年底，全市 7.2 万建档立卡贫困户全面脱贫，453 个贫困村和古田、屏南、寿宁三个省级扶贫开发工作重点县实现"摘帽"，柘荣、周宁两个省级扶贫开发工作重点县达到退出标准，确保我市在 2020 年，同全国、全省一道全面建成小康社会。

为记录宁德市脱贫攻坚感人事迹，日前，市委宣传部、市文联组织市作协、音协、摄协和《宁德文艺》编辑部等单位联合开展"决战脱贫攻坚·决胜全面小康"主题系列采风活动。市文联还面向全市征集文学作品，旨在引导作家深入生活、深入一线，感受我市脱贫攻坚的伟大成就，以艺术视角见证闽东蜕变，讲好闽东故事、记录时代进程，为子孙后代留下这一波澜壮阔的历史足迹。

梦想升腾，天地日新。全面建成小康社会的征程上，我们同行，我们奋飞。

编 者

2020 年 10 月

目 录 / CONTENTS

向贫困诀别　向振兴出发

◎ 郑雨桐

盛夏时节，雨后初霁。

闽东大地，历经风雨洗涤，犹如一卷铺展的水墨画，风情正浓，正如历经艰苦磨砺，方兴未艾。

无论是生机蓬勃的广袤田地，宽敞笔直的乡间大道，还是崭新别致的农家别墅，仿佛都是缀于山海间的瑰宝，又似沉淀于时光中的印记，总在风过时诉说种种过往。

2020年，是决胜全面建成小康社会、决战脱贫攻坚之年，站在这一重大历史节点上回望，忆绪万千——

早些年，宁德（俗称闽东）在人们的印象中便是5个字，"老、少、边、岛、贫"，曾一度被称作东南沿海"黄金断裂带"，经济总量长期处于全省下游。20世纪80年代，宁德更是被国务院认定为全国18个集中连片贫困地区之一。

贫困的味道有多苦，只有经历的人才深知。那颠簸在温饱边缘的忐忑、那挣扎于颗粒无收的无助、那无力于治病的绝望，倒映在那一双双麻木的双眼，如刀子一般割过你的眼眸。

有些，不是封存于历史书的陈旧往事，而是早些年笔者亲眼看见的场景。那个瞬间，你或许才知道，"摆脱贫困"4个字，究竟有着怎样沉甸甸的分量。

无惧自然的莫测，无惧形势的多变，世界上没有哪一个国家，但中国，敢下如此大决心、采取如此多举措，在这么短的时间内帮助这么多人脱贫。这份沉甸甸的"成绩单"，得益于中国共产党的领导、社会主义制度的优越性，也得益于全国上下齐心协力、艰苦奋战。

在这样的大背景下，过去30多年来，宁德始终遵循"因地制宜、分类指导、量力而行、尽力而为、注重效益"的指导思想，集各方之智啃"硬骨头"，举全市之力决战脱贫，不仅实现了77万多人的顺利脱贫，更是成功从"黄金断裂带"华丽转身"黄金发展带"，在闽东大地上留下了可歌可泣的壮丽篇章！

弱鸟先飞，摆脱贫困志高远

闲时，市委宣传部原副部长、闽东日报社原总编辑王绍据总爱在山水间奔波，看着一个又一个乡村幸福嬗变。

被尊称为"扶贫活地图"的他，对宁德乡村满是情怀。乡间逸事，总融在他笔下，酿出浓浓思绪。

20世纪80年代，全国农村形势大好，各级新闻传媒大量报道各地涌现的"万元户""亿元村"的消息，一时间让人们产生了农村都富起来的错觉。

可出身贫苦的王绍据知道，摆脱贫困并非易事，尤其对于基础相对薄弱的宁德而言。在听得一些传闻后，1984年5月15日，他决定只身徒步往返36华里，深入福鼎市磻溪镇赤溪村下山溪自然村，了解基层最真实的情况。

呈现在他眼前的，不是"万元""亿元"，而是群众食难果腹、衣难蔽体、屋难遮雨的艰难处境。他渴望惊喜，却只有惊愕。

那晚，他彻夜难眠，一个字、一个字写下对贫困的不甘，一篇题为"穷山村希望实行特殊政策治穷致富"反映穷山村情况的文章跃然纸上。

闽东人民是有梦想的，从王绍据身上便可看出——一个"治"，一个"致"，望的是彻底"拔"出穷根，盼的是彻底迎头赶上。他怀着忐忑和憧憬，将稿子向有关媒体投稿。

受自然条件、历史条件的制约，脱贫之路异常艰难坎坷，可长久以来，党委政府从未放弃对贫困群众的关心关怀。这篇稿子，一石激起千层浪。

当年6月24日，《人民日报》在头版显著位置，以来信形式刊《穷山村希望实行特殊政策治穷致富》，并配发题为"关怀贫困地区"的评论员文章，引起全国各地的强烈反响。

同年9月，中共中央、国务院颁发了《关于帮助贫困地区尽快改变面貌的通知》。一场规模广大的扶贫开发活动，就这样如火如荼、旷日持久地进行到今天。

党委政府倾心帮扶，得到帮助的贫困群众也"不甘示弱"。那份对摆脱贫困的坚决和顽强，化作一双双腾飞的"羽翼"，向天空宣誓着腾飞的决心。

还是那片山、那片水，赤溪村如今已发生翻天覆地的变化——

30多年里，赤溪村历经十年"输血"就地扶贫、十年"换血"搬迁扶贫、十年"造血"产业扶贫，真正"拔"出了穷根。农民年人均纯收入从1984年166元，增长到2019年22698元。村集体收入也从当年的负债10多万元增加到130万元。

赤溪村头有一块大石头，上面刻着"中国扶贫第一村"几个大字。望着那刻在石头里的记忆，王绍据的眼眸里揉着笑，正如赤溪村那千万般笑容。

习近平同志曾用"弱鸟"形容贫困的闽东，并指出，弱鸟可望先飞，至贫可能先富，但能否实现"先飞""先富"，首先要看我们头脑里有无这种意识。

事实上，每个人都有对未来的憧憬和渴求，可受历史和地域的限制，闽东人民如笼子里的鸟，看得到天空，找不到出路。弱鸟，如何先飞？

恰时，各级党委政府伸出了那双"有形的手"，牵着贫困群众前往"共同富裕"的未来——笔者想，这就是扶贫的意义所在，是引领，是谋划，是携手，但最关键的，仍是共同前行，仍是不懈腾飞。

一方水土，育一方人。闽东的高山和大海，养育出闽东人民的挺拔和不息。你看那土壤里滴下的汗水，你看那渔船上晒出的黝黑，无一不映射着对生活的倔强。

30多年来，宁德这只"弱鸟"，始终没有放弃"先飞"的梦想，那双扑棱的"翅膀"，坚定而顽强地扇动着——

1985年，闽东地区农民人均纯收入仅329.65元，为全国水平的83%，其中收入低于160元、徘徊在温饱线上的农村贫困人口就达77.5万；9个县中有6个县被认定为国家级贫困县，120个乡镇中有52个被列为省级贫困乡镇。

20世纪80年代中后期，宁德脱贫攻坚主要以解决温饱为基本任务，尤其是习近平同志在宁德工作期间，坚持把摆脱贫困摆上重要位置，大力倡导"弱鸟先飞、滴水穿石"的闽东精神，组织"经济发展大合唱"，大念"山海田经"，推广"种养加"，推动工业、农业两个轮子一起转，基本解决绝大多数贫困户的温饱问题。

到了20世纪90年代，宁德抓住国务院批准闽东为"开放促开发扶贫综合改革试验区"的机遇，精心组织实施"八七扶贫攻坚"，并在福建省率先开展"造福工程"，采取"抓两头带中间"的超常规发展措施，顺利摘掉"连片特困地区"和6个"国定贫困县"的帽子。

2000年以来，宁德主要以全面建成小康社会为奋斗目标，坚持开发式扶贫方针，全面组织实施整村推进、小额信贷、"造福工程"搬迁等扶贫工程。仅新世纪第一个十年，全市就有 25.68 万人实现脱贫。

近年来，宁德更是把脱贫攻坚作为第一民生工程来抓，坚持因地制宜、精准施策，实现宁德全市建档立卡贫困户全部清零，建档立卡贫困村和省级扶贫开发工作重点县全部摘帽。

抓住每一个机遇，翻过每一个坎坷，宁德从未放弃过对摆脱贫困的梦想，从未停下追逐幸福生活的脚步。

"弱鸟"，终于张开了腾飞的羽翼！

滴水穿石，一张蓝图绘到底

2020 年 3 月，在决战决胜脱贫攻坚座谈会上，习近平总书记的一番话，掷地有声——

"到 2020 年现行标准下的农村贫困人口全部脱贫，是党中央向全国人民做出的郑重承诺，必须如期实现。"

脱贫，哪怕当前面对疫情的影响，也要坚决实现脱贫！这不仅是党中央的庄严承诺，更是各级党委政府为之奋斗的目标。

可贫困之因，或积沉已久，或难以为抗，脱贫，谈何容易，何以破局？

滴水，可以穿石！在宁德，扶贫的接力棒，传了一任又一任，接了一级又一级，没有一个人轻言放弃。

摄影家丁立凡的镜头里，装满了连家船民"上岸"的故事，那一点一滴的笑容，是照片最美的元素。

"从打地基，到入住，再到就业，凝聚了太多太多人的心血。"每每翻阅照片，他的心里总是充满感动。

"一条破船挂破网,祖孙三代共一舱。捕来鱼虾换糠菜,上漏下漏度时光。"1997 年以前,福安市下白石镇下岐村有名无实。全村 700 多户船民祖祖辈辈以讨小海为生,一条小木船就是几代人的家,"家连着船,船连着家",被称为"连家船民"。

1 条船 9 人住的"蜗居"生活,村民江五全忘不了——每条船长 15 米,宽不足 2 米,连转个身都难。如果碰到台风天,全家人常常一夜无眠,睁眼到天明,生怕船出现意外。

老船民在海上漂了大半辈子,生活很苦,还落下一身病;到老年时常常贫病交加,老无所依,有痛只能忍着,有泪只能往肚里流。因为贫穷,岸上还流传着"有女莫嫁船上汉"的民谚,许多年轻船民打光棍。

一把辛酸泪,欲语泪先流。船民们都盼着早日结束这样的生活,过上安居生活。家,一个最普通的词,却让连家船民祖祖辈辈魂牵梦萦。

这群人,牵动着党委政府的心。其实,连家船民问题由来已久,也是福建省贫困人口中扶贫难度较大的一个群体。新中国成立后,各级党委、政府多次帮扶,但由于各种因素,问题始终没有彻底解决。

1997 年,习近平同志带队到闽东民族地区调查研究后,向省委建议尽快解决闽东地区"茅草屋"和"连家船"问题。后来,福建开启一场连家船民上岸定居工程。

据下岐村党支部书记郑月娥介绍,在各级党委、政府的关心扶持下,下岐村采取"分期分批,全面搬迁"的办法,兴建了 2 个渔民新村和 6 个渔民安置点,建房 339 栋,将 511 户渔民 2310 人搬迁上岸。

1998 年、2000 年,习近平同志先后两次到下岐村调研连家船民上岸工作,并嘱咐"我们不仅使他们搬上来,住下来,还要让他们富起来,真正安居乐业过上好日子"。

多年来,各级党委政府不仅让连家船民居得其所,更是把连家船民的就业、创业问题记挂在心头。渔民从单一的捕捞业，渐渐扩展到水产养殖业、海上捕捞业、商贸服务业和工程建筑业，生活水平不断提高。

"我们30多名村民成立了建筑工程队，承包各类桩基工程，收入可比以前高太多了！"村里致富带头人江成财念叨着幸福生活的点点滴滴。过去的艰辛，随照片装进了抽屉。

人上岸，心上岸，幸福上岸。居解困，业解困，发展解困。全市2万连家船民搬迁上岸，40多万人造福搬迁，为的是最苦的老百姓，啃得是最难的"硬骨头"。这正是党委、政府滴水穿石、接力扶贫的生动缩影。

一张蓝图绘到底、一任接着一任干，这是宁德扶贫最基本的准则。每一届领导干部，都把脱贫作为最重要的一项工作，坚持不懈抓到位。久久为功，概之谓此。

如今，放眼闽东大地，无论是山林滩涂、田间地头还是车间工厂，都不难看到领导干部们为了贫困户、贫困村奔波忙碌的身影——

郭锡文、梁伟新、金敏、兰斯琦等"市四套班子"领导始终把贫困群众冷暖记挂在心头，数次深入一线"把脉问诊"，实地帮助贫困村、贫困户解决难题。市县两级机关和企事业单位挂钩帮扶贫困村和贫困户，为他们出谋划策找思路。市县乡村四级有关干部走村入户，及时了解贫困群众动态。

挂钩帮扶干部、驻村第一书记、科技特派员、乡村振兴指导员、金融助理、爱心人士……每一个人，都在用自己的方式践行着扶贫的初心，成了那一滴滴穿石的"水"。

这样的"水"，在宁德难以计数，一滴一滴，汇聚成势不可挡的汹涌浪涛，冲击着贫困的屏障。而这样的"水"，不仅强劲，更是精准，每一滴都滴在致贫的"症结"上——

针对住房条件差的群众，通过造福搬迁，让他们搬得出来、住得下来、富得起来；针对因病致贫的群众，出台医疗保险叠加政策，最大限度提高他们的报销比例；针对入学困难的贫困家庭，全程实行每年2000-5000元的差别化补助；对于一些实在没有办法靠自己的努力实现脱贫的，实行政策兜底，做到应保尽保……

滴水，可穿石，是信仰的动力，更是宁德干群同心同德的聚力。摆脱贫困的故事，因每一个人而生动。

山歌海经，因地制宜拔穷根

福建素有"八山一水一分田"之称，田地的稀缺与山海资源的丰厚形成了耐人寻味的对比。

1988年9月，在闽东九县深入调研后的习近平同志，重新梳理了"山"与"海"的辩证法：小农经济是富不起来的，小农业也是没有多大前途的。我们要的是抓大农业。

于是，"靠山吃山唱山歌，靠海吃海念海经"，成了闽东人民决战脱贫的法宝。

蕉城区霍童镇八斗村，过去是穷的代名词。2000年从大石行政村分出来的时候，不仅人均收入低得可怜，只有1540元，更是背着5万多的债务。

"如何摆脱贫困的帽子是我们当时村委会一直考虑的问题。"八都村原党支部书记章金英回想起当时村里的情况一阵唏嘘。

作为老区村，各级党委、政府往往也会有政策、资金扶持，然而这种"输血"式扶贫并无法摆脱八斗村贫困。发展产业、走出大山，成为这些畲民心底的渴望。

希望，一个多美的词。农民把希望，埋到地里，再藏到心里。为何？没人比他们更懂得通往希望之路有多难。

当时听说种植脐橙能赚钱，2002年村民就从外面引进了种植脐橙技术。可这次尝试以失败收尾：种出的脐橙不仅又小且少，而且味道酸，这样一来收益单薄得可怜。

村民始终未曾放弃致富的期盼，果、林、竹、茶，有听说能赚钱的，村民都尝试种植，结果亦不尽如人意。仿佛隔绝于日出的地平线，600多名村民看得见光明，却找不到出路。

所幸，各级党委、政府和社会各界关注到这个艰苦的小山村，不仅帮助他们对接农业专家，手把手教村民种植脐橙；还予以资金扶持，引导他们成立脐橙专业合作社，注册"霍童八斗脐橙"商标，逐步打开市场销路。

山之间，曙光初耀；海之畔，浪花涛涛。

美丽的大海，不仅孕育了大黄鱼、海参、海带、鲍鱼等优质海产品，如今还衍生出海洋旅游、海边民宿等新业态。海的歌，越唱越欢快。

霞浦县三沙镇东壁村，如今的"网红打卡地"，吸引了天南地北的摄影爱好者和游客。大量人流的聚焦，为当地贫困户带来了致富发展的契机。

"通过县、乡、村三级扶贫部门的牵线搭桥，我在家附近的民宿找到了新工作，主要负责打扫卫生、整理房间，每月能领3000元工资。"东壁村村民林阿仙如今脸上常挂着笑容。

随着当地旅游的兴起，林阿仙发展信心越来越足，还养殖了土鸡土鸭销售给游客，并开了一家小卖铺。旅游的繁荣和家庭收入的多元，让已经脱贫的她不再担心自己会返贫。

脱贫攻坚，产业是关键，只有增强贫困户的"造血功能"，发展才具内生动力。在推进扶贫开发中，宁德始终坚持产业优先，注重把扶贫嫁接到产业上，坚定不移走好"大农业"的发展路子。

念好"山海经"，打响"特色牌"。宁德根据山海实际，因地制宜地谋划了茶叶、蔬菜、水果、中药材、食用菌、畜牧业、渔业、林竹花卉和乡村旅游特色"8+1"特色产业发展思路。同时，加强小农户特别是贫困户与现代农业有机衔接探索形成政策推动、龙头带动、能人引路、定制产品、入股分红、旅游增收以及电商扶贫、地标扶贫等8种产业扶贫模式。

在全市产业扶贫的大盘下，各县（市、区）也结合实际找准摆脱贫困的源源"活水"——

福安市通过搭建领导聚合、国企龙头、创业引领、利益联结4个平台，为9.5万农户生产提供强有力的服务，户均增收近3000元；

古田县推行食用菌"县域工厂化"模式，破解产业缺引导、缺资金、缺技术、缺市场、缺规范等难题；

周宁县鼓励当地龙头企业、合作社给贫困户提供绿色通道，送技能、送培训、送岗位，让贫困户变成新型农民；

柘荣县积极创新推广村企合作产业扶贫模式，培育出富溪镇岭后"支部+公司+基地+贫困户"、城郊乡"大学生创业+贫困户"等多种产业扶贫模式；

……

针对每一户贫困户情况不同，宁德还注重"精准"二字，重点开展"一户一增收"产业扶贫行动，使96%以上贫困户都有一项脱贫项目，并按照"缺什么就帮什么"，因户因人施策，一户一策推动，及时有效解决贫困户发展生产遇到的难题。

在一系列行之有效的措施下，摆脱贫困的幸福欢歌家家传唱，响遍山海——农民人均可支配收入实现从1985年的329.65元增至2019年的17804元，真正在脱贫致富的道路上迈开了大步伐！

再启征程，特色振兴扬四海

2019年8月4日，习近平总书记给寿宁县下党乡的乡亲们回信。他在回信中说，得知下党实现了脱贫，乡亲们的日子越过越红火，我非常高兴。向大家致以衷心的祝贺！

下党乡党委书记项忠红得知回信时，感动地难以自抑。脱贫了！终于脱贫了！

下党乡曾因偏远封闭，被戏称为寿宁"西伯利亚"。无公路、无自来水、无照明电、无财政收入、无政府办公场所——下党是福建当时唯一的"五无"乡镇。

31年前的盛夏，时任宁德地委书记的习近平同志从寿宁县城出发来下党，先坐了3个小时的车，到上屏峰村公路不通了，一行人翻山越岭、披荆斩棘，步行2个多小时，从文昌阁旁走下，才到达下党乡的下党村。

31年间，下党乡披荆斩棘、不懈奋斗，策划实施了"下乡的味道"定制茶园，植入"消费扶贫"理念，将原来一家一户零散的茶园进行整合，推出600亩扶贫定制茶园。人均年收入从不到200元增长到1万多元。2018年，下党乡建档立卡的118户贫困户504人全部脱贫。

解决了贫困问题，下党乡并没有停步发展，而是又马不停蹄地踏上乡村振兴的道路，幸福生活的美好蓝图，又一次绘上了美丽动人的色彩。

据项忠红介绍，下党乡不仅继续深化"下乡的味道"品牌价值，聘请职业经理人制定茶叶生产标准化管理流程，开发可视化系统和农产品可追溯系统，不断提升产业"五化"水平；还抢抓旅游发展大背景，着力打造"红色下党"旅游品牌，对古村明清古民居和鸾峰桥进行保护性修复和开发，完成滴水穿石主题公园、社会主义核心价值观主题公园、游客服务中心、露天艺术广场等项目建设。

2019年，到下党游客就达18.3万人次，为村民直接增收900多万元。人人怯而止步的贫困乡，成为人人趋之若鹜的"打卡地"。

特色民宿、幸福茶馆、百口食堂、巧媳妇咸菜馆……放开了眼界，迈开了步子，村民对发展的信心越足、目标也越高。原本，只敢言贫的他们，如今嘴里念叨的都是"致富""振兴"这样的字眼。

习近平总书记在回信中指出，希望乡亲们继续发扬滴水穿石的精神，坚定信心、埋头苦干、久久为功，持续巩固脱贫成果，积极建设美好家园，努力走出一条具有闽东特色的乡村振兴之路。

习近平总书记的希望，再一次为宁德指明了新方向——脱贫攻坚与乡村振兴接续，成为宁德当前一个重要命题。这不仅为摆脱贫困再上一把"放心锁"，同样也为乡村发展赋予更多新内涵。

"脱贫摘帽不是终点，而是新生活的起点。"宁德市委书记郭锡文说。

宁德坚持像抓脱贫攻坚一样抓乡村振兴，继续发展"8+1"特色产业，力争2022年全产业产值突破2000亿元。同时，坚持"抓两头带中间"，重点抓好试点村和产业薄弱村、村财薄弱村发展，并推动市、县领导，乡村振兴指导员，科技特派员挂钩帮扶306个产业薄弱村全覆盖。

从抓贫困，到抓薄弱，宁德底子厚了、眼界高了，自我要求也提高了，"滴水穿石"的理念一以贯之地指引着宁德发展。欣然可见，宁德迈向振兴发展的背后，是一颗永远跳动的"心脏"！

事实上，无论是脱贫攻坚，还是乡村振兴，始终离不开宁德整个经济社会跨越式发展的大背景。一个人、一个村、一个镇的小"脱贫"，折射的是整个城市的大"脱贫"。

放眼全市，重点项目、产业、民生等各个领域，都始终绽放出夺目的光彩，"黄金断裂带"的跨越式发展，与个体脱贫致富的故事交相辉映，再一次诠释了"弱鸟先飞"的艺术。

弱鸟，可以先飞！

随着高铁、高速、港口等一批交通基础设施的建成并投运，宁德跃出山门连山海，打开了广阔的经济腹地。紧接着，一批气质颜值俱佳的"金娃娃"项目接踵落地，产业集群接连形成，构筑起"四梁八柱"和产业循环体系，经济逐步实现"弯道超车"。

弱鸟，也可飞洋过海！

宁德撤地设市、温福铁路通车两大梦想已成为现实，如今，又迎来环三都澳湾区开放开发的大好时机。宁德主动融入全省"六大湾区"建设布局，坚持产业、城市、港口、生态联动发展，统筹抓好环三都澳大湾区开发建设，打造新时代新福建建设的新增长极，推动全方位高质量发展超越。

产业集聚和城市建设的红利，不仅释放到"毛细血管"的最末梢，也在党委政府的"高位嫁接"下，最直接、最畅通地反哺与脱贫攻坚和乡村振兴。

2020年2月26日上午，闽东时代乡村振兴基金项目成功签约，第一期由宁德市、县财政、市属国企认缴5亿元，宁德时代新能源公司认缴5亿元，合作期10年，由宁德时代新能源公司负责投资运营，主要投资方向是新能源电池相关产业项目，基金收益每年不低于10%用于扶持集体经济薄弱村振兴发展。

这一乡村振兴"金娃娃"项目的成功签约，让乡村和主导产业衔接互动，将为宁德乡村支撑起强劲的发展后盾，让乡村发展更具底气。

历经脱贫攻坚的洗礼，振兴的巨轮又将扬帆起航，向着全方位推动高质量发展超越的新征程迈进！

宁德乡村，未来可期！

弱鸟可望先飞

——来自"中国扶贫第一村"的报告

◎ 林思翔

> 它的历程是我们全国扶贫的一个历程。
>
> ——习近平

初夏的闽东大地,草木葱茏,生机勃发。在霞浦牙城下高速后,沿杨家溪畔的公路前行,满眼青山绿水,令人陶醉。我还沉浸在欣赏这天然秀色之中,不知不觉间此行的目的地——赤溪村到了。

下车时,天正下着蒙蒙细雨,给村庄披上了一层轻纱。细雨下,那面写着"中国扶贫第一村——赤溪"字样的石碑显得格外醒目。村边,清溪在轻轻流淌;村后,青山是厚实的屏障。立于村口,但见荷塘清水盈盈,茶树绿翠山野。茶香和着清新空气飘然而至,令我们顿时心清气爽,忘却了旅途劳顿,精神一下子振作了起来。

往前走,是一条笔直的大道。前方白墙黛瓦的楼房座座相挨,那高高的马头墙,在朦胧雨帘的遮掩下,犹如奋起的高头大马,立于绿树翁郁的山脚下,像一幅水墨画挂在我们面前。随之,我们走进两边商铺林立的街道。这条名曰"长安街"的街道，宽15米，长800多米，茶叶店、饮食店、杂货店、畲家风味店……林林总总，应有尽有。楼房均为三层半，前店后居，整齐排列，居住着400多户人家，人气旺、生意也旺。新街是20世纪90年代在荒野的沙滩上建起，居住着原来分布在山沟深谷10个自然村的村民。取名"长安"，意即在此长住久安。在群山环抱的窝地上，拔地而起这么一座秀美新村，犹如一颗璀璨明珠虽落在山野间，但仍闪射出耀眼的光辉。

一

可是，30多年前，居住在这片深山老林里的农户十分贫穷，有的还是极度贫困，他们中一个叫下山溪的自然村还曾是全国闻名的特困村。

下山溪位于赤溪行政村西面16华里的山腰里，村子挂在陡壁上，全村18户畲族同胞分散在7个山旮旯里。由于土瘦地脊，地块全是岩层上凿开的"眉毛坵"，只能种些番茄，产量很低。农民整年吃的是一半番茄一半野菜的混合饭，只有过年才能吃上一顿白米饭。畲族同胞住的是茅草房，遇到下雨，就无处躲身；穿的更是补了又补的褴褛衣衫；儿童们几乎都光着屁股、打着赤脚；甚至还有两个人合穿一条裤子，谁出门谁穿上。

今年74岁的李先如老人，回忆当年穷困生活连连叹气。他说，当年我们唯一的收入就是靠砍柴扛竹到山外的集市出售，半天砍竹，半天扛运，走在弯曲陡峭的山路上，每百斤毛竹一元钱，起早摸黑，一整天下来才卖个块把钱。我就是靠卖这点苦力收入攒了点积蓄，娶了门媳妇。可好景不长，妻子在分娩时大出血，由于远离村镇，没医没药，虽然儿子生下了，妻子还是不幸离去。如果不是大山阻隔，如果离镇卫生院近一些，我妻子就不会过早离开人世。说起这段辛酸往事，老人的眼眶湿润了。

当年任福鼎县委办公室副主任兼新闻科长的王绍据，听说下山溪村特困情况后，出于新闻人的职业责任感，决心进村一探究竟。那是1984年初夏的一天，王绍据从县城坐车到磻溪公社，再从公社徒步，沿着布满荆棘、怪石嶙峋的崎岖山路，走了56华里，才到了下山溪村。他挨家挨户地看过去，看到村民们食不果腹、衣难遮体的困境，村里的贫困程度令他震撼不已。这个村是畲族同胞聚居地，也是革命老区基点村，新中国成立前，这里人民曾经为革命胜利做过贡献。想到这些，他心里感到十分不安和歉疚。

回到县城已是深夜，他躺在床上辗转反侧，难以入眠，连夜写了一篇题为"穷山村希望实行特殊政策治穷致富"的信件，如实反映了下山溪村的贫困情况并提出3方面建议。信件直接寄给了《人民日报》，让他没料到的是，《人民日报》编辑部收到信后，先以内参形式报送中央领导，中央领导做了批示。随后，1984年6月24日《人民日报》在第一版刊登了这封来信，并配发了题为"关怀贫困地区"的评论员文章。

文章指出："少数贫困地区存在的问题，整体说来属于支流问题。但我们决不能因此而忽视它。……让我们在抓好主流，促进农村大部分地区经济继续繁荣兴旺的同时，下决心到那些贫困落后的地区去走一走，实地调查一下那里究竟是什么样子？有哪些困难？应当采取哪些特殊政策和措施？跟那里的干部、群众坐在一起，共同研究治穷致富的门路。"

紧接着，1984年8月29日，中共中央、国务院发出《关于帮助贫困地区尽快改变面貌的通知》（中发〔1984〕19号）。通知指出："各级党委和政府必须高度重视，采取十分积极的态度和切实可行的措施，帮助这些地方人民首先摆脱贫困，进而改变生产条件，提高生产能力，发展商品生产，赶上全国经济发展的步伐。"

中央的声音，犹如和煦的春风吹遍神州大地，全国性的扶贫活动拉开帷幕。

穷山沟的下山溪村首先受益，许多地方给这里寄来了粮票、布票，甚至现金。当地政府给予免交征购粮，还给了一些补助救济钱款，甚至无偿提供种苗让村民种养。经过"输血"后，村民的生活有了改善。但因土地贫瘠，种下的树长不高，甚至死亡；栽下的番茄，因野猪为害，也绝收；还因交通不便，信息闭塞，村里人窝在山里，安贫乐道，几乎与外面世界隔绝。"输血"让人生活好了一阵，但穷根没有拔掉，生活仍然艰难。

二

习近平同志于 1988 年 6 月来宁德任地委书记。上任伊始，这位年轻的书记冒着酷暑花了 1 个多月时间，深入闽东 9 个县进行调查研究，一路上，他与有关领导一起探讨："在'海阔任鱼跃，天高任鸟飞'的发展商品生产经济的态势下，闽东这只'弱鸟'可否先飞，如何先飞？"在广泛调研，听取各方面意见后，习近平同志提出："'弱鸟'可望先飞，至贫可能先富，但能否实现'先飞''先富'，首先要看我们头脑里有无这种意识。所以我认为，当务之急，是我们的党员、我们的干部、我们的群众都要来一个思想解放，观念更新，四面八方去讲一讲'弱鸟可望先飞，至贫可能先富'的辩证法。"

地委领导的这些切中要害的话语，也传到了下山溪这个偏僻山村。镇村干部与村民一起分析，找到了问题的症结：下山溪这只"弱鸟"，之所以飞不起来，多年扶贫之所以成效不明显，关键是这方水土难养这方人，要使它飞起来，就要解放思想，挪窝、搬迁，整村下山去。当镇村干部提出这一设想时，村民们有的支持，有的忧心忡忡。他们说："山下的天不是我们的天，地不是我们的地，死后往哪里埋啊!""命里有富自然富,命里属穷就得受。我们过惯了山里生活,哪里都不想去!"

看来挪窝必须先挪思想,扶贫先要扶志。于是,镇村干部反复做工作,说明"弱鸟可望先飞"的道理。还请李先如现身说法,李先如说:"山里人在山里混,山中鸟吃山中虫,这话没错。但要看在什么山,我们这个山旮旯就不适宜人生活。当年我老婆分娩大出血,要是在山下就不会死。如果不搬迁出去,别说大家生活过不好,还会有第二个、第三个女人像我老婆一样悲惨离去。"他那一番痛彻心扉的话语,打动了许多村民,让大家思想开了窍。

村民的思想认识统一了,可具体问题接踵而来。俗语说,"上屋搬下屋,需花五箩谷",一个22户、88人,分散在六七个地方的自然村要集中搬迁到8公里外的行政村所在地,重建家园,这可不是一件容易的事。宅基地、资金、就业、孩子们就读等一系列问题都要解决。

于是,一场由地区、县、镇、村、自然村五级干部参加的现场办公会召开了。地区领导将穷困村整体搬迁之举称为"造福工程",要大家一起为百姓造福。地区民政局长表态,从全区"造福工程"基金中拨些款支持;福鼎县委也从财政挤出一部分资金帮助;磻溪镇发动干部、职工集资支持;赤溪行政村除提供一片宅基地建房外,还划出40亩沙滩地,让搬迁户种粮食,种茶树。同时帮助开辟生产门路,让搬迁户就业。连一边脚有残疾的李先育也安排村里搞卫生,有了固定收入。

搬迁户见各级领导如此关心,非常感动,他们出工出力,还从山上抬来木头,供建房使用。经过上下一心,半年时间的努力,两幢22榴砖木结构的新房齐刷刷地拔地而起。李先如老人一家五口住着200多平方米的宽敞住房,逢人便说:"共产党好,党的扶贫政策好!"

这时,还有一个问题让村民们发愁,那就是小孩上学的学费没着落（那时还没实行义务教育）。这事被一直关注下山溪村的王绍据知道了。已经是《闽东日报》总编辑的他，当即把刚获得中国新闻奖的6000元奖金悉数拿出来交给学校，为搬迁户18个适龄儿童一次性缴交了一年级至六年级的全部学费。后来他又拿出6000元退休金奖励20名赤溪小学品学兼优的学生。

安居乐业，温饱解决了，孩子又全部上学念上了书。下山溪这只"弱鸟"翅膀硬起来了。

榜样的力量是无穷的。下山溪村成功的整体搬迁，让周围其他自然村的村民心也热了起来，他们要求"挪贫窝""拔穷根"的愿望也越来越迫切。于是分散在山沟里居住的其余9个自然村也纷纷仿效下山溪的做法，在政府的引导组织和村民们的主动配合下，纷纷迁到赤溪村，建起了一条统一规划、布局合理、亦街亦居的新村庄，400多户、1580多人（占村总人口86%）的畲汉同胞居住在同一个新村里，和谐相处，欣欣向荣。

三

习近平同志在宁德任地委书记期间，重视山林保护和水力资源综合开发。在他大力推动下，赤溪村上游建起了装机容量达3.75万千瓦的桑园水电站。通向电站的公路，连起了赤溪等沿线村庄。从此，赤溪村有了一条通向外部世界的大道。

"要致富，先修路。有了路，怎么富？"面对眼前绿油油的青山和清潋潋的溪水，村"两委"提出：发挥山水优势发展旅游。他们是这样分析的：赤溪东依太姥山，西接桑园水库，利用地理优势，把赤溪融入太姥山山水旅游圈，把客人引过来；再利用北靠九鲤溪和南通杨家溪的赤溪河，开发水上游，把客人留下来。这样一引一留就不愁没人气，有人气就不怕没收入。真是思路一通，天地变宽。于是，村里确定以旅游为主打产业，生态立村、旅游兴村、农业强村，推动脱贫致富。

此时，在邻县工作的乡亲吴敬禧闻讯引来了万博华旅游公司。公司老总庄庆彬一见这里秀丽山水就着了迷，毅然决定把"第一桶金"投到这里，帮助赤溪村"造血"，在赤溪村开发了第一个旅游项目——九鲤溪竹筏漂流。村老支书黄国来第一个撑篙上筏，许多年轻小伙子也跟着当起撑筏工，驾着竹筏，在青山绿水间悠然漂行。来回一趟，收入100元，旅游旺季时一天能撑三四趟。"在家门口就能挣到钱啦！"这些年轻人别提有多高兴。

村里还与万博华公司合作在九鲤溪景区兴建蝴蝶生态园等项目，让一些中老年辅助劳力派上用场，在这里上班的员工月收入也有两三千元。手巧的妇女还在河滩上拣来鹅卵石，加以彩绘，各种栩栩如生画面的彩蛋，很受游客欢迎。

万博华旅游公司在赤溪的成功运营，吴敬禧看到了赤溪发展旅游的可喜前景。于是，他组建了"耕乐源"专业合作社，采取民间股份制形式集资，与村民合作建起大茶坊客栈，具有110床位的木屋别墅成了溪边的一道风景线，推动了旅游业的开展，年游客达到20多万人次。

旅游业的发展带起了村里的餐饮和民宿业。村民在长安街上接二连三地开起了小卖部、小食店、小客栈、小超市、白茶店、特产坊……商铺林立，鳞次栉比，红红火火的生意，许多家庭收入增加了。

村民杜家立、杜春蓉夫妇，利用8万元妇女创业专项低息贷款，在村里办起第一家餐饮兼住宿的"农家乐"，夫妻俩热情待客，经营有方，年收入达到15万元。来赤溪考察时，国家旅游局长还慕名登门造访。

种茶、制茶也是村里脱贫的一个支柱产业。赤溪村有茶园1500多亩，因山高雾多，茶叶品质好，制出的"福鼎白茶"味纯香高，很受欢迎。过去因村里没加工厂，只好卖青叶，价格很低。水库电站建成后，村里有了电，办起加工厂制茶，价值翻了一番。在广西上大学的村里青年杜赢，一毕业就回乡，还带回了同学广西姑娘一起创业。夫妻俩利用创业基金和贴息贷款办起茶叶加工厂，平时一个在家制茶，一个外出跑销售，信息灵通，生意红火，近几年每年净收入都达二三十万元，成了全村首富。

依靠旅游业和茶产业，赤溪人钱袋子逐渐鼓了起来。2014年，全村农民人均收入11674元，村集体经济收入24.9万元。赤溪这只"弱鸟"蓄势待发了。

四

2015年1月29日，习近平总书记在国家民委《民族简报》上看到赤溪村的变化，极为高兴，当即挥笔做了批示："30年来，在党的扶贫政策支持下，宁德赤溪畲族村干部群众艰苦奋斗、顽强拼搏、滴水穿石、久久为功，把一个远近闻名的'贫困村'建成了'小康村'。"对赤溪的脱贫致富成效予以充分肯定。并提出了"全面实现小康，少数民族一个都不能少，一个都不能掉队"的要求。总书记的批示给了赤溪村民以巨大的鼓舞，也是莫大的鞭策。

2016年2月19日，农历猴年伊始，当人们还沉浸在春节喜庆氛围中时，赤溪村迎来了载入史册的日子。这天上午，习近平总书记在北京与赤溪村民进行视频连线，当党支书杜家住和王绍据做了简短汇报后，习总书记亲切地说："……我在宁德讲过'滴水穿石''久久为功''弱鸟先飞'，你们做到了……希望赤溪村再接再厉，在现有取得很好成绩的基础上，自强不息，继续努力。""赤溪村今年给我写了信，我看了也感觉到很亲切。它的历程是我们全国扶贫的一个历程，我们要很好地总结，而且要不断地向全面建成小康继续努力。""全面建成小康"，这是总书记对赤溪村也是向全国发出的伟大号召，寄托着总书记的殷切期望。赤溪乡亲激动不已,浑身上下热乎乎的。总书记的关怀,让乡亲们迸发起"内生动力"。于是,赤溪村总结经验,并找差距,寻短板,集思广益,议定新的奋斗目标,并采取切实措施,一步一个脚印地加以落实。

如今的赤溪村,旅游业蓬勃发展。村里与多家旅游公司合作,上接太姥山,下达杨家溪,融入宁德市"旅游产业圈"。青山绿水游、生态农业观光游、竹筏漂流游、畲族风情游……赤溪畲村每年吸引着20多万人次的游客。满街的福鼎白茶以及乌米饭、鼠菊粿、香鱼干等畲家美食深受游客青睐。如今全村有特产店、农家乐等80多家,住宿床位达400多个。在村50%以上劳动力从事旅游业和相关经营活动,其收入占农民人均纯收入40%多。

通过"企业+农户+基地"方式,全村流转1070亩耕地,建起了有机茶、名优果蔬、珍稀苗木等7类休闲农业基地。村民在收取土地流转费的同时,通过入股、务工等,收入稳步增长。

设立"赤溪村农民产业扶贫基金",建立贫困户因灾致贫救助、子女就学帮扶、大病补助等差别化保障制度,防止因病返贫。组建起一支30人的"大手牵小手帮扶特困户"的志愿者队伍,常态化地开展志愿活动。

赤溪小学经过改扩建,成为全镇校舍最好的一所完小。适龄儿童全部入学。村头不时传来的琅琅书声,昭示着赤溪未来更美好。

2018年,赤溪全村贫困户29户39人,年人均纯收入全部超过7560元的最低生活保障线,其中建档立卡贫困户2户7人全部脱贫。人均住房面积38.5平方米,村财收入100万元。

2019年,赤溪村人均可支配收入22698元,是1984年开展扶贫前的100多倍。

赤溪村终于摆脱了千百年的贫困,实现全面小康。这只闽东山沟里的"弱鸟"终于先飞了。

太姥山下"第一村"

◎ 王绍据

在神奇的太姥山西南之麓，坐落着一个方圆10平方公里的行政村。

这里青山环绕，群峦叠嶂，林木滴翠，竹影婆娑。清碧见底的下山溪和款款流淌的九鲤溪交汇在村境内。晨雾如纱，晚霞似火，为这个风光旖旎的村庄平添了几多灵气几多清秀。

步入村口，首先映入眼帘的是一块重达75吨的巨大原石，其形犹如一只正欲展翅起飞的雄鹰，令人叹为观止。石碑上，镌刻着9个镏金大字：赤溪——中国扶贫第一村。每逢节假日，纷至沓来的各方游客争相在石碑前留影纪念。

2016年2月19日，中共中央总书记、国家主席习近平同赤溪村干群代表视频连线后，这里更红火了。据统计，一年多来，已有来自全国28个省、市、自治区的领导及扶贫培训班、研修班的学员，党校教员，高校师生，媒体记者达260多批次20多万人来此参观学习。慕名自驾到此旅游观光的，更是不计其数。

走在平坦宽阔的长安新街上，整洁有序的民居白墙黛瓦在绿树翠竹的映衬下，更显得生机勃勃。家家户户门前，大红灯笼高高挂，好一派喜庆景象。街道两旁，白茶店、特产店、鱼香楼、小酒家、品茗室、农家乐等乡村商家，鳞次栉比；银行服务点、火车票代售点、卫生院、警务室、法庭代办点等便民机构，一应俱全。

村庄的周边还建有畲族文化园、蝴蝶生态园、七彩农场、光鱼养殖场等等，一幅如诗如画、怡然自得的田园风光展现在人们眼前。尤其在那蝴蝶园里，四季都能看到五彩缤纷、各式各色的蝴蝶，把小朋友们迷得是乐滋滋的，既添了乐趣又学到了知识。

提起赤溪特产，除白茶、笋干、溪虾、溪鲫外，最令人青睐的要数光鱼了。光鱼，亦称糠鱼，是一种营养丰富、口味极佳、老少皆宜的淡水鱼。它的生存环境必须是毫无污染的。赤溪的清澈水质，变成为光鱼的家园。赤溪人以特殊的烹饪方法，将鱼肉鲜嫩而有韧性的特点更好地展现出来。许多游客到赤溪，光鱼是必点的一道佳肴。为了让游客能和光鱼亲密接触，养殖户正着手经营垂钓项目。人们垂钓于塘边，既可呼吸清新的空气，欣赏山光水色，又可享受垂钓带来的乐趣。

每年的元宵佳节，恰是畲族的歌会时节。此时的赤溪村更是人山人海车水马龙。来自宁德各地的畲族歌手，身着民族服装，汇聚于此。尤其那些花季少女，个个婀娜多姿，她们放展银铃般的嗓子，歌唱共产党的恩重如山；歌唱改革开放的畲村巨变；歌唱畲家百姓的幸福生活……

看着眼前这个欣欣向荣、蒸蒸日上的村庄，那络绎不绝的游客，又有谁能想象得到 30 多年前，这里可是闻名全国的特困村。

年近古稀的老村党支部书记黄国来回忆往事，仍感慨万端。他听祖辈说，400 年前就有人迁徙到赤溪。赤溪原名漆溪，因这里的山中盛产漆树而得名。漆树是一种古老的经济树种，耐寒，不挑生存环境，尤其能够适应高山，且木材坚实。其漆液是天然树脂涂料，只需用刀划破树皮就会流出树液，将其收集，经煮沸后便成漆油胶，涂刷在木质的家具上，色泽闪光发亮，色彩经久不褪。1978 年，在湖北随州挖掘的战国时期的曾侯乙墓，出土了许多漆具，依然色彩如新，足以佐证。漆的功用，吸引了善于经营与制造的浙江人，他们不远千里来到这深山老林收集漆胶。因"漆"与"赤"谐音，且便于书写，逐渐有人把"漆溪"写成了"赤溪"。

这个名称在岁月的衍进中，又有了另一种诠释。由于这里除了漆树能为人们带来一定的收入之外，其他作物难以产生经济效益。单一的收入来源因需求的减少，故而村民的生活渐渐陷入困境，"赤溪"亦作赤贫之说，村名由此而生。

历史沧桑，山水依然。

到了20世纪90年代初，赤溪村的12个自然村280户1300多人（其中畲族300余人），全部散居在崇山峻岭包围之中的偏僻地区，山陡、坡险、溪弯、地狭、村僻、人穷，是当时赤溪各个自然村的真实写照。

最贫穷的，是"挂"在半山腰的下山溪村寨，18户人家分散在岗尾、羊头坑、石壁头、水井面、大墩下、樟臭弯。听听这些地名，足以令人毛骨悚然！有一段民谣这样唱到："昔日穷村下山溪，山高路险人迹稀；早出挑柴换油盐，晚归家门日落西。"多年来，村民们过着食不果腹、衣难遮体，住不避雨的窘迫生活，年人均纯收入仅有160元……

1984年6月24日，《人民日报》刊登一篇题为"穷山村希望实行特殊政策治穷致富"的来信，公开披露了村民们的艰难状况，提出了实施特殊政策的几点建议。该报为之配发了一篇题为"关怀贫困地区"的评论员文章，指出"我们共产党人的天职，就是领导全体人民走共同富裕的道路，如果让这些贫困现象长久持续下去，不但会影响整个农村经济的持续发展，也愧对那里曾为革命做出过牺牲的父老乡亲……"贫困的现实，引起了党中央、国务院的高度重视。同年的9月29日，中共中央、国务院发出了《关于帮助贫困地区尽快改变面貌的通知》。

一石激起千层浪！

党中央、国务院的号令，迅速得到各级党委、政府及有关部门的积极响应和认真执行，一场波浪壮阔、旷日持久的新时期扶贫攻坚战，从此如火如荼地在全国各地打响。

下山溪自然村作为全国最早一批扶贫点，沐浴到了党的扶贫阳光。习近平同志在宁德任地委书记时倡导的"弱鸟先飞""滴水穿石"理念，坚定了村干、村民反贫困的意志。通过"输血式"帮扶到"换血式"搬迁，整村移居到15华里之远的赤溪行政村所在地。

1995年5月4日上午，春雨绵绵，爆竹声声。赤溪村鼓乐喧天，人头攒动，汉、畲两族村民披红戴绿，隆重庆祝下山溪自然村乔迁新址。时任福建省政协副主席、宁德地委书记陈增光等领导，同福鼎县党政干部及村民们共贺这一"造福工程"的落成。

随着下山溪自然村22户88人的乔迁，党和政府的扶贫力度不断加大、加强，村民们期盼"挪穷窝""拔穷根"的愿望也愈加强烈。其余9个自然村也从不同方向的山旮旯汇聚到了长安新街上。中心村的常住人口，由原来散居的93户400多人剧增到如今的356户1580人。

"抓山也能致富，把山管住，坚持10年、15年、20年，我们的山上就是'银行'了。"习近平同志当年在福鼎调研时的先见之明，20多年后得到了准确的印证！赤溪村的干部和村民凭借着得天独厚的绿水青山，开启了这座"银行"。

旅游开发公司的引进，使赤溪人"在自己家门口就能挣到钱"。许多年轻力壮的小伙子当起了撑筏工，在青山绿水间往返穿梭，虽拼力气，却很惬意。撑一趟竹筏，净收入100元。旅游旺季时，一天能撑个三四趟。村民那个笑呀、乐呀，止都止不住。一业兴带来百业旺。旅游的兴旺带动了餐饮业、服务业，各种农家乐、小客栈应运而生。亲看亲，邻看邻。没多久时间，长安街上就冒出了18家农家乐和餐饮店，还有不计其数的特产店、小超市。旅游旺季，还出现许多流动饮食摊，只要游客在哪里聚集，流动摊就摆在哪里，现煮现吃，新鲜可口。一年下来，着实让这些辛勤的村民们腰包鼓了起。我曾问过一位专摆矿泉水摊点的老人，他乐得合不拢嘴，说："我单卖矿泉水，春夏秋三季，每月能挣1600元。现在不穷了！不穷了！"

为把赤溪村的旅游做大，福鼎市和磻溪镇花大力气拓宽道路，除了修通两条与国家级风景区太姥山连接的公路外，在宁德市委、市政府的鼎力支持下，与霞浦县联手，投资3亿多元修通了一条连接沈海高速互通口的旅游专线，使原来到赤溪村需要1个多小时的车程缩短为20分钟。与此同时，该村引进福建赤文峰民俗旅游开发有限公司，对始建于明末清初的杜家堡古民居，修旧如旧，旨在打造一座杜家堡畲族文化大观园，让海内外的游客到此领略丰富多彩的畲家风情……

喝过苦水的人，最知道蜜糖的甜。

熬过严冬的人，最知道春天的暖。

历尽艰辛"输血"、艰难"换血"、艰巨"造血"的赤溪人，最知道摆脱贫困、寻找富裕的不容易。

他们真诚感谢党和政府的英明领导和扶贫政策，自发在村头竖起了一块青石碑，上面镌刻着"全国扶贫第一村"。"这块石碑虽然没有上级有关部门命名，但我们敢立，目的在于让子孙后代永远铭记党的恩情，记住我们曾经是最早一批扶贫对象，激励子孙们永远跟党走，朝着'第一村'的目标，早日脱贫，加快实现小康进程！"村民主任在揭碑仪式上如是说。

赤溪村30多年不懈努力的成果，得到了中共中央总书记习近平的高度肯定。他于2015年1月29日，在国家《民族工作简报》上做了批示："30年来，在党的扶贫政策支持下，宁德赤溪畲族村干部群众艰苦奋斗、顽强拼搏、滴水穿石、久久为功，把一个远近闻名的

'贫困村'建成了'小康村'。"2016 年 2 月 19 日，习近平总书记在北京人民网演播室，同赤溪村的干群代表视频连线，再次充分肯定了赤溪的脱贫成效。他说："您看你们那标头是'中国扶贫第一村'，这个评价是很高的，但是我觉得这里面也确实凝聚着宁德的人民群众、赤溪村的心血和汗水。我在宁德讲过'滴水穿石''久久为功''弱鸟先飞'，你们做到了。而且你们的实践也印证了我们现在的方针，就是扶贫工作要因地制宜，精准发力，所以我们现在提出精准扶贫。希望赤溪村再接再厉，在现有取得很好成绩的基础上，自强不息，继续努力！"

千里连线，感恩于心。激情迸发，撸袖再干！

如今，赤溪村在现有取得"全国旅游扶贫试点村""中国乡村旅游模范村""中国最美休闲村"多项荣誉的基础上，正朝着建成"中国自强第一村""中国小康示范村"而继续拼搏！

赤溪，大山里的明星

◎ 王庆丽　高驰弘

远方，有诗意，有未来，也有不一样的村庄。

近日，我们走进有着"中国扶贫第一村"之称的福建省宁德市赤溪村。这个山村，是习近平总书记十分牵挂的地方。习近平总书记曾做出重要批示，赞赤溪干部群众"艰苦奋斗、顽强拼搏、滴水穿石、久久为功，把一个远近闻名的'贫困村'建成了'小康村'"。2016年春节期间，他又通过网络，同当地干部群众进行视频连线。

赤溪村有何神奇之处？这一路，我们且行且思。

时隔一年零两个月，对于赤溪村的1800多位村民来说，他们与习近平总书记之间的7分钟视频连线，仿佛就在昨天。

2016年2月19日上午9时许，在位于北京的人民网演播室，总书记通过视频与赤溪村民连线，亲切寄语："我在宁德讲过，滴水穿石，久久为功，弱鸟先飞，你们做到了。你们的实践也印证了我们现在的方针，就是扶贫工作要因地制宜，精准发力。希望赤溪村再接再厉，在现有取得很好成绩的基础上，自强不息，继续努力……"

在赤溪村村史展示馆，20多位村干部、群众代表通过视频与总书记交流，向总书记汇报村庄近况。身后的一块块宣传展板，记录着赤溪如何用30多年时间，完成从贫困村到小康村的华丽蜕变。

如今，在赤溪村的活动礼堂内，在沿街的白茶专卖店中，在村民开出的农家乐与民宿里，这段被人们反复播放的影像资料，传递着赤溪人的荣光与自豪，也在时刻提醒他们，牢记总书记的关怀与嘱托，努力创造一个更加幸福美好的新赤溪。

弱鸟，如何先飞

这是今日的赤溪村。

沿着全长750米的长安新街一路行来，只见宽敞平坦的道路两侧，白墙黛瓦的三层小楼整齐排开，与远方云蒸雾绕的青山相互映衬，美不胜收。在这条村中主路上，不仅可以找到白茶店、特产店、农家乐、小超市等各种商铺，宽带服务中心、快递收发点、金融服务点等各类便民设施也一应俱全。

更远处，新建的大型停车场、七彩农场、蝴蝶生态园和各式休闲度假山庄等错落分列于碧波盈盈的九鲤溪两岸。每到周末或节假日时，纷至沓来的各地游客，为曾经破败的山村注入了人气与活力。

站在这个充满活力的山村内四顾，已找不出30多年前贫穷落后的痕迹。

"弱鸟可望先飞，至贫可能先富"。

宁德所辖县级市——福鼎市的磻溪镇赤溪村，就曾是一只"弱鸟"。

虽地处福建东南沿海地区，却又被绵延的群山阻隔，长期交通不便，信息闭塞；村庄林地众多，耕地匮乏，村民常年缺衣少食，人均年收入不足200元。

1984年，时任福鼎市新闻科科长的王绍据，第一次走进赤溪村下山溪自然村，便为这个"挂"在半山腰的村庄感到揪心：22 户村民的房子，无一不是紧贴着悬崖峭壁而建，屋内瓦残木朽，风雨飘摇，还有几户住的甚至是需要每年翻修的茅草房。

采访结束后，思绪难平的王绍据，把了解到的情况写成《穷山村希望实行特殊政策治穷致富》一文。同年 6 月，《人民日报》头版刊发了这篇文章，同时配以本报评论员文章《关怀贫困地区》。全国大规模扶贫的序幕，由此拉开。

32 年后，已经退休的"老同志"王绍据激动地说，这里已今非昔比，"换了人间"。

"30 多年来，从单纯依靠外界支援，到下山移民、集中居住，再到当前通过农旅结合，带动村民增收致富，赤溪村经历了从'输血''换血'到'造血'的转变。"据村党总支书记杜家住介绍，如今，村里一共开出了 18 家农家乐和 6 家民宿，去年"五一"到"十一"期间的游客数量约有 20 万人次，村民人均年收入达 15696 元。"中国扶贫第一村"的名号，被大家自发写在了村口的石碑上，写在了店面的招牌上，也写在了每一块待售的茶饼上。

对于赤溪人来说，贫穷就是动力，激励他们书写着"弱鸟先飞"的新篇章。

赤溪的精神姿态

阳春三月，风光正好。34 岁的赤溪人沈华平开着黑色越野车，疾驰在牙城到赤溪的通村公路上。

一路溪水淙淙，奇山怪石，油菜花开得正艳。而沈华平无意赏景，讲的多是儿时的贫困经历："知道一种叫作'番薯米'的东西吗？其实里面根本就没有米，就是把鲜番薯切成丝后再晒干，煮熟后就是主食。"

多年以后，已经在上海开了两家美容院、年收入逾百万元的沈华平，在回忆往昔时难掩苦笑。

沈华平的旧居，就在离下山溪村不远的小溪自然村中。由于父亲早逝，母亲一人独自拉扯兄弟三人长大，身为长子的他，很早承担起照顾家人的责任。20岁从部队退伍后，他只身一人踏上了前往上海的火车，做过保安、餐馆服务员、浴室经理等工作，最终和妻子一起在美容行业闯出了名堂。

"因为没有退路，所以勇往直前。因为经历艰辛，所以从不懈怠。"沈华平说，正因如此，在大城市站稳脚跟后的他，没有安于现状，而是重回赤溪，成为全村最早的一批返乡创业青年。

2012年，沈华平与他人合作成立"鼎煜油茶专业合作社"，共同投资400多万元，承包了村里的1500亩山地种植油茶、黄栀子、猕猴桃等作物。2016年，又与其他几位返乡创业的村民共同出资，组建了一家专门从事食用菌种植的农业公司。

"做农业有风险，投入了不一定有收获。"沈华平说，5年来，自己在农业方面的投入远多于利润，家人和朋友也多次表示过不解。但是他不后悔，因为他想要做一个"实验者"，通过自己的尝试，找到真正适宜于赤溪的特色农业产业，带动更多的农户致富增收。

也许，对于沈华平来说，一株又一株油茶树，还要经过漫长的等待才能收获。而此时的赤溪，樱花刚刚凋零，紫云英已经盛放，茶农们戴上草帽，背起竹筐，走入了最为忙碌的采茶季节。这一派充满生机的山居图景中，还有这些值得一提的身影——

40来岁的村主任吴贻国，原先辗转湖北等地，卖过茶叶，开过饭店，2015年下半年回村后，尝试进行林下种植。在流转来的20多亩林地中，他一面种下了射干、多花黄金等喜阴怕阳的珍贵中草药，一面散养土鸡、土鸭等各种林禽。他说，赤溪有9000多亩的林地，不能任由它们长期闲置。

"90后"的年轻人杜赢，2013年大学毕业后回家从事白茶的加工与销售。在他看来，赤溪有着优质的生态环境和优良的茶叶品种，可村民们辛苦种出的茶叶，不是要辗转到山下出售，就是被门收购的外地茶商低价买走，并没能发挥出更大的价值。

启动资金不足，他便将家里的一座老茅草房改造成简易加工厂，尽可能节省成本；不懂制作工艺，他便四处求教，向专业制茶师讨教制茶技术；制成的上好白茶，没有销售渠道，他又带着样品去全国各地的茶业市场寻找买家……经过不懈努力，他终于将茶业公司的营业额从起初的20多万元，提高到了去年的200多万元，全村80%以上的茶叶因此找到了出路。

朝气蓬勃的赤溪人，正在用行动演绎着滴水穿石的精神，也推动村庄走入高速发展的新时代。

将山变成"银行"

入春以来，村党总支书记杜家住的工作节奏又快了起来。

采访期间，除了要回答我们的提问，他的手机铃声还不断响起。当天下午，他要同村"两委"干部对接许多细节，准备迎接中国人民银行一拨客人的到来。

"还好没到年中。2015年七八月份，我们一天就接待了十几拨客人，从国内外各种媒体，到中央及地方的各级政府部门，有的是前来考察、洽谈合作，有的是来取经，考察我们的扶贫经验。"杜家住说，自从2009年起担任村书记以来，自己就再也没有停歇过，所有的坚持只为一个信念，"赤溪一定会好起来的"。

杜家住回顾赤溪的发展历程说："的确，抓山也能致富，我们的山上就是'银行'。"

如何将这山变成银行，让村庄不再贫困？赤溪人开始把目光投向近处的杨家溪与九鲤溪，以及稍远一些的国家 AAAAA 级旅游景区太姥山，确定了以农业与旅游业相结合的发展思路，寻找村庄持续发展的新动能。

据杜家住介绍，2015 年，村里依托新成立的赤溪旅游投资有限公司，加强对乡村旅游的整体规划、资源整合和项目运作，目前已争取到 4.2 亿元农发行政策性贷款和 7500 万元国家建设专项资金。

除了加快旅游集散中心二期建设外，他们还将稳妥推进下山溪溪谷度假区开发，建设下山溪至天洲溪观光步道、野宿露营等旅游项目；实施湖里岗玻璃栈道、景观廊桥等项目，帮助村民就业创业。

早在 10 多年前，福建太姥万博华旅游开发有限公司董事长庄庆彬一手开发出村里的第一个旅游项目——九鲤溪竹筏漂流，年轻力壮的村民们靠着夏季当撑筏工，一趟就有 100 元收入，赤溪的乡村旅游由此起步。

后来，街上开的第一家农家乐"山里人家"，老板娘叫杜春蓉。她曾在浙江平阳打工，当过制衣工。2006 年，为照顾 3 个孩子，她决定返乡创业，开办民宿。开业的 8 万元资金，来自福鼎市妇联的妇女创业专项低息贷款。

"两三年前，村里的游客还不算多。最初我们只有 4 间客房，老公当厨师，有时还跑运输；我是老板娘兼任收银员和保洁员。"杜春蓉说，随着一条条公路修通，她看到太姥山游客的需求，后来又扩大店面，增加客房，去年收入达到 20 来万元。

结束采访时，我再次坐车行驶在牙赤公路上。这条公路于 2015 年 8 月建成通车，与东南沿海的交通大动脉沈海高速相连，车辆进出赤溪无须再经过九曲十八弯的盘山路，较以往节省约五分之三车程，成为赤溪人奔向小康的必经之路。

时近黄昏，赤溪的层峦叠嶂在车后倒退。不多时，山峦成了剪影，渐渐模糊起来。车前是九鲤溪在牙城的出海口。山、海、路、人、村，都笼罩在金色的璀璨之中。

赤溪蜕变记

◎ 周 宇

驱车一个半小时左右，就能从福建省宁德市区抵达福鼎赤溪村。

33年前，走这条路花了王绍据十来个小时。到村里下车后，村民们看到他热情地打招呼："王总编您来啦，家里坐坐啊。""不啦，还有事，您忙着。"王绍据热情地回应。其实，这些村民王绍据并不都认识，可是村民没有一个不认识他，连小孩子都知道他是"王总编"。33年前，这个小山村还穷到"婆媳共穿一条裤子"，如今已是家家洋楼，户户小康。正是这位个头不足一米七、总是笑眯眯的老者，将赤溪村曝光给公众，由此开启"中国扶贫第一村"的蜕变历程。

"穿越"了33年的奉献奖

2017年全国脱贫攻坚奖在国庆长假前公布了评选结果，40人分别获得奋进将、贡献奖、奉献奖和创新奖。在获得奉献奖的10人中，包括福建省宁德市诚信促进会常务副会长、《闽东日报》原总编辑、原福鼎县委报道组组长王绍据。

"您肯定能获奖。"赤溪村党支部书记杜家住目光坚定，看着王绍据，用不容置疑的口气说。"那不一定，我看所有入围者在扶贫方面都有很多贡献，都特别感人。不一定，不一定。"王绍据笑着，一边摆手一边摇头。说着，两人端起茶杯，喝了口刚刚泡好的福鼎白茶。这是 2017 年 9 月 6 日，发生在去年回乡创业的村民黄忠和家茶楼的一段对话。

杜家住之所以如此肯定，因为他深知 33 年前村子到底有多穷，这位土生土长的赤溪人见证了赤溪巨变，而巨变正是由王绍据引发。

1984 年，王绍据在宁德市福鼎县（现在为县级市）任县委办副主任、新闻科长、报道组长等职务。下山溪村，当时是一个属于赤溪村行政范围内的畲族自然村，只有 22 户人家 88 人。从现在赤溪村的位置往山上走，将近 8 公里才能到达。

当第一次听说这个自然村穷到"婆媳共穿一条裤子"时，王绍据对北京青年报记者说，他内心难以相信，决定亲自去看一看。1984 年 5 月下旬的一天，他 6 点半从福鼎县出发，辗转 7 个多小时，到了下山溪村。这个村子像"挂"在半山腰一样，房子都是木头结构茅草顶，四处漏风，后面就是上百米的悬崖。村民吃的半是野菜半是粗粮，所有孩子都光着屁股、光着脚，学龄儿童也因没钱没路无法读书。

震惊！王绍据的头脑被这个词填满了。到家已经 12 点多，他彻夜难眠，当即写了一份以"穷山村希望实行特殊政策治穷致富"为题的情况反映稿，两天后送到一家权威媒体。本想刊登内参，没想却挨了批评。对方认为这篇稿子不合时宜，不仅不能发，而且让王绍据做好"被开除党籍"的准备。再三思考后，他决定将这份稿子直接寄到北京，寄给《人民日报》。他做了充分思想准备，如果受到不公正处理，情愿回家再当农民种地。

让他没想到的是，先是《人民日报》内参刊发了他的来信，没过半个月，《人民日报》又在头版公开刊发其来信，并配发《关怀贫困地区》的评论员文章，号召全国人民关注贫困群众，点燃了各地扶贫的熊熊大火。

现在，已经70岁的原下山溪村村民李先如还偶尔回到老木屋，回想过去。40多年前，就在这所老木屋里，他眼看着妻子因难产来不及送医而去世。当时往山下走只有一条羊肠小道，别说抬个人下去，自己走都很费劲。如今赤溪村建起一栋3层卫生院，今后有什么急病、小病就能得到更好、更及时的医治。

搬迁是真正脱贫的开始

这些村民并非一开始就搬到了山下。下山溪村贫困闻名全国后，有相当长的一段时间，他们仍在贫困中挣扎。

《人民日报》刊发文章后，据王绍据回忆，全国先后有23个省市区的群众给赤溪村、王绍据所在单位和他本人写信。很多干部、老师、学生、战士把自己省下的粮票、油票、布票寄到这里。彼时全国范围的扶贫工作也在酝酿。根据官方数据，1984年，中国贫困人口近1.3亿人，占全国总人口数量超10%。当年9月29日，党中央、国务院下发了《关于帮助贫困地区尽快改变面貌的通知》，由此拉开全中国持续至今的扶贫大幕。

"我们管那段时间叫'输血式'扶贫，说白了就是不停地给东西。"杜家住对北京青年报记者说。他在承担村支书工作的同时，和妻子承包了25亩鱼塘做生态养殖，仅这一项每年纯收入就10多万元，是村里的"致富带头人"。

王绍据这篇文章"火"了，他自己也"火"了。县委书记、县长去下山溪村视察都是他带路去的。之后的5年，他频繁地往返于福鼎县城和赤溪村之间，帮助这里的农民脱贫。1989年9月后，因为他调到宁德，主持《闽东日报》的工作，就无暇分身了。直到几年后，当他再到下山溪村时，发现早先送来的生活物资被用掉了；羊崽因为山上缺少嫩草、防疫跟不上，卖了几胎羊羔后也都陆续死了；林业部门送来的 2000 株柳杉苗也长不成材。他得出结论，一方水土养不了一方人，必须将这 22 户 88 人全搬到山下去！

现在的赤溪村展示厅中，墙上挂着畲族的传统服饰，玻璃展示柜里陈列着过去村民的劳动工具、具有特色的铁壶瓷碗。这些畲族文化已经是赤溪村的一个重要标签。

杜家住介绍，当时政府筹钱，为这 22 户村民在赤溪村盖房子。房子的木料需要村民自己从山上砍，其他的一概不用操心。然而宽敞的新房盖好后，仍然有人不愿意下山。杜家住说，下山溪村村民都是畲族人，他们一是担心与汉族群众合不来，二是担心下山后没有土地了，"种一头蒜一棵葱都是别人的地方"。村里先解决了他们的生产生活用地，搬下来后，畲汉群众也相处得很好。这时他们的思想开始动摇，庆幸自己当初下山的同时，对政府、对新政策新规划也开始愿意去思考、接受。在随后的 20 年中，赤溪村陆续将地处深山的 12 个自然村共 350 多户村民迁至"长安新街"。

赤溪村是全国最早实行"异地搬迁安置"扶贫方式的。这段时间，赤溪村自己总结为"换血式扶贫"。

赤溪村村民的"生意经"

这两年赤溪村最明显的变化之一是人变多了，有漂泊在外多年的村民回乡定居，也有大批慕名而来的游客。

"尝尝这个味道怎么样？"黄忠和又泡了一壶白茶，让杜家住和王绍据提提意见。他 2000 年便外出谋生，在上海做了 16 年石材买卖，去年回到村里创业。在赤溪村，几乎家家都有茶园，黄忠和也一样。

他开了间茶楼,十几平方米的屋子,落地玻璃门、空调、电视、茶台一应俱全。与此同时,他还尝试种植食用菌。

"村里现在可比以前好多了,以前就是种地,基本挣不到钱。"黄忠和一脸严肃地说。随即他便笑开花,说:"在外面终归不如家里舒服,只要努力奋斗,多少总能赚一点。"这句话说得着实谦虚。近几年白茶行情大好,只要家里有2亩茶园,保守估计一年收入就会超过1万元,何况很多人家不只有茶园收入,还有很多别的收入。

沿着2015年新开通的杨赤公路抵达赤溪村村口,最先看见的是一个"旅游接待处"和一块"全国扶贫第一村"的石碑。石子铺的路面上能停20多辆车,一旁有修造的水池、喷泉、竹质连廊和一个能唱歌跳舞的活动中心。赤溪村自2003年引入生态旅游后,至今已打造出漂流、蝴蝶园、真人CS、白茶体验馆、采摘等多个项目。仅2016年一年,小小的赤溪村就接待游客20万人左右。

现在的赤溪村村民,除茶园、生态种植、养殖外,还有一些人在村里的旅游公司上班。另外,因为看好游客带来的效益,不少村民将自己的房屋改造,把一楼改成超市、餐厅、小卖部等等,还有的人租其他村民不住的房子开"高级"民宿。

有些人的收入甚至"高得吓人"。2016年9月6日,长安新街上,一辆皮卡的车斗里满满地装着十来箱福鼎白茶,赤溪村第一位返乡创业的大学生杜赢正准备开到镇上把这些货发给河北的一个茶楼。

他说,这只是正常的发货数量,不算多,这样的规模一周要发两三次,还有一些散客通过微信买,目前他已有1000多位微信客户。

2013年,他从广西玉林师范学院毕业后,带着当时的女朋友、现在的妻子回村里创业,开办了赤溪村第一家茶叶加工厂,以优质低价立刻打开市场。加上这两年白茶行情走高和赤溪村"全国扶贫第一村"的名头越来越响,他的厂子每年净利润都有三四十万元。在他之后，返乡创业的大学生越来越多，如吴敬军就开了赤溪村唯一的手机营业厅。

被赤溪村巨变影响的人

近些年来赤溪村二度"火"起来后，王绍据的工作与生活再次同赤溪村密切联系在一起。

早在 2009 年，一直默默往前走的赤溪村就得到一个荣誉。当时国务院扶贫办通知赤溪村，以"中国扶贫第一村"的名义进京参加新中国成立 60 周年成就展。这也是继 1984 年《人民日报》刊登王绍据文章后，赤溪村被第二次如此大范围在出现在公众视野中。此后，这个"名头"便有了。2013 年，村民还在村头立了一块"中国扶贫第一村"的石碑。

更让赤溪村没想到的是，2015 年 1 月，习近平在国家民委的简报看到赤溪村人均纯收入达到 11000 元后，专门做了批示。要知道，到 1993 年底时下山溪村的人均年收入还不足 200 元。

杜家住说："我们当时也不知道这个批示意味着什么，只知道很重要。"他是被赤溪村巨变深刻影响的一个人。"他们都说我的肤色是从红到黑到紫，我也不知道到底是什么颜色了。"各级单位、领导纷纷到赤溪村调研，他的一项重要工作就是给各级领导、媒体、来参观学习的代表团介绍赤溪村的情况。他算了算，平均一天至少 3 拨。"别看我们村就这么大，我每天至少要走 10 公里，能不黑嘛。我们这么个小地方，电话费这么便宜，我一个月还要打两三百块钱。"杜家住看似在抱怨，实际上嘴角上扬，藏不住地自豪。磻溪镇一位领导说，两年前杜家住讲话还磕磕巴巴，现在已经行云流水了。

这都是练出来的。2015 年间，中央、地方等多个部门领导都曾到赤溪村调研，哪一次都缺少不了杜家住。

"感觉像是要把农家乐做成五星级宾馆，最开始都是懵懵的，不知道要怎么做。后来经过层层调研总结，我们的思路才逐渐明确。"杜家住回忆说。

　　2016年2月19日，赤溪村迎来了历史性的一刻。习近平总书记通过人民网的视频连线，与赤溪村隔空相见。

　　在杜家住流利地介绍完赤溪村的情况后，王绍据跟习近平对话了。当初，他担任《闽东日报》总编辑，是在时任宁德地委书记习近平领导下工作，即便习近平后来当了福建省委副书记，只要到宁德、福鼎调研，就会指定王绍据陪同。习近平在视频中不仅一眼认出了王绍据，还亲切地说：绍据，见到你，我也很高兴。

　　杜家住说，现在各级政府倾心关注赤溪，他们自己也在想办法提高"内生动力"。村民最盼望的就是有越来越多的游客，让赤溪村的绿水青山真正变成金山银山。

幸福的阳光在长安街流淌

◎ 钟而赞

杜赢的门店

杜赢的门店在长安街中段，门牌 102 号，一排楼房的东侧边榴，即最右一间，挨着另一条街巷，斜通向赤溪店。直到 20 多年前，赤溪店还是全村的中心，唯一的日杂百货店，建于 20 世纪六七十年代的人民会场和村"两委"办公房集中在这里。现在全村的中心当然在长安街，宽敞、平坦、洁净、亮丽、长千余米，两边排列着枝叶婆娑的行道树，掩映着规制整齐、风格一致的民居；是那种砖混结构的三层楼房，装饰风格融入传统畲族民居和徽派建筑的元素。大多租给商家，也有一些人家自己开店，售卖地方特产、旅游商品，或做小吃开旅馆。门楣上的店招也一样规格一样色调。

杜赢一边为我们泡茶，一边说起他的故事。

"我这是逆行。"杜赢笑了起来。凭寒窗苦读跳入大学的"龙门"，是农村孩子走出穷乡僻壤改变自身命运最可行的路径，杜赢却放弃了在城里当老师的机会，回到了家乡赤溪，而且还把先是同学、女朋友后来成了妻子的她也给带了回来。

"赤溪已经不是当年的赤溪，我相信我能在家乡找到自己的位置，不仅是个人创业，还希望自己能在她的变化中扮演一个角色，至少也应该成为一个积极的因子。"

"90后"杜赢是赤溪村第一个回乡创业的大学生，2013年回到赤溪，第二年创办茶叶加工厂，经过数年的耕耘和积累，他的福鼎市赤溪茶业有限公司已初具规模，建起标准化新厂房，产品顺利通过 QS 质量认证。

"长安街就是赤溪的旅游商贸街。在长安街开设门店，销售产品还算次要，主要是企业形象和品牌形象的推介。你们看，像六妙、品品香、绿雪芽这些村外的大茶企，也都在长安街开设门店呢！"

"年租金一万七。"因为是边榴，还可以把侧面的墙开成门，店堂显得豁朗敞亮，租金要比别的门店贵些。然而还是有些意外，毕竟只是一个山村，而"一万七"大致等于福鼎城区略偏一些街巷的店租价位了。

突然就生出一个强烈的想法：用心走一趟长安街。

赤溪来过不少于10趟吧，每次也一定要走一走长安街，全都是走马观花，印象很不清晰。

在长安街流连

先往西走。

数着门牌，93、102、95、104……两边不完全对称。至197、208，到头了，路却继续向前延伸，至赤溪坪，再往前，是星期八旅游酒店。跨过溪，车行十来分钟，是一个叫小溪的村子。溪畔有一座被主人废弃了的旧屋，被改装成"漂亮的房子"，开业的第一天，影视明星吴彦祖来捧场，住了一个晚上。

返回，往东走。距离杜赢的门店还有一栋民房的位置开始，商店栉比，一直延续到东段路口。其中如六妙畲家白茶产品体验馆、赤溪旅游商品超市，一口气占了五六间、七八间的铺面，村民开办的一些旅馆酒店也需要占用两间三间，部分门牌标注着1-1、1-2，7-1、7-2、7-3，这便是左右两边门牌不对称的原因所在。

上午到赤溪的第一站，先到六妙畲家白茶产品体验馆参观、品茶、体验畲家白茶文化。六妙茶业是一家集基地、研发、生产、营销、品牌、文化旅游于一体的全茶产业链企业，是福建省农业产业化重点龙头企业、中国茶叶行业百强企业。我曾与六妙公司的董事长庄长强先生聊过，说到在赤溪布点，他表示，一是响应政府的号召，发挥茶企的产业优势助力扶贫，二也是企业高层次发展的需要，赤溪优良的自然风光和生态环境，赤溪作为"中国扶贫第一村"的品牌资源，可以和茶产业形态的多元发展产生默契，形成互推力。

因为非双休日和节假日，游客不多。我想起去年10月6日与朋友来赤溪，村头挤满了人，村道边停满了车，长安街人头攒动。原想体验位于溪东山崖上刚落成的玻璃栈道，无奈人太多，只好作罢。恰好遇到一位熟人，在镇文化站工作，建议我们另找个时间来。

"连着六天都是这个状况，我们要一天到晚守在村里维护秩序。"他说。

半年后，一个晴朗的周末，我领着妻子、女儿来赤溪。当我们在竹树混合林的荫照下登上蜿蜒的千级石磴，踏上悬挂在陡崖上的玻璃栈道时，油然而生一种横空出世的错觉。回望山下的赤溪村，恬静中似乎涌动着不安分的热流。

长安街并未在东端停下来，而是继续延伸，经过一大片田园，种植着观赏性与经济性兼具的特色作物，抵达公园式的村口。一块巨石耸立于一片草坪中，上面镌刻着几个红色大字：中国扶贫第一村——

赤溪。

翻了翻手腕，手表上指针标示是下午四点半。傍晚的阳光斜洒在长安街上，也洒在坐在门前纳凉闲话的老人脸上，澄澈的金黄在街心流淌，在老人们的脸上流淌，让人看到满足，看到幸福的颜色。

桑园水库和造福工程

记忆之窗油然敞开。

1994年4月的一天，单位组织全体同仁去桑园水库参观。福鼎市境内有2座大型水库，一座是1974年动工、1983年建成的南溪水库；另一座就是桑园水库，1992年动工，1995年建成，工程规模比南溪水库还要大，功能以发电为主，兼具灌溉、防洪和供水。作为福鼎有史以来最大规模的工程项目，每一个福鼎人谈起桑园水库，自豪之情溢于言表。尽管工程还未完全竣工，人们便迫不及待地一拨一拨赶去参观。雄伟的大坝，山环水绕的人工湖，翡翠般的湖面，两岸青山绵延草木翁郁，早已让我们忘记了一路颠簸的痛苦。

桑园水库所在的磻溪镇在福鼎市各乡镇中陆地面积最大，地理位置最偏，一度被称作福鼎的"西伯利亚"。从城区到桑园，当时是这样走的：沿省道沙吕线穿过点头、白琳两镇，拐进一条简易乡村公路到磻溪集镇，再钻进一条九曲十八弯的砂土公路，车程近2个小时，才到达新落成的桑园电站。在它下游不足1公里的地方，就是赤溪村。这条砂土公路，因水库和电站施工需要而兴建，在这之前，从赤溪到磻溪集镇，要徒步翻过长达12华里的蛤蟆岭。赤溪人要出村，还有一条水路，乘竹筏漂过赤溪和下游的杨家溪，到霞浦县牙城镇的渡头村，再步行至牙城集镇。

当时的赤溪，对我而言是个完全陌生的概念，不知道早在10年前它就因所属的一个叫下山溪的自然村而上了《人民日报》头版而知名全国。知名，是因为贫穷，还因为它的贫穷引起中央关注，进而引发一场在全国范围内打响并持续至今的"持久战"——扶贫攻坚。

我没想到桑园水库的建设是习近平总书记在宁德地委书记任上时决策并启动的，是事关闽东"摆脱贫困"的大手笔，也没想到水库的建设与赤溪村脱贫之间的关联，没想到赤溪村有了历史性拥有了一条可以跑机动车的简易公路，很快就将通电。

我不知道的还有一件事，就在我们在桑园水库流连忘返之时，赤溪村里的某一处荒滩已经完成平整工作，两排二十二间新房子已经站了起来。不到一个月后的5月4日，下山溪22户畲族村民永远告别了深山，搬到中心村赤溪。

绵绵春雨，鞭炮阵阵，鼓乐喧天。地区、县、镇领导赶到赤溪，和村民们一道，共庆这次特殊的乔迁。以整村搬迁断"穷根"的形式，从根本上改变贫困村"一方水土难养一方人"的状况，这是第一次。

从来不乏才智的基层干部群众把原先的财物输送式扶贫称作"输血式"，把整村搬迁的扶贫形式称作"换血式"，并命名为"造福工程"。

"造福工程"，从赤溪起步，向全省全国推广。

下山溪往事

最初的长安街就这么一个形象：22户人家的22间房屋分列两排，面对面，两层，砖木结构，因为缺钱，外墙内墙都暂时不漂上黑水泥、白石灰，裸露的红砖红火而粗粝，二楼的窗户暂且用木条加薄膜挡风挡雨；沙土的街面，平整再夯筑，仍然不然密实，一下雨就这儿一个坑那儿一个洼；再往两头看，还是荒滩，是村民们从荒滩上开垦出来的菜地，往前后看，几撮黑瓦灰墙散落溪边、山脚、土丘、竹林处，叫杜家堡、赤溪店、赤溪坪、坑里弄、溪东，相距不过百十米间，靠几条蚯蚓式回肠式的小径，穿行大溪、小沟、水田、菜地。

是很简陋，但下山溪的 22 户人家已经很幸福了，他们恨不得把自己的脸变成鞭炮绽放开来，恨不得把自己的心跳当成鼓点发出快乐的热烈的声响来。对比下山溪的旧日子，崭新的一页已经翻开了。

我一直想去下山溪看看。村民们告诉我，挺远，路又特别难走，非专程来，去不了。

"路不是难走，而是完全荒废了。"不知谁又补充了一句。

我怀疑他们不愿回到下山溪，甚至不愿回想下山溪。那是一方留下他们多少伤心的故土？

"1984 年 5 月 15 日清晨，雨过天晴，我从县城赶乘头一班区间车到达磻溪公社，再从磻溪徒步翻山越岭到赤溪村，然后从村里沿着一条布满荆棘、怪石嶙峋的崎岖小路攀登到下山溪自然村……"

"……紧贴屋后的是陡立的山崖。全村就这样'挂'在半山腰。18 户人家分散在岗尾 5 户、羊头坑 3 户、石壁头 4 户、水井面 3 户、大坎下 2 户、樟臭弯 1 户。"

这些文字摘录于《赤溪——中国扶贫第一村纪实》，作者是王绍据，《闽东日报》原总编辑。1984 年，他任福鼎县委办新闻报道组长，一个记者的神圣使命感促使他爬坡过涧翻山越岭走进下山溪，眼前所见，让他"毛骨悚然"。

毛骨悚然，因极度害怕进而皮毛竖立、骨子里感到寒冷。穷到让一个记者感到害怕又害怕到极致，这是怎样的一种震撼！

王绍据切切实实用了这个成语。

你继续读下去吧。你就会发现，比起触目惊心，也只有"毛骨悚然"才能形容现实和现实给予人带来的心灵之恸。

住：破烂不堪的木瓦房，还有每年必须翻修的茅草房，遇上狂风暴雨，一家人便无处躲身。

吃：好的番薯丝，中的半番薯丝半野菜，差的全部是野菜。白米饭与他们无缘，只有女人坐月子时才能吃上几餐。

穿：多数人衣衫褴褛，补了又补。儿童们光着屁股、打着赤脚，很少看到穿鞋。婆媳俩只有一条裤子，谁出门谁穿，另一个大白天只能裹着破棉被。

……

连基本的衣食住都无保障，又遑论其他？

几乎每一家都有一大串不堪回首的伤心事。

比如李先如。

"唯一的经济收入是靠砍柴扛竹到山外的集市出售，半天砍竹，半天扛运，每百斤毛竹一元钱……起早摸黑，才卖个块把钱。我就是靠这点收入攒了一点积蓄，23岁时娶了一门亲。一年后……当我妻子分娩时，忽然出血不止，昏迷不醒……要是村有医有药，要是没有大山阻挡，要是距离卫生院近些，我爱人的生命就不会过早断送了！"

李先如

15年前就认识了李先如，他家住长安街39号。

2005年10月间，我接受一项采访任务，前往赤溪村采访，在赤溪吃过午饭，再绕蒋（洋）太（姥山）旅游公路前往硖门畲族乡柏洋村。这是我第一次走进赤溪村。路上，同行的时任福鼎市脱贫办副主任陈昌毅介绍了下山溪和长安新村。

老陈告诉我，从1984年6月24日《人民日报》在头版刊发了王绍据的读者来信《穷山村希望实行政策特殊治穷致富》并配发评论员文章《关怀贫困地区》至下山溪整村搬到赤溪，时间整整过去10年。10年间，从地区、县至镇、村，一拨拨干部走进下山溪，一批批救济、扶持资金、物质送来，下山溪的面貌却始终没有大的改观。

"最大的变化，是户数，原先18户，现在22户。在很长时间里，下山溪人口不仅不增长的，甚至减少。原因在哪儿？女孩嫁出去，男孩却娶不到老婆。所以户数和人口增长说明，这10年的'输血式'扶贫，还是有些成效。"

但是不能解决根源性的问题：环境太恶劣，一方水土难养一方人。

村支书杜进灿把我们领到长安新村。一条500米长、15米宽的水泥大道，沿道两旁全是清一色的砖混结构楼房，经营日杂用品、服装鞋袜、农资化肥的小商店和三两家小吃店小酒家、模仿城镇装饰风格的理发店，给新村增添了些许商业气息和时代风尚。一辆从福鼎市区直达长安新村的客运汽车恰好停在我们面前。

我们走进李先如的家。老人在自家前厅开了一家日杂小百货店，柜台上摆着一台电视，下方的桌子上放着一部电话机。后间是厨房，墙上贴了瓷砖，靠一边墙摆放着组合灶具，灶台上方悬挂着一台抽油烟机。

"下了山，天宽地阔。儿子、儿媳去外地打工了，自己经营一爿小店，吃穿不愁，就想着怎么把日子过得更好些。再一个，就是孙子的前程，前年决定把他送去城里的一家私立中学读书，寄在城里花费大，私立中学收费也高，不过这笔钱省不得。"

说这些话时，六十出头的李先如瘦脸上流淌着笑意。

自然要聊到在山上时的生活，李先如却不愿多说。

"我也是畲族。"我说。

畲族大多生活在偏远山区，山寒水瘦地贫人穷，这是历史上遭受不公正待遇的后遗症。我怀疑畲族群众对本民族同胞的那种"自来亲"的认同感也源于此。我看到李先如脸上的笑纹里又多了一层亲切。他却仍不说山上的生活，只说："半岭也全村搬到赤溪来了，十几户人家，也都是畲家人。哎，就在那儿。"他往左前方指了指。

"当初这块地开辟出来盖了 22 间房屋安置下山溪搬来的 22 户人家，还没取个名字。大家讨论了又讨论，最后定下来，叫长安新村，长安，寄寓长住久安的意思。后来不自不觉中就改了叫法，叫长安街。房屋多了，街道长了，人气旺了，商店多了，已经是一条像模像样的街道。"

村支书杜进灿请我们在长安街西头的一家小吃店用午餐。几样小菜，都是本地特色，多年后想起来似乎还能嗅到余香。

赤溪"四大缸"

从西走到东，感觉还不过瘾。又从东往回走。

这次，目光盯住 63、65 号的"山里人家"。完整的店招包含 2 个部分，左边是"山里人家美食"，右边是"天然居公寓"，左下方一排小字：地道农家菜，订餐热线 152xxxxxxxx；红底黄色，与其他左邻右舍的店招一样色调风格。

两间店面连在一起，左边做餐饮，右边办旅馆。老板叫杜春蓉，一个 30 多岁的农村妇女。

"长安街渐渐成为全村的中心，谁都想在长安街上盖新房。算算这些年的积累，还能凑合，就行动了。过了几年，旅游发展了，来赤溪玩耍的游客一年比一年多，就算利用长安街的房子开个农家乐。想归想，缺成本。村里镇里帮忙，了解到市妇联有个巾帼创业扶持项目，可以拿到 8 万元的低息贷款。"

杜春蓉一边说一边在灶台上操持，有客人在山里人家定了晚餐。有了 8 万元的贷款，杜春蓉夫妇就在自家楼房，开设了 8 个客间 15 个床位，内内外外精心装修了一番，购置了相应设备，楼下办餐饮，主营地方特色美食。

我马上想到有名的赤溪"四大缸"。对美食欠热心，所以尽管赤溪来过许多次，曾多次在村里吃过饭，对"四大缸"直至今天仍不甚了解。杜春蓉"咦"了一声，我和她的交流，混用普通话和福鼎话，她自然知道我是本地人，本地人弄不清楚赤溪"四大缸"，她大概觉得有些不可思议。

"第一缸墨鱼炖鲜笋，第二缸土鸡汤，第三缸康鱼配豆腐，第四缸鲫鱼炖粉丝。用青花瓷带盖的大碗缸蒸煮、盛放，所以叫四大缸。"手里在忙活的杜春蓉骄傲地瞥了我一眼。

她这么一说我就知道那是些什么了。除墨鱼是海鲜，要从就近的牙城进货，其余食材都是赤溪自产。赤溪的笋，又脆又甜，挑到集镇城里卖，叫价贵人家还抢着要。鲫鱼、康鱼是两种对水质极挑剔的淡水鱼，很长一段时间，福鼎全市就只听说赤溪的溪里才有。这些年生态环境有了很大的改善，不少溪流又见到鲫鱼、康鱼，不过人们最信任的还是赤溪的鲫鱼、康鱼。我的一个朋友因爱人生病，歇一段就要跑赤溪买鲫鱼、康鱼，医生交代，病人要少吃或不吃养殖的鱼，也要少吃或不吃海鲜，最好只吃野生的淡水鱼。赤溪的粉丝老早就很有名，赤溪还窝在山旮旯里受穷时，赤溪的粉丝干就成了亲友往来的礼品。再说到赤溪的土鸡，在溪滩边的竹林里放养，肌肉特别结实，脚爪特别有力，你揪着它的两只脚提起来，它的头还倔强上挺，发出强劲的啼鸣表示抗议。外出经商多年的村民吴贻国这些年回来了，把这些年挣的钱都投入发展养殖业，其中一个项目就是放养土鸡。

山里人家杜春蓉夫妇俩做人做理朴实，做生意讲究货真价实，很得客人青睐。一年下来，能挣个十五六万。

杜家堡

杜赢门店对面的巷子通往杜家堡。杜家堡由七座大宅院组成，7座大宅院前后左右相互勾连，形成一个错落有致的建筑群。顾名思义，这是杜家人的旧宅，杜家迁居赤溪村至今不少于400年，是最早迁居赤溪的族群之一。仅从杜家堡宅院建设的规制，也能判断赤溪的杜家曾有过一段辉煌历史。不过我第一次走进杜家堡时，庞大的建筑群已经衰败得不成样子，墙垣倾圮，檐瓦毁坏，梁柱朽烂，瓦砾成堆，杂草横生，已无人居住。

记不清第一次走进杜家堡的准确时间，因为在这之后又来了几次，所见与第一次并无不同。杜家人搬出老宅，把新房子盖在长安街，就没想到要再搬回来。毕竟就居家生活而言，新楼房的舒适度是老宅所不可比拟的。他们还没意识到，这架构宏大、沉淀着丰厚时光和人文历史的破宅子所具有的文化和经济的巨大价值。

我与杜家堡的邂逅应该不早于2012年，之前来过赤溪，没人和我说起它，自然也不会有人领我去看一看。我是在村里东走西逛，从长安街拐进坑里弄，小心翼翼跨过一条七零八落的石堤、一条几近干涸的溪沟，眼前才出现了一处残破不堪的停滞在历史中的建筑群，内心一动，便顺着布满青苔的窄小石径绕过同样破败的石围墙，走进正中一座大宅子。门厅，天井，左右庑房，正厅正房，后堂，小园苑，又通过两边的侧门与甬道，与左右的宅院相通。又穿行了两个宅院，脑海里情不自禁地浮现出电视剧《大宅门》中上演的爱恨情仇。

把发展旅游作为赤溪打赢脱贫攻坚战、进而走向小康的主攻方向，已经成为上上下下的共识，而且已经启开大幕，有了不小的成效。从上游杜家的水上户外拓展项目，到赤溪村里特色种植园，从村容村貌的整治美化到杨（家溪）赤（溪）旅游公路的兴建、竣工通车，从小溪旧民房改造成"漂亮的房子"到溪东玻璃栈道成了赤溪的新热点景观……赤溪旅游的内涵和相应的设施、环境建设在不断充实中。

但是还缺点什么。

缺什么呢？文化是旅游的灵魂，生态之外、自然景观之外，赤溪还需要文化。30多年扶贫路的积淀当然是赤溪最核心的文化，需要好好整理、展示、发扬光大。于是有了村口的标志石，上面镌刻九个大红字："中国扶贫第一村——赤溪"；有了人民会堂里的扶贫展示馆，全国少数民族特色村寨这张名片背后的畲族文化要挖掘出来，利用起来；于是有了民间农历四月四畲族凤凰节的复办、有了规划建设中的畲族风情园，7座以榫卯式结构形成整体的杜家堡是祖先为后人留下的一笔丰厚的馈赠，400多年的时光沉积的人文内涵等待挖掘……

"一定要把杜家堡开发出来、利用起来。"我对杜家住和陈双杰说。杜家住是现任赤溪村党总支书记，陈双杰是太姥山管委会干部，下派赤溪村任驻村第一书记。走出杜家堡，来到旧时的人民会堂现在的赤溪村史馆时，我们聊起了杜家堡开发的话题。杜家住是老朋友了，3年前我就和他谈论过同样的话题。我记得他当时的表情，目光从杜家堡的老宅院徐缓地移到我的脸上，愣怔一会儿，似乎有话要说，却终于没说出来。

我理解杜家住们的无奈。修缮杜家堡所需的资金不是小数目，即使如我之类不善算经济账的人，也能判断那一定是一个巨大的数字。

眼前的杜家堡已经完成了第一轮的修缮，7座大宅院的整体外观已经完成修葺，总体的架构已经恢复旧貌，核心的一座室内已完成适度修整，布设成扶贫文化、畲族文化展示平台，成为来赤溪旅游的游客们必逛的一站。或许正因为有了很好的起步，杜家住和陈双杰看起来信心满满。

村史馆的大屏幕上正在播放2016年2月19日习近平总书记与赤溪村干部群众视频连线的场景，我们伫立在屏幕前，静静聆听总书记温厚的声音：

"'中国扶贫第一村'这个评价是很高的，这里面也确实凝聚着宁德人民群众、赤溪村的心血和汗水。我在宁德讲过，滴水穿石，久久为功，弱鸟先飞，你们做到了。你们的实践也印证了我们现在的方针，就是扶贫工作要因地制宜，精准发力。希望赤溪村再接再厉，在现有取得很好成绩的基础上，自强不息，继续努力。扶贫根本还要靠自力更生，还要靠乡亲们内生动力。但是党和国家会一直关心你们、支持你们！"

我看到视频的这一头，赤溪乡亲们的脸上笑在流淌，泛动着金黄的光泽，从村史馆涌出，洇漫开来，又汇入先前在长安街遇见的幸福阳光，汇入穿过村庄的九鲤溪，流向更广阔的天地。

少数民族一个都不能少

◎ 朱国库

2020年，历史会铭记这个年份。

中华民族，将在这片960万平方公里的土地上实现一个全人类都无比向往的梦想——脱贫致富。

脱贫，这是我党在新时代的三大攻坚战之一，堪称"世界殊"。一个声音，响彻世界。"打好脱贫攻坚战，既要普通地区贫困人口精准脱贫，还要一个少数民族都不能少。"

这声音，传递着中国共产党的执政自信，更传递着执政为民的伟大情怀！

一

宁德市是畲族的主要聚居地。其中，福安、霞浦和福鼎是全国三大畲族聚居县。

习总书记说，少数民族是我国脱贫攻坚的"硬骨头"，是全面建设小康社会的一道坎。

见微可以知著。宁德畲族的群体脱贫致富，就是全国的典范，更是共产党人敢于啃"硬骨头"的见证。

让我们将视线投向福鼎的几个畲族新生活图景吧！

赤溪，青山绿水间的诗意栖居。走进赤溪村的长安新街，眼前是徽派风格的民房，酒楼、茶行、特产馆、小吃店林立。门前清流涓涓，屋后花香袅袅。好一派新村新景象。

一座白墙乌瓦的砖楼前，一位钟姓老伯正悠然抽着水烟筒，那种闲适感，弥漫在升腾的烟雾中。与老伯闲聊，老伯热情地打开话匣子：村里近几年开启了"党支部+合作社+基地+农户"的运作模式，让这里憋了几十年的茶业、食用菌、水产等特色农产品都走出去啦。我这老头子，以前哪懂得那溪里的康鱼能这么值钱，现在，我儿子一年光养殖康鱼就有好几万块的收入。今年，我儿子又开始经营无公害茶园，按我这个老头子来看，这肯定赚钱！钟老伯说到这，又娴熟地点起一袋水烟，悠然地吸上一口，幸福感洋溢在那曾经沧桑的脸上。

要不是透过一段文字的记载，谁能想到，这里曾经是福鼎的"老、少、边、穷"呢？谁又能想到这里曾经是福鼎的穷山恶水呢？如今，这里的青山绿水，都是财宝，让赤溪畲民们实现了中国农民几千年来的梦想——诗意的栖居。

佳阳，畲族人民唱新歌。早春二月，金灿灿的油菜花早就开得满坡满野。花香传送，畲歌悠扬。"李花开来桃花开，双华二月起舞台。一来会亲二会友，会亲会友比歌才。"这是佳阳畲族乡双华二月二的歌会。经过多年的经营打造升级，双华二月二歌会已成福鼎文旅的一张名片，吸引着香港、澳门、台湾两岸三地的众多游客前来体验观光。昔日被人们看作象征着畲族落后的物事，如今大放光彩：竹竿舞畲家拳，是力道与节奏的契合；编斗笠织裳衣，是一个民族的灵巧与智慧；唱畲歌展民俗，是一个文化的传承与光大；打糍粑舂鼠麴果，是乡愁记忆与延伸……奔向小康的畲民们，用各种方式，展示一个少数民族的缤纷色彩。

"洋口海僻平涛涛，九鲤鱼儿实在多，一网折拖一海篮，伙计睇见笑嗬嗬……"畲族民间歌手李圣回唱到这里停住，问："为何畲歌笑呵呵？都是党的好政策多！"他说着，又唱起来了。歌声飘过这个古老的村庄，与新时代的旋律汇成更为壮丽的乐章。

　　硖门，牛歇节"火头旺"。瑞云千年古村又迎来了"四月八"，这是福鼎畲族同胞们最重要的节日之一。这一日，畲民们团聚在一起，围着耕牛，以一种古老而又虔诚的仪式，给牛"喂酒"，然后起舞欢歌，表达对牛的崇敬。更大的盛典是在夜里。夜幕初合，那些畲民头人就点起篝火，年轻的阿哥、阿妹举起手中的火把，在篝火旁舞出炫目的火龙。欢快与热辣奔放的畲歌蹿向云霄。这就是硖门瑞云的"火头旺"，这是畲民祖祖辈辈的祈愿和渴盼，在民族复兴和脱贫致富的征程上，终于焕发出更加耀眼的光芒！

　　这样幸福的畲民生活图景，在管阳的社阳、白琳的康山、前岐的桥亭……都可以看到。

　　"少数民族不能少，畲民生活更美好，感谢政策来引导，未来还要起高潮！"畲族鼓手队成员蓝春守用歌声表达自己无比喜悦的心情。

二

　　80多岁的阿留婆，已是儿孙满堂，在城里过着温馨安详的晚年生活。可阿留婆却闲不住，要到处逛逛，见到街边小巷的废品总要捡回家。儿孙们都极其反对，我也觉得很不理解。我问她为何不享受清闲生活，她给我讲起往事。阿留婆说，那时畲民多苦，一家人吃糟糠，下饭的菜是炒麦子，放在一个竹筒里，筷子夹炒麦，每次只能一下，这是规矩。常年穿一条裤子，有的畲民衣不蔽体，冬天屁股冻得青紫。怎么换衣裤呢，人包在被窝里，家人将洗完的衣裤放在大口铁锅里炒，这叫"炒衣裤"，炒干了再穿上。村里有户雷姓族民，家里有7口人，因为穷，3年内死了5个人，那种惨境，让人心寒。阿婆讲完往事，开始抹眼角。我明白了，阿婆为何在幸福的日子里还要捡破烂。她是不忘那苦，珍惜这甜。

穷得不仅是阿留婆，今天磻溪镇的下山溪畲民还记得这样的歌谣：昔日特困下山溪，山高路险鸟迹稀；早出挑柴换油盐，晚归家门日落西。这歌谣唱出了当年下山溪畲民的几多悲苦泪。

下山溪，畲民聚居地，是一个"挂在"山腰的村子，四野是山峦起伏，丛林榛莽，野兽出没。畲民住茅草屋，遇上雨天，外面大雨不绝，屋内小雨嘀嗒；照明松油灯，果腹地瓜米，下饭野苦菜、盐水；一出门就要爬山过岭，羊肠小道，实在是坎坷崎岖。出门难，因为路难行；难出门，因为一家人只有一件可以遮体的衣裤。

说到行路难，70多岁的老李深受其苦。那年他23岁，妻子难产大出血，路远无法救治，最终带着多少憾恨离世。这是老李一生的痛，他后来也再没娶妻室。

下山溪畲民整村搬迁时，老李站在新楼前，放了长长的鞭炮，他用这样的方式告别一个悲苦的时代，拥抱一个崭新的时代。

三

翻过这沉重的一页，是一个极其艰辛的过程。习总书记强调，脱贫攻坚战，要久久为功，做到一个少数民族不能少。在这思想的指引下，广大党员干部能吃苦，敢当先，为"少数民族一个都不能少"而废寝忘食。

赤溪村，三十年的脱贫致富路，一路都是感人的故事。从十年"输血"无功收场，到十年"换血"搬迁扶贫，再到十年"造血"靠"旅游+产业"脱贫摘帽，三十年的时间，都是党员干部带领群众一步步摸索出来的，一步步奋斗出来的。

赤溪村的发展，给了周围一些畲族村信心。佳阳乡双华畲族村，土地贫瘠，荒山茫茫。如何在这贫且荒的土地上开出一条幸福路？村干部蓝春志面对荒山，想出一条路，得到包村领导乡人大主席钟朝晖的认可。于是两人翻山越岭实地考察，挨家挨户疏通思想，四处奔波筹措资金，开设班级普及养羊知识。这个过程多少艰辛只有蓝春志和钟朝晖知道，但他们觉得值得，因为他们是党员干部，必须要担起这副重担。

如今，双华村山头上处处可听羊唱歌。由于品种优质，吸引了福州、连江、罗源等地客商直接进村下订单。畲民雷代兴高兴地说："以前山头长野草，如今处处都是宝!"在这个"羊计划"中，整村没有人落下，他们都跟上了幸福的步伐。

正是这"一个都不能少"的召唤，才让这"畲花"分外艳。畲民正以一种崭新的精神面貌，融入中华民族这个大家庭中。致富路上，一个也不能少!这响亮的声音，如万里春风，让畲民焕发无限的生机。

四

2020年夏夜，桐江溪两岸霓虹闪烁，江水流光溢彩。江岸上，有人在唱畲歌："我唱山歌给你传，中华民族大家欢。哪抹（没有）党的政策好，哪有畲民路儿宽？今日我唱你来听，第一难忘党恩情。党恩山高深似海，叫我如何还得清……"

这畲歌，唱出了畲民们的心声。这歌声，必将汇入时代的洪流，汇入闽东脱贫致富奔小康的壮丽篇章。

一个声音响彻世界。

"少数民族一个都不能少……"

这是中华民族的最强音。

这是中国共产党人的一份担当。

中华民族必定会打赢这场史无前例的大胜仗。

下党见证幸福梦

——寿宁下党乡精准扶贫工作纪实

◎ 吴通华

从寿宁县西部修竹溪沿岸的溪源村往北，一条宽敞的黑色沥青公路直通下党乡。一路直上，青山如黛、林木葱茏、果园片片，翠绿丛中的野花、飞鸟不时映入眼帘，让人心旷神怡。不到 15 分钟的车程，就到了下党村。

同样的距离，同样的位置，而在 25 年前，从溪源村到下党村，只有溪涧旁边的一条羊肠小道，步行需走 3 个多小时。

下党乡经历了 30 多年的扶贫攻坚，已由当年的穷山乡走出了一条既要百姓富也要生态美的发展之路，森林覆盖率达 81%。2014 年 11 月，下党乡下党村入选第三批中国传统村落名录；2015 年 8 月，下党村入选首批国家级乡村品牌；2016 年 4 月，下党村被国家旅游局确定为全国首批乡村旅游扶贫工程观测点，同时入选福建省历史文化名村。1988 年，下党乡农民人均纯收入仅 146 元；2015 年，农民人均纯收入 8275 元，翻了 56 倍。

道路交通——改变从这里开始

时间追溯到 30 多年前的下党乡——

因不通公路，信息闭塞，群众长期困守着"九山半水半分田"，经济发展十分缓慢。当年任下党乡党委副书记的刘明华回忆："进山出山都要爬山，群众最怕的事情有三：一怕生病，二怕挑化肥，三怕养大猪。"

1989 年 6 月，下党乡卫生院院长王金章去碑坑山村为群众看病。因天气炎热，王金章返回时大汗淋漓，于是便到溪边洗了个澡。当晚，王金章发高烧，翌日病情加重。乡里最好的医生病倒了，谁不着急？于是乡领导安排刘明华立即将他送到县医院医治。刘明华一边叫来几个群众，用担架把王金章抬到托溪乡溪坪村；一边与县医院联系救护车接人。然而，救护车还没到达溪坪村，年轻的王金章心脏已停止了跳动……回忆当年的情景，刘明华痛苦万分。

杨溪头村路后坑自然村一名村妇遇难产，亲属将她送往平溪乡卫生院，抬到半路，产妇便流尽了血液而死亡。里碑坑头自然村一位 67 岁的农民挑一担化肥在返回的途中，累得精疲力竭，突然倒地，一命呜呼，扁担还横在脖子上。

"山岭高，路又长，样样东西用肩挑，半世光阴路上忙。"这是里碑坑头自然村农民生活的真实写照。

位于下党乡北部的里碑坑头自然村，距离下党乡所在地 12 公里，距离平溪乡所在地 24 公里，是下党乡最偏远的一个自然村。现已 83 岁的吴桂湾老人说："建乡之前，公余粮要从村里挑到平溪，化肥又要从平溪挑到村里，来回一趟就是 40 多公里，需要 2 天多时间，真是挑一遭，怕一遭。"他回忆说，当年村子还是一个"草鞋村"，每年秋收之后，村民们将稻秆晒干，一担担挑回家中打草鞋、编床垫。

"路通财通","要致富,先修路",寿宁历届党政领导强烈意识到无路就走不出真正的"脱贫路"。

在省、市、县领导的关心和支持下,1991年,开通溪源至下党乡总长 12.6 公里的进乡公路。随后,又陆续开通了下党至浙江庆元县龙溪乡的 16 公里跨省公路,下党至碑坑、曹坑、西山、葛垅等村的出村公路。

新世纪初,下党乡开通了上党村至下党村 8 公里的简易公路。2005 年,在省下派驻村干部的带领下,上党村投入资金 260 多万元,对道路进行拓宽和硬化,面貌也焕然一新。

如今的下党乡,公路网纵横交错,通往周边 4 个乡镇都有了公路。

道路通了,信息畅了,发展的信心也足了,下党群众也高昂起头。

造福搬迁——希望从这里孕育

走进下党新村,放眼望去,一栋栋新建的小洋楼拔地而起,一排排民房建筑错落有致,鳞次栉比;一条宽 18 米的主街道从乡政府门前往北延伸,两旁绿树成荫、店铺林立。中国第一个扶贫定制茶园"下乡的味道"招牌亮丽醒目。该家店铺于去年开张,销售当地生产的各品种茶叶、小笋干、粉扣、土豆片等特产,前来购买土特产的外地游客络绎不绝。

"上山底、下山底、石后坑、黄瓜垄、梅仔岗……"说起下党乡的造福工程,寿宁县脱贫办副主任吴厚华如数家珍。他说,下党乡的自然村特别分散,特别偏远的就有二十多个,有些自然村只有一户人家,有的仅有二三户人家,搬迁任务十分艰巨,我们在水、电、路等配套资金上下功夫,为搬迁户做好搬前、搬中、搬后服务,协调解决他们生活中存在的困难和问题。

1994年，老区基点自然村上山底、下山底2个自然村4户群众以"造福工程"的方式搬迁到下党新村。政府统一规划，在下党新村为他们每户安排一块地基。当年，付青福、周尚佺、赖传礼、谢时发4户村民搬迁新居。从那时开始，碑坑山、碑坑头、兰尾、灰楼后等偏远村庄群众也陆续搬迁到下党新村。到目前为止，下党新村"造福工程"安居点共建小楼房230多座，安置各偏远自然村及下党主村地质灾害点的群众200多户600多人。

"现在客人多了，我不用外出打工，在家也能赚钱。"从上山底自然村搬迁到下党新村的吴信梅自豪地说，"前几年我都在外地打工，去年乡里搞旅游开发，外面来了许多游客，我与妹妹开了一家饮食店，生意挺好的。"

吴信梅早年居住在上山底自然村，只有一户人家。她说，当年吃的是地瓜米、马铃薯，晚上点火篾、松明，天一黑就关上大门。如今住上了新房子，有彩电、冰箱、洗衣机等，前后对比，日子真是两重天。

从2004年开始，省委组织部下派驻村干部欧龙光任上党村党支部第一书记。3年时光，山村发生巨变。老支书杨奕寿感触最深，他说："欧书记驻村的3年时间，村里发生了三大变化，路变宽了，村变美了，群众也勤快了。"

基础设施的完善，让上党坑底、溪源头、上村、王坑等自然村群众看到了希望，他们在上党村或原来的村庄建了小洋楼。从坑底自然村搬迁到上党村居住的周乃光说："这里居住环境好，小孩子读书也方便，而且老家的山场、田地也能管理好，不比外出打工差。"

随着造福搬迁工程的推进，下党乡境内偏远自然村如今荒废的有20多个。这些自然村的消亡，是下党老区人民从落后走向文明、走向进步的一个重要里程碑。

唱好山歌——梦想从这里飞翔

"下党的发展，主要抓'做'功，而不是'唱'功。要更新观念、拓宽思路，把路子摸得更清楚一点，把脚步迈得更扎实一些。要以一村一户一人为对象去想路子，去解决问题，一个项目一个项目地上，才能实打实地上一个新台阶。"

30多年来，下党乡干部群众牢记当年习近平同志提出的发展思路，立足乡情、脚踏实地抓发展，因地制宜、扬长避短，走出一条水电强乡、农业富民、生态立乡的发展之路。历届乡党委、政府精准发力，通过引进新品种、建设示范基地、组建农业专业合作社等，种植发展茶园面积5700多亩、脐橙3000多亩、锥栗2000多亩、毛竹6000多亩。

"茶叶、脐橙、锥栗是村民最主要的经济来源。"西山村民主任王光绍说，"如今在家村民，少的收入二三万元，多的收入五六万元，比外出打工收入还多。"王光绍算了一笔收入明细账：脐橙20亩，收入21000元；锥栗30亩，收入26000元；茶叶8亩，收入18000元……他说，农民的普遍富裕，得益于各级党委、政府的关怀，当年政府引导我们种果树，现在尝到甜头了，是扶贫部门扶起我们现在的生活。

2014年7月，省委组织部下派干部曾守福担任下党村党支部第一书记，驻村帮扶，实施精准扶贫。同年10月，下党村和南安市蓉中村签订友好村共建协议，实施"福山水"消费扶贫项目，首创全国第一个扶贫定制茶园，实现"茶园与茶杯"的直接对接。

"定制茶园这种模式，可以充分利用互联网的工具，将贫困村的产业与大众扶贫和消费需求有效对接，市场具有广阔性。"曾守福说，"整合资源、打造品牌、保证质量，让村民收入普遍翻倍。"

从 20 世纪 90 年代初期，当年第一次见到汽车说是"灰楼仔"，见到电灯泡说是"白葫芦"的山娃子们走出了山门，在广东、闽南一带从事水果批发、经营超市等。据不完全统计，目前下党乡群众在省内外开有 200 多家超市，总投资 8000 多万元。

下党乡的变化吸引了不少在外能人回乡创业，现年 41 岁的王光栋早年在福州、石狮做服装生意。2008 年，王光栋回乡种植茶叶，成为村里的致富带头人，现拥有茶园 30 多亩，其中金观音、金牡丹等优质茶 15 亩，年收入 10 多万元。2013 年，他又在亚桔溴承包 25 亩荒田，种植红心、布鲁诺、黄金果猕猴桃 2500 多株。他说，猕猴桃进入丰产期，年收入可达 10 万元以上。

去年，在外创业青年王培根与"发小"杨水平、王明城、王林典等 5 人投资 100 万元创办兴农生态养殖场，养殖野山羊 280 只、土鸡 3000 只、土鹅 1200 只。他说："家乡生态环境良好，资源丰富，现在有了定制消费扶贫项目，不愁没销路。"

下党脱贫致富的步伐在不断加快。站在新的起点上，老区群众发扬滴水穿石的闽东精神，以弱鸟先飞的赶超意识，在开发乡村旅游产业的同时，自力更生、持之以恒唱好"山歌"。

一盏高山茶 清香飘下党

——记下党扶贫定制茶园谱写脱贫攻坚新篇章

◎ 徐 飞

庚子初夏，天朗气清。为了解寿宁县下党乡决战决胜脱贫攻坚的真实故事，笔者陪同市采风团深入闽浙边陲下党乡采风，再一次深切地感受到这块红土地的巨大变化。

因原进乡公路全面改造还在施工中，我们一行 5 人从县城出发，绕道托溪乡峡头村直抵下党。沿着弯弯曲曲的盘山公路，翻越峡头大山，便进入下党境内。下党溪两岸高山耸峙，溪水潺潺，树木繁茂，青翠欲滴。驻足在单拱跨度世界之最的鸾峰桥头，除了鳞次栉比的土黄色老屋，清溪碧水，满眼青翠，在一湾绿水清波的映衬下，下党古村俨然是一幅美丽的山水画卷。依稀可见的茶园层层叠叠，簇拥着泛出绿波，时有轻纱薄雾缭绕其间，我们仿佛置身仙境。

情牵下党：贫困山乡盼春来

下党乡位于寿宁县西部，西邻南平市政和县，北接浙江省庆元县，距离县城 43 公里，是寿宁最边远的老区山乡。"地无三尺平，路无三尺宽，出门要爬岭，开门就见山"就是这里的真实写照。由于地理条件恶劣，对外信息闭塞，历史以来这里长期处于贫困状态。20 世纪 80 年代，下党就是远近闻名的特困乡，1988 年建乡时，人均收入不足 200 元，成了全省罕见的无公路、无自来水、无电灯照明、无财政收入、无政府办公场所的"五无乡镇"。由于当时乡里没通公路，也没卫生院，村民常说有"三怕"：一怕生病，二怕挑化肥，三怕养肥猪。

习总书记在闽工作期间，曾"九赴寿宁，三进下党"，于 1989 年 7 月 19 日、1989 年 7 月 26 日、1996 年 8 月 7 日三进下党，调研指导扶贫工作，其中前两次是徒步到下党乡现场办公、慰问灾民，留下了"异常艰苦，异常难忘"的深刻记忆。30 多年来习总书记始终牵挂着下党，为寿宁县下党乡摆脱贫困、加快发展注入了不竭动力。

我们放弃了午休时间，参观了展览馆、古村之后，来到"幸福茶馆"，73 岁的老人王光朝一边热情地给我们泡茶，一边生动地讲述着有关下党往事与茶馆里的幸福往事。

"坐井观天的地方，连鸟都飞不出去的地方"谈到以前艰苦的下党生活，73 岁的老王心有余悸。下党乡通公路以前，由于交通不便，缺乏加工技术，百姓的茶叶只能经过粗加工，靠肩挑背驮 40 多华里运送到周边乡镇集市出售，但一直卖不出应有的好价钱。

"虽然茶叶质量好，但下党离周边集镇太偏远了，受制于人，贱卖茶叶也往往是无奈之举。不然，还得寄存在亲戚朋友家数日后再去求卖或挑回家。"挑担的路途劳顿之苦和售卖艰辛，令老一辈的下党人记忆犹新。

下党产茶历史悠久，不仅是寿宁高山茶的重要产区，也是寿宁种茶历史最早的地区之一。据史料记载，寿宁自明景泰年间（1450—1456）就已开始种茶，至今有 500 多年的历史。明代文学家冯梦龙任寿宁知县时，曾在其所著的《寿宁待志》中做了详细地记载："三甲住初垄，出细茶，十甲住葡萄洋村，出细茶，茶出七都。"不难发现，在清雍正十二年（1734）福宁府成立以前，受建宁一带古茶文化的影响，下党成了寿宁最早引种茶叶的山村之一。

下党山清水秀，全乡海拔在 300-1000 米之间，森林覆盖率达81%，常年气候温暖湿润，土地富硒富锌，受益于得天独厚的自然条件，这里的茶叶品质优越，质量上乘。1991 年下党通车之后，村民种茶的积极性得到很大提升，茶园面积逐年扩大，2014 年全乡茶园面积达 2500 多亩。下党、下屏峰等几个村都相继办起了茶叶加工厂，可以就近收购茶叶。老王说，多年来，下党的茶青行情都不太好，首季茶青价格好时勉强每斤达到五六元，多数时候茶青只能卖一两元，茶叶亩产毛收入只有 2000 多元。由于茶园效益不高，有些村民改成了发展脐橙、板栗等其他经济作物。

"由于加工技术落后，长期以来下党的茶叶一直卖不出好价钱，只能走中低端市场。以前下党人真的太苦了！一直盼望着哪一天能过上好日子。现在茶叶品牌做起来了，能在家门口卖茶叶，生活好起来了，真是幸福！要感谢党、感谢总书记啊！"眉开眼笑的老王被村民叫作"王幸福"，喜悦和激动的心情溢于言表。

幸福茶馆是由老王的旧房改造而成的，房屋装饰虽然朴素，但温馨又不乏文化气息。我们围在大板桌前，一边喝茶，一边聊天，茶馆里洋溢着幸福的气氛。问及去年是如何给总书记写信的，陪同的原乡党委副书记刘明华激动地说："下党人民脱贫了，下党的变化很大，我们 6 个人就是在这里秘密商议给总书记写信的，想给总书记报告一下下党的过去和现在，没想到总书记给我们回信了！我们非常高兴，非常感动。"

下党，是习总书记一辈子都忘不了的地方。因 30 多年前发生在下党乡一段"异常艰苦，异常难忘"的感人往事，下党迎来了历史性机遇，下党的茶叶从此华丽转身，走向了品牌新兴之路。

逐梦鸾峰：扶贫定制出奇招

2014年春天，是一个不平凡的春天。下党乡引起了海内外的广泛关注。3月，党中央第二批党的群众路线教育实践活动在全党启动。3月18日，习近平总书记到河南兰考县联系指导，在讲话时深情回忆起当年在宁德工作时，调研下党乡的往事。一路上披荆斩棘，汗水风尘，百姓自发送来的甘甜的绿豆汤，成了习近平总书记一生难忘的下乡的味道。习近平总书记回忆下党往事的消息不胫而走，成了特大消息，广大干部群众欣喜满怀，奔走相告，山城寿宁一时沸腾起来。

2014年5月8日，时任福建省委书记尤权专程驱车来到下党，在鸾峰桥上，尤书记与乡村干部、老党员、村民们促膝相谈。席间，尤书记想给乡里办些实事，给些资金或项目，征求乡村干部意见。"给钱给项目，不如派个干部来帮我们发展更好。"盼望已久的下党村干部迫不及待地，强烈要求省委给下党村下派一名干部，帮扶村的发展。同年7月1日，省委组织部终于派来了2名年轻干部到乡里任职，其中省组的干部任下党村党支部第一书记，交通厅的干部任乡党委副书记，为期3年。

省组下派干部曾守福到任之后，思维敏捷、谦虚好学的他，立即对下党的村情进行深入的调研，如何让下党摆脱贫困，成为他心头的结。由于工作的关系，我曾多次陪同中央及省市媒体记者到下党采访，也多次接触到曾守福。修一条路，要一点钱，改变一点村容村貌，传统的驻村帮扶模式，曾守福觉得不够。"我离开后，下党村怎么办？如何把下党村造血功能的任务落到实处？"曾守福一直在思考着如何改变群众落后的思想观念，授下党以渔，为下党群众造血。

对下党的未来，习近平曾语重心长地叮嘱，"下党的发展，主要抓做功，而不是唱功"。面对积贫积弱、远近闻名的贫困村，又肩负着组织的重托和群众的期盼，曾守福一度陷入沉思。记得 2014 年采访曾书记时，他介绍说，为了想到一个能给村里造血的方法，晚上睡不着，躺到鸾峰桥上，看星空听流水，苦思冥想了好几个晚上。

功夫不负有心人。在省组和各方的助力下，中国首个扶贫定制茶园在下党诞生。消费扶贫新理念被引入下党村的茶产业生产营销中，实现了卖茶叶向卖茶园转变。

在曾守福策划下，下党村将原来一家一户零散的茶园进行整合，首期推出 600 亩扶贫定制茶园，向全国招募爱心茶园主。茶园以一年一亩 2 万元的价格买下茶园，合同期为 5 年。买下茶园后，茶园的生产管理归专业合作社，每年每亩向茶园主提供 100 斤干茶作为回报。通过该项目，茶农每亩茶园可增收 4000 元，村财收入逾 20 万元。

就这样，用这个理念，曾守福想出了扶贫定制茶园模式。模式确定之后，他找到北京一家品牌策划公司合作，负责项目推广和销售，积极通过"互联网+TV"、电商、微商、网店、媒体等多种渠道宣传推介，努力提升"福山水·聚茶园"扶贫定制茶园的影响力。2015 年全国两会期间，"福山水"在北京发售，"产业扶贫+消费扶贫"的理念，吸引了不少眼球，得到了国务院扶贫办主任刘永富，全国人大代表、南安市蓉中村党委书记李振生的认可和推介。

茶园有人定购了，茶叶由谁管护？又如何加工并保证质量？经过妥善考虑后，下党村成立蓉党茶叶种植农民专业合作社，注册了梦之乡农业综合开发有限公司，以村委占股 20%，村民占股 20%，管理人员占股 60% 形式，建设 1600 多平方米的标准化厂房，安装茶园、厂房摄像头 48 个，优先吸收了本村有劳动能力的贫困户到合作社、茶厂打工。通过这样的模式，既兼顾了各方利益，调动了积极性，又保证了村民和村财收入。村里只负责茶园管护和茶叶生产，市场营销和品牌推广由北京一家公司运作。经过几年的运行，每年茶农能增收

3000多元。2016年下党全村27户贫困户脱贫。村民人均可支配收入从2014年的4600元增长到2019年14777元，村财收入增长到53万元。

扶贫定制茶园模式在下党的生动实践，一方面说明了在扶贫中，扶"志"与扶"智"要紧密结合，要把群众的思想统一起来，发挥他们的积极性，明确目标，团结协作，才能走出一条抱团发展的新路子；另一方面说明了要立足实际，找准契合点和突破口，运用新理念新技术，突出地方特色，发展特色产业，即便是落后偏远的贫困村，在脱贫攻坚、乡村振兴的广阔舞台也仍然可以大有作为。

牢记嘱托：树强品牌谱新篇

这次下党采风，刚好碰上了滴水缘合作社在下党村的文化广场，隆重举办2020年春季茶青溢价补助发放社员大会，当天给600多户社员发出今年春季茶青溢价补助金61.6万多元。听负责人王菊弟介绍，今年春茶生产期间，联合社共收购了609名社员种植的金牡丹等高优品种茶青37.7万多斤，按社员售卖茶青数量比例另外给予春茶市价20%的溢价分红，这样可以提高村民管护秋茶的积极性。据了解，2020年初，下党定制茶园覆盖到全乡10个村609户农民，定制规模达到1000多亩，全乡茶园面积达到6000亩。

穿过下党新村往后山方向大约2公里，来到后村垅自然村。这里地势稍微平坦，村子周遭几乎都是茶园，绿油油的，茶园边上零星散布着监控，数个扶贫定制的牌子显得格外醒目。梦之乡农业综合开发有限公司的茶厂就建在村口，只听见厂房里机器轰鸣，工人们正在生产线上忙碌着，阵阵茶香扑鼻而来。包装车间里，六七个工人戴着口罩有条不紊地包装茶叶，一盒盒打着"宁德时代"金色字样的成品茶被装进一个个大纸箱中。

"宁德时代是我们的大客户，今年定制达 1000 多万元。"公司负责人王菊弟引以为豪地说，"今年定制我们的茶园客户有 150 多个，年销售额超过 2000 多万元。"我听后十分惊诧，一家客户就定制了 500 多亩，能取信于这样的大公司，并下这么大的订单是多么不容易啊！

乡干部介绍说，我们的茶园管理引进了"互联网+"，是可视化的，客户登上 APP 可以随时随地查看茶园情况，茶叶从种植到采摘、加工、包装全程可视化。我们还创建了"下乡的味道"作为品牌，便于下党的茶叶走出寿宁，走向全国。

"下乡的味道"多么接地气的名称！一时又勾起笔者 6 年前与"下乡的味道"结缘的那段记忆。

2014 年 3 月 18 日，习近平总书记在河南兰考县做指导讲话时，深情回忆了调研下党乡的往事。然而，总书记提及下党的内容作为内部讲话，并没有在媒体上广泛报道。

总书记讲话后，寿宁县委对总书记在闽工作期间 "九赴寿宁，三进下党"调研帮扶的"往事"高度重视，要求相关部门立即收集资料，同时在下党开辟党的群众路线教育实践基地。当时笔者担任县委宣传部分管副部长，有幸承担了该基地展馆的策划建设的具体工作。为多方收集资料，除了查阅档案、寻访亲历者、了解基层干部、收集图片等等，笔者终于在总书记讲话 21 天后，笔者惊喜地搜索到 4 月 10 日《人民日报》海外版刊发的一篇短文《下乡的味道》。这是中央媒体里最早对习近平总书记在下党村下乡调研的细节进行报道的文章。这篇不到 1000 字的文章，第一时间在下党群众路线教育主题馆里展示出来，引起强烈反响。陈振凯记者用敏锐的目光采写了这篇报道，将"一路上的披荆斩棘、汗水风尘，百姓自发送来的甘甜的绿豆汤"概括为习近平总书记"下乡的味道"，并号召党员干部都应该"下乡去，尝尝下乡的味道"。

下党扶贫定制茶园必须走品牌之路，才能做大做强。《下乡的味道》给曾书记带来了启发，不如把下乡的味道作为品牌，把总书记为民情怀的思想延续下去。2014 年 9 月，下党村以"下乡去，尝尝下乡的味道"为广告语，注册了"下乡的味道"多类商标使用权，并得到国家商标总局的批准。以下乡的味道为品牌，下党村随即探索创新了中国第一个可视化扶贫定制茶园项目。

千淘万漉虽辛苦，吹尽狂沙始到金。在党的扶贫政策的指引下，伴随着扶贫定制茶园和乡村旅游的兴起， 2017 年下党村农民人均可支配收入增加到 12500 多元，村财收入达到 23.3 万元，带动全村 31 户建档立卡贫困户全部脱贫。2019 年，全乡农民人均可支配收入又跃升到 14777 元，全乡建档立卡贫困人口 503 人，实现全部脱贫。

经过几年的发展，"下乡的味道"已成为寿宁县在外最具影响力的"扶贫定制农业第一品牌"。"只卖茶园不卖茶"的扶贫新模式，成为十八届中央政治局第 39 次集体学习会材料，被国务院扶贫办列为全国 12 则精准扶贫典型案例之一。2018 年下党乡荣获全国脱贫攻坚组织创新奖。

一花独放不是春，万紫千红春满园。为助力全县脱贫攻坚和乡村振兴，在寿宁县委县政府的重视下， 县国有企业与大学生创业团队合资成立了福建"下乡的味道"电子商务有限公司，由县里对"下乡的味道"品牌进行保护、开发和运营，通过"平台+合作社+农户"和"我+1"产业扶贫计划，利益联结全县 1000 多户贫困户，让 80% 以上贫困户通过产业实现稳定脱贫。下一步，寿宁县还将以创建寿宁（下党）国家级农村综合性改革试点试验区为契机，进一步深化"定制茶园"模式，促进新兴模式共建共享，以此推动走好具有寿宁特色的乡村振兴之路。

五月的下党，梧桐花开遍了山野，雪白的花瓣像满天的星光，把群山装点的闪闪发亮。站在后村垅村口，数百亩茶园尽收眼底。那首优美的茶歌情不自禁在心中升腾，"云里的风，催发新芽；山顶的雨，滋养奇葩；青山有意铺开了绿，捧出了寿宁高山茶……"

夜深了，采访结束回到下榻的游客服务中心民宿，窗外的下党溪静静地流淌着，沿溪的霓虹灯五彩斑斓，不远处那座饱经风霜的鸾峰桥显得格外静谧端详。当年那位伟人在廊桥上开会休息活动的身影浮现眼前，那句"弱鸟先飞、滴水穿石""坚定信心、埋头苦干、久久为功"的嘱托宛如桥下潺潺的流水声，在廊桥里萦绕，在夜空中回荡，不绝于耳。

下党，习总书记一辈子忘不掉的地方。下党，是中国脱贫攻坚的一个缩影。曾经的"五无"乡镇嬗变为今天的美好家园。昔日的穷山恶水华丽转身为当下的金山银山。

三十载，魂牵梦绕，岁月如歌；三十载，春华秋实，茶果飘香。在党的扶贫政策的帮扶下，下党人民发扬"弱鸟先飞，滴水穿石"的精神，矢志不渝，奋发图强，在反贫困斗争的伟大决战中，终于干出了红红火火的好日子。

让连家船铭记历史

◎ 唐　颐

连家船作为一种千百年存在的生活方式已经销声匿迹。

现今，福安市下岐村的村史展览室里安放着一条 20 世纪 60 年代制作的连家船，船长 7 米，宽 2 米，木质船体，竹棚为顶，斑驳沧桑。

走出展室，来到下岐村渔民广场，广场之中矗立着一座长廊，古香古色，简约壮观，长廊的造型来自连家船的创意。

一小一大，一实一虚的"连家船"，眺望着面前波光粼粼的大海，记忆的闸门打开了，犹如潮起潮落。

一

一条破船挂破网，祖孙三代共一船。

捕来鱼虾换糠菜，上漏下漏度时光。

2020 年 5 月底，我参加宁德市文联组织的采风活动，来到下岐村。下岐村党支部书记郑月娥是连家船渔民的女儿，她站在渔民广场上为大家朗读这首诗。

这是一首生活在闽东沿海一带连家船民的歌谣。

连家船民，旧称"疍民"，《辞海》注释：船民，是中国沿海一个很特殊的族群，主要分布在两广和福建东南沿海一带。"疍民"称谓始于汉朝，"疍"通假"蛋"字，因其船只首尾尖高，船身平阔，其形似蛋，故称"蛋船"。疍民生活习俗的最大特点就是"浮家江海""以舟为居"，长期过着水上的"游牧"生活，又称之"水上吉普赛人"。

闽东地区疍民主要靠讨小海捕捞海鲜为生，陆地与之无缘，真正"上无片瓦，下无寸土"，一家人甚至几代人挤在一条渔船上讨生活，一条小船就是他们拥有的一切。逼仄的生活空间与漂泊的工作环境，使许多老渔民双腿内弯，呈 O 型，成为典型罗圈腿，并伴有风湿病、关节炎等疾病。生活条件异常艰苦，新中国成立前更是身份卑微，被视为"贱民"，因此还有一个充满歧视的别称"曲蹄"，流传着"曲蹄爬上山，打死不见官"的说法。

郑月娥回忆起小时候生活：一大家子挤在小小渔船上，晚上总是伴着爷爷的鼾声入睡。遇上台风降临，爷爷就是总舵手，指挥爸爸和叔叔把船停靠在可以躲避风浪的港湾，我则躲在船舱里瑟瑟发抖，祈求风浪别再把锅碗瓢盆打破，明天可以点火煮饭。最美好的夜晚是躺在船头甲板上，听爷爷讲"天上一颗星，地下一个人"的故事，听懂了只有正直、勇敢、聪明的人，死后才能升天，成为一颗亮闪闪的星星。最向往的事情，就是坐在船头，远望岸上的孩子穿着新衣服，背着书包去上学。

直到 20 世纪 80 年代，贫困群体仍是连家船渔民的代名词。闽东一位著名记者曾于 1984 年拍了一张照片：一条连家船上，一个父亲摇着桨，船头上站着 4 个孩子，三男一女，五六岁至十二三岁，皆赤脚短裤，上衣又破又脏，木然的眼光望着镜头。那衣服，用"衣衫褴楼"形容固然贴切,但有人惊叹:孩子们就像用"海带"当衣服。从此,"海带衣服连家船"成了经典之照。照片题为《海上漂泊,祈盼脱贫》。

更有意义的是,这位老记者跟踪这一家子40余年,每10年拍一张照片,记述了这位父亲名叫林阿柱的一家人生活嬗变:1998年命题《造福工程,上岸定居》,2008年命题《发展养殖,脱贫增收》,2018年命题《人兴家旺,幸福生活》。

二

1998年是下岐村连家船民刻骨铭心的年份。这一年,他们拥有了真正属于自己的陆地上的村庄,他们让连家船作为千百年来的一种生活方式开始消失。

郑月娥1996年任村计生管理员时17岁。她清晰记得船民上岸定居的那个夜晚,家家户户灯火明亮,通宵达旦,有人"抱怨"席梦思太软,不如睡船舱硬木板习惯,从前是摇摇晃晃不晕船,今晚却踏踏实实地"晕床"。其实,许多人是住上了梦寐以求的砖瓦房,风雨无忧,有水有电,抚摸时尚家具,尝试新鲜电器,兴奋得睡不着觉。

1997年,福建省决定对连家船民实施搬迁上岸的"造福工程"。宁德市实施统一征地、统一规划、统一建房、统一解决"三通一平"、统一安置的形式,每户安排建房面积40平方米,每人补助1300元。从此诞生了下岐渔民新村。那一年,新村共建339栋房屋,511户2310人上岸定居。

1998年12月,时任福建省委副书记的习近平到下岐村连家船调研,猫腰钻进船民在白马江边临时搭建的吊脚楼,发现里面没电没水,阴冷潮湿,全部家当就是一口铁锅和一床棉絮。他动情地说,决不能让船民再漂泊下去,决不能把贫困带进21世纪。次日,"福建省造福工程暨连家船民上岸定居现场会"在福安市召开，充分肯定下岐村连家船民上岸工作。

到了 2000 年，宁德市实现全市 1.9 万连家船民全部上岸定居。

不久，下岐村被誉为：连家船渔民上岸第一村。

三

2000年11月，时任福建省省长的习近平同志再次来到下岐村调研，当时《人民日报》记述：习近平来到船民上岸后的红砖新居，径直走进厨房，掀开餐桌上的塑料网罩，看看他们吃剩下的东西，再拧开水龙头，清澈的自来水哗地倾注到水箱里，角落里放的是液化气罐和冰箱。他指示："我们不仅要让连家船民搬得走、住得下，还必须进一步采取措施使他们稳得住、富起来。"

"搬上来，住下来，富起来"成了下岐村发展的坚定目标。

习近平同志入户走访的第一户人家名叫江成财。此番采风，我也见到江成财。看着眼前这位身材魁梧壮实、皮肤酱紫发亮、精气神十足的渔民汉子，你很难与年逾花甲，子孙满堂的老者联系起来，不由地赞叹：劳动者最年轻。

江成财带领我们去看养蛏池。适逢收获季节，池塘旁凉棚下一堆堆新采的海蛏，渔家女们正紧张地挑选分类装箱，大卡车等着运往福州市场。江成财抓上几只海蛏，在水龙头下冲洗干净，放在掌中让大家观看："这海蛏已养 10 个月，饲料主要成分是黄豆粉，个头肥大，味道鲜美，是我们'下岐鲜'品牌，一斤可售 20 多元，在福州市场很受欢迎。"那海蛏足有两指宽，金黄透亮肥嘟嘟，让人看着就感觉食欲大增。

郑月娥介绍，江成财是个老党员，新世纪初就开始养殖弹涂鱼和海蛏，带领 100 多户船民摆脱贫困；10 多年前又组织 30 多户船民，用养殖赚到的 2000 多万元资金，合股成立晨辉工程队，走南闯北承包打桩工程，工程队已小有名气。

下岐村原有 400 亩集体海塘，前些年，郑月娥与村班子成员通过调研，决定投入 200 万元对集体海塘进行改造升级，并将面积扩大到 450 亩，让该海塘成为高标准的养蛏塘，招租资金也从原来每亩年租 700 元，提升至 1500 元，仅此一项，使村财年收入达 60 多万元。

我问郑月娥："你任村支部书记 8 年了，这些年工作的重点和难点都有哪些？"

郑月娥回答："习近平同志提出的 9 个字'搬上来，住下来，富起来'一直是我们工作的重点与难点，包括精准脱贫。"

前些年，下岐村一共有贫困户 9 户，采取"结对子帮扶"，通过帮助办理小额贴息贷款、帮助购买捕捞渔具与养殖工具、发展龙须菜养殖、组织技能培训、提供海鲜市场摊位、介绍外出务工等针对性措施，9 户贫困户先后于 2016 年与 2017 年脱贫。

20 多年来，下岐村因地制宜，发展海洋经济，水产养殖成为最具特色产业，大黄鱼网箱养殖、龙须菜养殖、海蛏养殖成为品牌。远洋捕捞和近海运输业也初具规模，现有捕捞渔船与运输船约 300 艘，从业人员近千人。商贸、餐饮、旅店等服务业也崭露头角。村民人均纯收入 1996 年不足 1000 元，2019 年突破 20000 万元，提高了 20 倍。

四

2018 年，福建省公布一批美丽乡村建设名单，下岐村榜上有名。当年被誉为连家船渔民上岸第一村时，只是整齐有序的平房，应该说选址规划者是有眼光的，新渔村与下白石镇区毗邻，靠山面海，风光如画，先天条件好，经过 20 多年的发展，昔日的平房已"长"成高楼，配套基础设施不断完善，跻身"美丽乡村"，名副其实。

近些年，渔村又实施了房屋立面、坡屋顶、电网、村道改造提升，开展房前屋后环境卫生整治，设立村口村牌及村道标志，建设休闲长廊与凉亭，将原来的垃圾场改建成"渔民广场"，进一步挖掘提升宣传文化墙与村史室的文化内涵。

新渔村发展生机勃勃，正在申报建设三级渔港，打造集海鲜贸易与品尝为一体的"海鲜一条街"，开发渔业观光旅游项目。

慕名前来学习借鉴与旅游观观光者越来越多。2019年4月29日，下岐村迎来一位特殊的客人，他是老挝人民革命党中央总书记、国家主席本扬。他走街串巷，并与当地干部群众座谈交流："这些成功实践，体现了习近平总书记精准扶贫的理念，也是中共中央造福人民的宗旨，老挝的贫困人口还很多，我们要把中国的扶贫经验和举措带回去，未来老中两国两党还将继续加强治国理政、特别是农村发展的经验交流。"

面对名声渐大的下岐村发展之路，郑月娥感觉压力山大。她说：唯有铭记历史，才能促使我勇往向前。

与郑月娥挥手辞别时，我忍不住回首眺望渔民广场上那艘面朝大海的"连家船"。心想，这位连家船渔民女儿在党关心培养成长的过程，就是连家船渔民上岸变迁历史的一个缩影。

唯有铭记不平凡的历史，才能迎接更加辉煌的未来。

半生讨海半生闲

——下岐渔民的诗意生活

◎ 郑家志

白马江畔，和风细浪；举目远眺，山海苍茫。

美丽的三都澳白马港，金黄色的塔吊在夕阳下特别醒目，远远地就可以看到高耸的吊臂在海与岸之间忙碌着。

白马港是闽东的"黄金水道"，是福安湾坞与下白石共享的海域。下白石，原名黄岐，是福建历史上的名港名镇，水陆交通极其便利，是商贾云集的良港，盛极一时。下岐村就在这历史悠久充满生机的白马江畔，坐拥一方风水宝地，流传着一个"半生讨海半生闲"的神奇故事。

20世纪80年代初，还是少年的我因为参加学生夏令营，来到下白石体验了一回讨海的生活。那时候，要到下白石须经过甘棠通过一条砂石公路进入的。下了落满灰尘的客车，一眼就可以看得到海边，五颜六色的小木篷船，歪歪扭扭地停泊在乌黑的泥滩或乱毛石砌筑的岸边，海浪摇晃着渔船和渔船上黝黑黝黑的渔民，海风把大海浓浓的鱼腥味吹上岸来，送入每一个人的鼻孔里，海的味道就这样给我留下了最初的印象。我认识的大海大概就是从下白石的海的鱼腥味开始的。

下岐村在下白石镇的地理位置是得天独厚的。她背山面海，风光秀丽，内联集镇，外接的白马港水深港阔，是闽东沿海船民上岸定居第一村。

一进下岐村，我们眼前为之一亮。先前对渔村捕鱼晒网、售卖杂鱼蟹蚌、充满鱼腥味的印象荡然无存。崭新的柏油进村公路，两旁商铺林立，渔民鳞次栉比的新居依山傍海而建，红色或灰色的斜屋坡顶和米黄色的水泥漆墙体交相辉映，层层叠叠地从岸边山脚一直延伸至山腰直至山顶，俯瞰静谧的白马港海天一色。温情脉脉的海浪就在我们在脚下缠绵，海面波光粼粼，岸边树影婆娑，渔歌唱晚，天地相谐，正是拍照的好光景。

沿着青石板铺就的村道走入村中，村委楼首先映入眼帘，周围的墙面上，鲜红的党旗造型的宣传栏特别抢眼。自信、感恩都写在村支部书记郑月娥的脸上，在她给我们介绍村情的字里行间，我能感受到她自然而然的真情流露。村委楼两旁的花圃花带边沿用大块厚实的光面石板材铺设，可以坐人，几位五六十岁的渔民一个一个紧挨着坐着，一边聊天一边目看路人，享受着黄昏前的清凉和惬意。他们也和我们打招呼，回答我们的问题。"你们不要修网补网吗？""现在基本不要了，最近又是禁海期，我们靠网箱养殖收入够了。"原来，先前我所认识的"连家船民"的生活上岸后已经发生了翻天覆地的变化。

连家船民，又称疍民，生活于中国福建闽江中下游及福州沿海一带，传统上他们终生漂泊于水上，船连着家，船就是家，故名。"一条破船挂破网，祖孙三代共一舱，捕来鱼虾换糠菜，上漏下漏度时光。"这是连家船民的真实写照。连家船民的渔船比较特别，船的最头部的船舱用于储存淡水，第二个舱用于存放捕鱼工具和捕来的鱼虾;渔船中间部分是生活区,船舱里可以存放一些大米、棉被;船的尾部用黑色罩子围起来就算作卫生间直排水中。这样一艘小船,是当时连家船民饮食起居、营求生计的唯一场所。他们世世代代以讨小海为生,终生漂泊于海上,生活质量很差,台风天气经常心惊肉跳,生命没有保障。因此,上岸定居成了连家船民一代又一代人的梦想。

下岐村造福工程安置点便是这一代连家船民梦想实现的天堂。进村安置点的第一户是下岐村 136 号,这一户就是 2000 年时任福建省省长的习近平同志到下岐村再次调研时入户的一户人家,这户渔民叫江成财。村干部介绍说,习近平同志当年到他家里的时候,掀开他家的锅盖,想看一下他中午吃啥,看到桌子上虽然是中午吃剩的,但是有鱼有肉有菜吃得还不错,欣慰地点点头,还勉励他好好努力,做致富带头人。江成财的命运从此发生了转变,他在习近平同志的关怀鼓励下不懈奋斗,如今已成为村里的传奇人物。今天, "下岐村 136 号"不仅仅是一户上岸定居渔民的门牌号了,它更是某种精神的象征,深深地烙在了大家的脑海中。

我们继续逐级而下,就走到了下一排渔民房子的巷子。在空旷处稍稍仰头,下岐渔民的上岸定居连片安置点一览无余。同行的文友回忆说,10 年前这一片房子"全部都是低矮的",后来有的加盖了 1 层,有的加盖了 2 层,有的加盖了 3 层,参差不齐,看不到美感。如今,这些依山而建的房子被修葺得整齐划一,层次分明,外墙色彩明丽,十分符合渔村人对颜色特有的审美,感觉每一户都窗明几净的,煞是好看。我天马行空地想象,如果有人在这里开发"苴"民宿,说不定这里会成为无数年轻人约会神往的地方,说不定也有"十间海""一米阳光""忘忧草"等一些浪漫诗意的名字成为网红!或许,你还可以在这里体验每一个建筑所承载得连家船民历史变迁的"渔文化";或许,你还可以聆听这里每一座房子里流传着的连家船民上岸的"喜怒哀乐"的人间故事。

站在渔村半山腰的文化广场上，手抚着象征连家船民文化的仿真连家船，我突然产生一个疑问——曾经"上无寸瓦，下无片地"的连家船民，后来是通过怎样的方式获得岸上的土地和房子，并定居下来繁衍下来的呢？围着我们的渔民聊到这些问题倒是如数家珍，他们七嘴八舌地说出来：1997年政府实施"连家船民"造福工程，政府实行统一规划，统一征地，统一基建，统一补助，购买土地钱一分也不要出，建房子政府还有补助，这才有今天。这些渔民大多都出生在船上，谈起搬迁的往事，都有点兴奋。一位半生漂浮海上半生在岸上的渔民一边回忆起15年前从船上搬迁到岸上的"好日子"一边说："那天，我们全家高兴地整个晚上都睡不着觉，感觉幸福怎么就这样来了！"一句朴素得不能再朴素的话，一个简单得不能再简单的幸福啊！——"幸福就这样来了！"也许，真的是幸福来得太突然，让这位渔家船民同一家兴奋得无法入眠；也许，终究是几代连家船民流传下来的头枕波涛才能睡觉的特别基因，一时还不能习惯在安静而牢靠的床上睡觉罢。毕竟此"床"非彼"船"也。

"上岸的第一天就这么激动了，睡不着觉。往后，我们还得守着这座盖的房子，下一步该怎么整？怎么弄呀？"许多渔民的担忧不无道理。没过几天，搬迁到岸上的渔民，又有一部分搬回了"连家船"。的确，民以食为天，安居还需靠乐业啊！这可急坏了当时村党支部书记，帮助和服务好他们在岸上住下来，稳定发展，这只是万里长征走出的第一步。正如当年习近平同志所要求的："安置好所有连家船民，更要解决他们上岸后的生活出路问题。"要"搬得走、住得下"，还得"稳得住、富起来"。"临海而居，自然还是要靠海吃海，不过'吃法'与以前不一样，重在发展海上养殖业。"

选择总是痛苦的，但也是智慧的。"住得下，还要富起来！"上岸后的下岐村民，因地制宜，大力推进海洋捕捞业和水产养殖业发展，船民们过上安居乐业的新生活。据村支书介绍，村里后来花了2

万余元向围垦农场购买这一片养殖场，有450亩，还盖起了4座商品房，可以住120户，现在大部分渔民过上了比较悠闲的日子。这正应验了那句话：梦想总是要有的，万一实现了呢！我想，这块陆上的土地对"连家船民"来说意义非凡。我们迫不及待地想到下岐村"连家船民"的这一片集体养殖场去看看，同时会一会下岐村136号那位传奇的人物——一个半生讨海半生闲的"连家船民"上岸代表——幸福的"养蛏人"。

离开下岐村已近傍晚时分，斜阳洒在渔村的屋顶，反射着鱼鳞般的光芒，灵动而不刺眼，跳跃而不张扬。从白马港的南岸绕到北岸开车将近需要半个小时才能到达下岐村的养殖场。这是一块滩涂，是一块通过政策机遇加上勤劳节俭造出来的"桑海沧田"。曲曲折折的进场生产道路并不太好走，黝黑的泥土砂石路是渔民用汗水筑就的。砂石路的尽头是养殖场水产品收集交易转运的场所。一下车，就看见三五个戴斗笠的妇女围坐在一起，快速拨动着她们灵巧的双手，将刚刚挖上来的蛏按大小分拣出来装到箱里。这些被海泥包裹得黑黝黝的蛏，时不时探出白净净的蛏头来，一有动静便会迅速地缩将回去，一看便知道这"下岐塘蛏"物美味鲜，是上等海蛏。

顺着洪亮的声音传来得方向走去，迎面上来招呼我们的就是闻名的下岐村136号"养蛏人"江成财。他身着一件洁白且笔挺的白衬衫，搭配着深蓝色的裤子，理了个整齐的短头发，满身透着海边人的壮实和豪气。他说着一口不太标准但充满自信的普通话，热情地向我们介绍村鱼塘、蛏塘经营承包的情况。当问到他的近况，他说：他上半生在海上漂泊，现在开始过起了悠闲的生活。女儿长大出嫁了，生活安定；儿子也长大成人，还开公司干起了海桩工程，生意还好，而自己牵头承包了蛏塘，带领村里的一班人勤劳致富，一半的日子都悠闲得很！他还说，下岐这地方滩涂肥沃，咸淡水交汇，所养的塘蛏粒大、壳薄、肉嫩味鲜，口感美好，价格也会高出一些，供不应求呢。

朝着"养蛏人"手指的方向望去，潮水刚刚退去，蛏农正在蛏塘里挖蛏。蛏塘就像陆上的菜畦，露出水面的部分就是垄，淹没水面的部分就是沟。收获的季节，挖蛏人就顶着烈日、迎着夕阳低头忙碌着。挖蛏的人大多是中年妇女，在蛏塘里三五成分成群，并分成若干排次，整齐地朝一个方向边挖边向前推进。他们身上穿着的衣服，头上裹着五颜六色的防晒纱巾，映衬在灰黑色的蛏塘上，仿佛油画一般，充满了诗情画意。夕阳膝下，光影恰到好处，摄影家们总是偏好这样的时刻，"长枪短炮"地摆弄着记下这美妙的瞬间。

闲聊间，太阳探出了脑袋，红红的柱状的光芒从云朵中间倾泻下来，周边的云朵被染得通红通红的。反差之下，远山如黛，原野金黄，静静的白马港海面上泛起了粼粼的波光，傍晚海的暮色就这么溢彩流光。远处似有歌声传来了，悠扬而又温婉，清丽而又缠绵。一排禁渔期归港的静静依偎在一起的"连家船"摇荡在海面上，色彩斑斓的，仿佛是丹青点缀的画舫。

呵呵，这时候，我的心绪竟可以长出一双翅膀，在海的一角漫天飞翔。

希望在"三棵树"杪上展翅

——周宁县七步镇黄振芳家庭林场散记

◎ 肖林盛

后洋很小，只是周宁县七步镇里的小小山村。

后洋很响，习近平总书记曾在这里种下三棵树。

后洋很美，一帧山村振兴的七彩照耀眼夺目。

初夏的清晨，站立在"金蟾石"上，远眺正对面的后洋村，四周森林簇拥，溪水蜿蜒而行，民房鳞萃比栉，色彩鲜艳迷人。后山是延绵不绝的绿荫，郁郁葱葱，散发着舒心的凉爽。阳光像一缕缕金色的细纱，穿过层层叠叠的枝叶，洒落在草地上。林中的鸟雀欢快地飞翔着、鸣叫着，在微风中久久地回荡着。盆地中的后洋怎不是一幅世外桃源的水彩画？朝阳下的后洋村，广场里耄耋撸须畅谈，里弄中髫年穿梭嬉戏，茶山上村姑欢歌笑语，树林下闪现着男子的忙碌身影。后洋的村民们正徜徉在"采菊东篱下，悠然见南山"甜蜜日子里。

一

20世纪80年代初，后洋村流传着"抬头见荒山，吃穿奔波忙。

年关口袋紧，父母焦心肠"的顺口溜，其实这也是后洋村当时的真实写照。

谈起后洋村的蜕变过程，自然离不开后洋人永生难忘的"三棵树"。平平凡凡的三棵树究竟有何奥秘，怎能让该村百姓如此难以忘怀？这得从黄振芳家庭林场说起。20 世纪 80 年代初，政府大力号召农民勤劳致富，积极推行家庭联产承包责任制，似如一声春雷，让农民听到心里期待许久的声音。面对这朝思暮想的利农利民好政策，黄振芳心里顿时乐开了花。不过，他在带领全家老小精耕细作责任田地的同时，心理却盘算着：如果只种承包的 20 多亩耕地，只能解决一家七口人的温饱问题，难以发家致富。而村里山场广阔，宜林荒山地有 3700 多亩，多数土层肥沃、水分充足，均未被利用。尤其村中有"凡属众山均为公有，谁造林则造林收入归谁所有，砍伐后山权仍归公有"的规定。若能承包更多的山地、充分利用资源，开荒种树，创业发展大有可为。1983 年逾半百的黄振芳，面对温暖难以保障的困顿局面，决然带领全家人种好责任田的下，积极开垦荒山造林。

看准的事情，不错过，说干就干。他马不停蹄地与大队领导、村干部等多方协商洽谈承包大片荒山的事宜。世上无难事，只怕有心人，凭着敢于创新的胆识和坚忍不拔的意志，黄振芳如愿以偿地签订了大队得 5%、农户得 95% 的分益合同，承包期限为 50 年。土地问题解决了，资金缺口问题又接踵而至。为了突破这一瓶颈，经过深思熟虑，他做出了一个大胆决定——向信贷机构借款。贷款，当时对山沟里的村民来说几乎就是天外来物，充满了不确定性和风险性。"众所周知，农业周期长，是一个前期投入大、产出却十分缓慢的项目，贷款又有风险，你这么做，家里人都同意吗？"面对许多人的疑问，黄振芳说，刚开始有这个想法时，全家人几乎齐声反对，认为风险太大。然而，黄振芳是一个天生的挑战者和实践者，他认为政策优惠，形势十分有利，"只要是我认为对的事，我就要坚持做下去，结果会证明一切"。在他的理性分析和坚持下，全家人转而支持他并加入了造林的行列。

黄振芳如今已耄耋之年，说起当年不畏艰辛铆劲造林的话题，还是记忆犹新，条理清楚。他告诉笔者，1983年贷款8万元后，就全身心地带领全家，投入到开垦荒山造林中。第一年，开垦出50亩荒山作为试验林，县林业部门也积极提供技术支持，分派专家指导种树，森林成活率达80%。然而，创业的道路上从来就不是一帆风顺的。1983年冬天，荒山地先后下过好几场雪，气温最低时达到零下八九摄氏度，雪深一尺多，山头被封冻在冰雪之中。为了不误时节，父子三人每天都冒着严寒上山，扒雪堆、敲冰块、挖林穴。大年初三，大雪封住了路，父子三人急急忙忙赶到20多里外的县林业局挑运树苗，手脚被冻裂了，鲜血直流。为了赶在立春前将种苗种下，他们草草贴上医用胶布就上山开荒，从立春一直持续到春分，连续100多天不停歇。村民们关切地问："你年纪大了，何必自找苦吃呢？"黄振芳答道："没有苦，哪有甜；不种树，哪来富！"

1984年，试验林成功后，黄振芳开始大面积铺开造林，雇佣工人2340多人次，全年造林1207亩，其中速生林110亩，种植面积为全县之冠。与此同时，为解决资金短缺难题，善于思考的黄振芳开始尝试在速生林中套种马铃薯、玉米、魔芋、茶叶等作物，采取"以短养长"的方式既增加前期收入、提高效益，又有效利用土地资源、优化土壤环境。当年秋收结算，光套种作物收入就高达6万多元；不到3年，黄振芳就将所有贷款还清，还有盈余。经过3年的养护管理，当年的小树苗早已长成大树，原来的荒山地一片葱郁。正是凭不怕艰难，艰苦创业的精神，黄振芳一家当时拿到全县造林、种茶两项冠军。3年后，黄振芳和家人铆劲共造林1207亩，家庭经济收入逐日见好，成了周宁县当时有名的"造林大王"。黄振芳家庭林场事迹，从此也就远近闻名，小有名气。

《摆脱贫困》一书中记录着习近平这样一段话语："周宁县的黄振芳家庭林场搞得不错，为我们发展林业提供了一条思路。"当年，就是这样的话语，让周宁县乃至整个宁德地区，兴起了一股造林热。山上造林，林下发展特色经济，成了当时山区村民致富脱贫的"金钥匙"。采访过程中，村委楼前只见92岁的黄振芳，虽然头发花白，体稍消瘦，但还算硬朗。谈起当年垦荒造林的事，思维依然清晰，看到当下后洋人林下经济的蓬勃发展的气势，倍感欣慰。回忆当年，黄振芳感慨地说："那时候几乎每年都下几场雪，山头经常封冻在冰雪之中。我们父子三人，每天都冒着严寒上山，扒雪堆、敲冰块、挖林穴。"望着村庄四周滴翠延绵的绿海，黄振芳欣喜地对笔者说：习近平当年种下的三棵树让我永生难忘，他的关心和鼓励给了我和后洋人莫大的鼓舞与信心，使我们一直坚持再坚持着。如今展望野外，山头变绿了，树木参天了；山里野猪多，穿甲见，野兔跑，白鹭归，生态和谐无比，环境清幽清新。看着一代又一代后洋人爱绿植绿护绿，从林业发展中创业脱贫，过上幸福的小康生活，真的要感谢党的英明远见。

二

后洋村党支部书记张汶君告诉我们，目前后洋村全村总人口144户585人，林地面积在原来的基础上，扩增到7307亩。昔日黄振芳建起家庭林场，种植茶叶、毛竹等经济作物做法，成为当下攻坚脱贫的样板。如今，后洋村在脱贫致富中，深入探索林养、林种、林游相结合的产业化发展模式，充分整合资源，有效推进发展。并将黄振芳家庭林场打造成了集林业产业、生态养生、观光游憩等融于一体的"林园综合体"，实现了森林资源保护和利用的有机统一。

据了解，如今村里许多原来出外打工的年轻人，近些年也纷纷回乡创业，或经营茶叶、种植葡萄，或林下养鸡、山中养兔，各显神通，积极探索着林下经济的发展之路。

黄传融是黄振芳的大儿子，是后洋回乡创业的代表之一。村支部书记张汶君告诉笔者，从黄振芳到黄传融，父子两代人都与林业经济结下不解之缘。正在葡萄园里除草梳枝的黄传融，见到我们一行到来，放下手中的活，热情招呼，告知种植的葡萄预估今年可采摘400担，同时还引进种植新品种：阳光玫瑰葡萄、红心猕猴桃，目前长势良好。"我除了种植葡萄、红心猕猴桃外，还在林下养蜂200箱，年产蜂蜜2000多斤，仅蜂蜜这块年可收入15万元。实现了林下资源提升、产业增值。"黄传融边说边传递着满满的信心。

种下梧桐树，引得凤凰来。生态环境好，招商引商就不在话下。在村头，福建三杉高山冷凉花卉研发种植项目场地上，工人们紧锣密鼓地整理工地，搭建大棚。据了解，该项目是县里重点投资项目之一，现规划面积200亩，预计总投资5000万元，分三期建设，主要培育比利时杜鹃、多肉等花卉苗木产品。到2020年计划投资1000万元，建设智能温室大棚17亩，拟对组培楼进行装修并投入设备试生产，将直接带动100多人就业。

周宁和谐牧业有限公司经理赵永斌告知，2017年公司正式落户该村。目前共有员工30多人，引进澳大利亚奶牛700多头，如今日下仔10多头。预计明年可产牛奶7000多吨。随着公司的发展壮大，以及效益的提高，给该村带来的该是一笔不小的数目吧。

据村干部介绍，村里先后筹集资金1000多万元，全面推进美丽乡村建设。新建旅游集散中心、修建沿溪水榭，采用3D立体墙绘对房屋进行立面改造，将村子蝶变成青山环绕下的"七彩后洋"。为了将村庄和林场连接在一起，该村还硬化了林场机耕道，铺设了林场观光健身步道，并新建展示厅、休憩亭、停车场等配套设施，进一步提升林场旅游承载能力和综合管理水平，村林融合变成了独具魅力、生态宜游的康养基地。

"自从村里发展了乡村游，游客越来越多。我也将自建新房进行简单装修，办起了民宿。"张汶铅说。像张汶铅这样乐享乡村游"红利"的群众在后洋村越来越多，村民们的腰包也越来越鼓。2017年，全村25名建档立卡贫困户全部顺利脱贫；2019年，村民人均纯收入超过2万多元。

绿色在生活中洋溢，希望在绿色中放飞。从村巷里飘出"绿色成龙，农旅交融。党心铭记，精彩如虹。温饱超越，创业争荣。自强不息，脚步从容"的顺口溜，在村中的古树稍上荡漾，从中道出了村民们的幸福心声，也清晰地刻画出了弱鸟先飞的新气象。

三

你听过/黄河奔流的朗声/你见过/黄河向前的狂姿/黄河总是那样/巨变中奔腾不息/向海目标始终如一

希望中辛勤耕耘，忙绿中收获希望。三棵树与黄振芳个人，与后洋村全体村民乃至整个周宁，均结下了不解之缘。2017年以来，周宁县植树造林绿化完成面积16719.8亩，森林抚育完成面积44134亩，村庄绿化完成面积380亩，以森林覆盖率72.82%的丰厚家底获得了"福建省森林城市（县城）"称号。昔日黄振芳眼里的"绿色银行"，成了当下周宁人脱贫致富的"金钥匙"。"三棵树"缘，不仅烙印在后洋村村民心里，更激发千千万万的山区百姓在学中效仿，在仿中延伸。近年来，周宁县围绕"绿水青山就是金山银山"的决策，对全县进行了科学规划，因地制宜，整合资源，发展林下套种铁皮石斛、林下养蜂、乡村牧场、花卉基地等产业，形成"林养、林种、林游"相结合的发展模式，为贫困群众提供了许多就业岗位，有效推进了全县乡村振兴的发展进程。

　　在采访中了解到，县政府还充分发挥科技特派员作用，加大对林农的资金扶持，技术培训，推动以林下种植、林下养殖、林下产品采集加工、森林景观利用等为主的林下经济发展以及花卉产业发展，并争取省级林下专项资金910万元，补助各类林业专业合作社和林业新型经营主体发展林下经济项目54个，引进花卉苗木生产企业12家，支持建设省级现代花卉大棚4家，带动大批群众增收致富。目前，后洋村、吴山底村、梧柏洋村等3个省级森林村庄，充分利用森林资源发展乡村旅游，将生态优势转化为发展优势，从而享受到"绿水青山就是金山银山"释放出来的红利，林下经济发展也无疑成了当地村民脱贫致富的一剂妙方。

我眼中的新宁德

◎ 初　未

初春，雨晴烟晚。漫步市区东湖，一轴水墨画卷在眼前铺展——

远山，云雾缥缈；湖畔，新楼林立；水面，静影如璧。轻风拂过，画帘尽卷，山朦胧、水朦胧、树朦胧，人也仿佛醉在这烟雨春色里。

一城烟雨，一湖画意。新宁德，这片令人魂牵梦萦的热土，正以其独特的新姿态，展现着别样的美。

在我眼中，滴水穿石的宁德，实现了历史性跨越，城乡面貌发生了历史性变化，人民生活得到了历史性改善，宁德正华丽转身为宜业、宜居、宜游的新兴港口城市。

就是这样的新宁德，秉承发展新理念，在高质量发展落实赶超的道路上踏出坚实的步伐；就是这样的新宁德，产业蓬勃壮大，持续释放出发展的红利；就是这样的新宁德，扎根的市民幸福感不断提升，在外的市民开始返乡创业。

奋进的新宁德，奔跑吧！

弱鸟先飞，向着山海放歌

老一辈人说起曾经的宁德，便是5个字——"老、少、边、岛、贫"。

早些年，宁德一度被称作东南沿海"黄金断裂带"，封闭、贫困，经济总量长期处于全省下游。

20世纪80年代，宁德更是被国务院认定为全国18个集中连片贫困地区之一。全宁德9个县有6个被定为国家级贫困县，120个乡镇有52个被列为省级贫困乡镇。

1988年9月，时任宁德地委书记的习近平同志，根据在闽东9县调查研究情况，写下宁德工作后的第一篇调查报告《弱鸟如何先飞——闽东九县调查随感》。文中，他用"弱鸟"来形容贫困的闽东，用"弱鸟先飞"来强调贫困的闽东要有一个思想解放、观念更新，要有"先飞"的意识，要有"飞洋过海的艺术"。

过去30多年来，宁德遵循"因地制宜、分类指导、量力而行、尽力而为、注重效益"的指导思想，充分发挥独特的山海优势，靠山吃山唱"山歌"，靠海吃海念"海经"。

弱鸟，并非不能先飞——

随着高铁、高速、港口等一批交通基础设施的建成投运，宁德跃出山门连山海，打开了广阔的经济腹地。紧接着，一批气质颜值具佳的"金娃娃"项目接踵落地，产业集群接连形成，经济逐步实现"弯道超车"。

弱鸟，也可飞洋过海——

闽东撤地设市、温福铁路通车两大梦想已成为现实；如今，又迎来环三都澳湾区开放开发的大好时机。

环三都澳在全省乃至东南沿海具有较富集的战略资源，也具备明显的综合优势，具有打造湾区经济的潜力与条件。宁德主动融入全省

"六大湾区"建设布局，坚持产业、城市、港口、生态联动发展，统筹抓好环三都澳大湾区开发建设，打造新时代新福建建设的新增长极。

弱鸟先飞，只因鸿鹄志。在宁德日渐强劲的城市"脊梁"下，是一颗自强不息、顽强拼搏的"心脏"。

坐落于三屿园区的上汽宁德基地项目自2019年4月28日开工以来，一座座现代化厂房和配套设施迅速拔地而起，成就了闽东重大项目建设史上的"宁德速度"。

"大干晴天，抢干阴天，巧干雨天，干好每天。"面对时间紧、任务重、雨天多的挑战，宁德干部正是用这样的"四干"精神，交上了一份又一份令人满意的"成绩单"。

放眼闽东，一大批"金娃娃"的培育、成长，到美丽滨海城市建设，到精准扶贫等社会事业发展，同样也创造着一个个"宁德速度"——闽东大地如火如荼的建设场景，令人振奋的"宁德速度"，折射出的是闽东摆脱贫困的伟大梦想和坚定决心。

不仅要发展，更要高质量发展。站在新的历史起点上，宁德决策者高瞻远瞩，谋划新征程。

宁德市委经过认真研究、深入调研、科学论证，提出实施"一二三"发展战略的总体思路："一"就是围绕"一个中心任务"，即"开发三都澳、建设新宁德"；"二"就是做到"两个坚持"，即坚持开发与保护并重、坚持沿海与山区联动；"三"就是建立"三个生态"，即建立高质高效的经济生态、山清水秀的自然生态、风清气正的政治社会生态。

滴水穿石、久久为功，宁德求索发展的脚步从未停歇。2018年，宁德市全市生产总值增长8.1%，一般公共预算总收入突破200亿元"大关"、增长11.7%，地方一般公共预算收入超120亿元、增长9.1%，增速均位居全省第一；2018年累计开工重大项目357个、总投资1344.9亿元，竣工重大项目157个、总投资850.9亿元……

产业增效，构筑"四梁八柱"

海之畔，产业蓝图已然绘就，"四梁八柱"新格局正逐步成型。宁德之新，新于实力。

"多上几个大项目，多抱几个'金娃娃'。"这是习近平总书记对宁德的殷切希望，是发展的嘱托。

近年来，作为工业基础薄弱的后发地区，宁德依托资源禀赋，挖掘优势，临港先进制造业项目快速聚集，形成锂电新能源、新能源汽车、不锈钢新材料、铜材料等四大主导产业。

2018年岁末，坐落于福安白马江畔的青拓集团及其关联企业以1008亿元工业产值，成为闽东首个千亿产业集群，全球最大的不锈钢生产基地在此强势崛起。

2008年，青山钢铁旗下的青拓集团落子湾坞，投资建设鼎信实业。之后短短几年，青拓迅速"开枝散叶"，逐步形成了从"原料—冶炼—热轧—冷轧深加工—各类不锈钢制品"的全链条产业集群，成为全球最大的不锈钢生产基地。

"不锈钢产业发展壮大迅速，离不开宁德、福安营造的发展软环境。"青拓集团董事长姜海洪说，青拓母公司青山钢铁虽然在全国都有布局，但唯独在福安产业发展迅猛，吸引上下游配套企业入驻。

实现高质量发展，产业是根本支撑。围绕新发展要求，宁德市把创新作为撬动经济社会高质量发展的"支点"，转变经济发展方式、集聚创新资源、激活创新要素、转化创新成果，以创新促进产业转型升级，促进经济社会跨越发展。

宁德按照"一个龙头企业打造一个产业集群"的思路，通过引进培育龙头企业，吸引上下游企业铸链集群，进而催生"裂变"，链条化延伸、规模化集聚、高端化发展，释放强劲发展动能。

不锈钢产业集群"巨龙腾舞",锂电新能源产业集群同样精彩"聚"变。以时代新能源、新能源科技两大龙头企业为引领,厦钨、杉杉、卓高、侨云等一大批产业链项目引进落地,宁德锂电新能源产业从无到有、从小到大,迅速崛起成为全球最大的聚合物锂离子电池生产基地。

新兴产业为宁德经济社会注入新鲜"血液",电机电器、船舶修造、汽摩配件、合成革等"老"产业也在转型升级中蜕变。

2019年11月1日,中国机械工业联合会授予福安电机电器产业"机械工业引领高质量创新发展产业集聚区"称号,这是福安电机电器产业产业获得的第十块国家级金字招牌。

近年来,经济调速换挡、人口红利降低、生产成本上升等产业形势的变化,把福安电机电器产业推到企业转型和行业洗牌的关键期。在新的历史机遇期,福安电机电器产业以打造"电机电器智造工厂"为统领,通过细分市场、统分结合、合理分工,借助物联网、互联网等现代手段,形成大品牌、大协作、大融合的产业体系,朝着高质量发展方向大步向前。

"宁德的营商环境变得更好了,这是一个良性循环的开始!"宁德时代新能源科技股份有限公司荣誉董事长,宁德新能源科技有限公司顾问、董事张毓捷对宁德近10年来发生的巨大变化感到欣喜。

近几年,宁德先后出台"三都澳人才计划""重点产业人才引进培养八条措施"等招才引智政策,吸引产业高端人才;出台"锂电新能源七条""冶金新材料六条"等产业发展政策,"一业一策"推动产业高质量发展;实施"周例会、月报告"等工作机制,服务产业发展壮大。

城乡发展,幸福之花悄绽放

发展的最终目的,是为了民生福祉。宁德之新,新于实力,也新于魅力。

摄影师林国斌只要一有空闲时间，便拿起手中的设备记录宁德的美。3年多共拍摄了4万多张关于宁德城市夜景、自然风光、传统工艺、风味美食等画面，并制作了《多彩宁德》短视频记录宁德城市蓬勃发展的新面貌，瞬间走红"朋友圈"。

安迪是一名美籍外教，来自美国印第安纳州。他刚来时，万达广场才开业不久，闽东路还未通，整个城区的格局也没那么大。6年来，他感受最强烈的就是宁德的高速发展。

"我初来宁德时，感受到的是清新之风，而现在，我看到的是更为璀璨的宁德。" 宁德师院汉语言文学专业教师任翔宇是学校于2014年引进的博士，晚上下课后，他常漫步北岸公园，看夜景流光溢彩。

……

宁德如此多娇，引无数"新宁德人"竞折腰。这座实力之城、魅力之城、活力之城，经过悉心雕琢，值得细细品、慢慢品。

这些年，以承办省运会、创建全国文明城市为契机，宁德发力民生事业发展、城市功能完善、文明素质提升等方方面面，由表及里芳华自溢，一个有风度、有温度的新宁德，正让越来越多的人日久生情——

山清水秀，满眼绿，建成连接南北岸公园的环湖栈道一期和二期工程约10公里，人均公园绿化面积达14.97平方米，完成亲水步道和绿化改扩建工程17.82公顷；

华灯初上夜色浓，全面完成了福宁路1号、2号彩虹桥和兰溪桥等9个节点夜景建设和金马大桥、南岸公园水幕景墙、宁德火车站广场等7个夜景亮化工程；

大道如砥通八方，富春路顺利通车；新建闽东中路、金漳路、福利路；鹤峰路、八一五路"白改黑"；修复10多万平方米的破损路面；新增1万多个公共停车泊位，人均道路面积达17.82平方米……

精心雕琢下的中心城区，彰显出独具魅力的宁德形象。而散落在山间河畔的美丽乡村，也同样向外"递"出一张张宁德名片。

2019年10月23日，屏南县熙岭乡龙潭村迎来了首批10位"新村民"。在这些"新村民"眼中，龙潭村是一处梦中"世外桃源"。

55岁的何素珍原籍山东。2017年7月，她到龙潭游玩后，便恋上了这里的悠然"慢生活"。随后，她以15年期限租下一栋荒废老宅，修缮改造成民宿、画室，并取名"悠然之家"。

2017年5月，龙潭文创项目启动。文创团队入驻，修复古村、复兴文化，一座座破败老宅化为书吧、茶室、民宿，文艺范十足，村子重现生机。八方游客慕名而来，更有北京、上海、厦门、香港乃至英国等外来"新村民"租赁老宅，修复、改造、安家。

2019年，宁德按照"四级同抓、百村试点、千村推进、全面振兴"的思路，在全市启动230个乡村振兴试点村建设，因地制宜打造不同特色、不同模式的典型亮点，并通过试点示范，以点带面、连线成片，带动全域振兴。

一项项有力措施相继出台，全面推进乡村特色产业、人才基础、文化实力、农村环境、基层组织、农村基础、精准脱贫等各项事业发展，将乡村装点得分外多彩。

忆往昔，筚路蓝缕，滴水穿石。盼今朝，不忘初心，展翅腾飞。欣然可见，一个颜值更高、内涵更深的新宁德，正在这片热土上美丽崛起、生机勃发。

为脱贫攻坚注入澎湃"新能源"

◎ 张文奎

连日来，宁德时代党委扶贫工作人员正忙着蕉城区飞鸾镇贫困学生吕小军（化名）、吕小燕（化名）两姐妹的帮扶方案，工作人员多次入户勘察，积极筹措，借助多方力量，希望能帮助修缮房屋，改善姐妹俩的学习环境。

近年来，随着宁德市四大主导产业的迅猛发展，为我市经济高质量发展注入活力的同时，其龙头企业也成为脱贫攻坚的一支重要力量。其中，宁德时代和宁德新能源两家企业不仅是行业的领跑者，也是民营企业助力脱贫事业的积极践行者。

宁德时代："红色纽带"工程搭建"脱贫路"

宁德时代在 2018 年就提出了"成长型扶贫计划"，把脱贫攻坚与加强党的建设深度融合，提出"红色纽带"工程，即以党委联结企业、联结贫困县村及贫困户，确定精准扶贫目标，注重效果成长，通过党建联盟互助，共担扶贫重担，践行企业社会责任，助推地方精准扶贫。

作为一家新兴科技企业，不仅充分意识到人才的重要性，也十分注重教育扶贫。为了确保工作成效，宁德时代开展了精准识别和摸底考察工作。从精准扶贫建档立卡的贫困户、低保户、孤儿、军烈属家庭当中，确立贫困中小学生帮扶名单。

"针对贫困学子，我们采取扶智、扶志相结合，在精神上、物质上给予双重支持。"宁德时代党委相关负责人说。截至目前，宁德时代党委"精准扶贫，爱心助学"活动开展 2 期，共 57 名贫困中小学生受到资助，投入资金 26 万余元，规划资金 500 万元。

在事前考察的基础上，开展有力的教育帮扶。宁德时代召开爱心助学"一对一"结对认领会，由宁德时代热心党员和员工结对贫困学生，按每名学生每年 2000 元至 3000 元标准安排助学资金，持续到高中毕业。宁德时代党委给每名学子建立成长档案，送上成长书籍，建立定期关怀制度，制定联系卡，动态关注成长。

教育是百年大计，宁德时代党委在教育扶贫上做到了扶上马、更送一程。该公司出台政策优先为受资助的贫困学生在大学、硕博士毕业后提供工作机会；还牵头成立了"扶贫助学基金会"，制定出台了基金会章程，基金会日常工作由党委办公室专人管理，常态化帮扶为社会培养更多的有用人才。

脱贫攻坚，产业是关键。宁德时代党委主动对接，与老区基点村蕉城区霍童镇坑头村进行扶贫共建，通过采取一批措施、发动一批党员、出台一批政策、开展一批活动，实现了对老区多方面、可持续的扶贫帮助。

2018 年以来，宁德时代采取"消费+扶贫"模式帮助销售扶贫茶32 万元。还由公司党委牵头，有关支部承办，广大党员参与，多次在公司内部举行坑头茗茶的扶贫义卖活动，帮助坑头村解决"特产无销路，村财无收入"的问题，在一定程度上为坑头村群众增加收入。

由蕉城区委组织部、区茶业局等部门牵头，在公司党群服务活动中心举办了"党建促扶贫·企业心连心"茶王义拍文艺晚会，现场与霍童镇坑头村签订了党建扶贫共建框架协议，获得义拍扶贫资金20多万元。与区茶业局、霍童镇政府等联合承办坑头"天山茶"开采节活动，在宁德时代L15设立"扶贫共建茗茶体验馆"，不断拓展坑头扶贫茶的销售渠道。

产业帮扶看重可持续。宁德时代党委牵头与坑头村委、村合作社开展"精准扶贫·茶园改造"项目活动，支持首期改造款11.55万元。具体由村合作社无偿提供5亩现有茶园给贫困户种植使用3年；期间公司党委资助7户贫困户茶园3年管理费用24.15万元，所得收益均为贫困户所有，3年后让贫困户拥有自己的茶园，实现可持续脱贫。

宁德时代与下党梦之乡农业综合开发有限公司签订"扶贫定制茶园"合作，由宁德时代划拨1000万元扶贫资金，以2万元/亩的价格认领500亩"扶贫定制茶园"，开创了下党"定制茶园"的最大订单。产业扶贫为村庄发展注入了"新能源"，逐步实现"输血型"向"造血型"功能的转变。

"我们将进一步树立'非公党建助力脱贫攻坚、脱贫攻坚促进非公党建'的理念，继续发挥示范带头作用，发挥党支部在基层脱贫攻坚过程中的堡垒作用、组织作用和引领作用。"宁德时代党委相关负责人表示。

宁德新能源："扶贫联合工作组"凝聚脱贫攻坚力量

走访中了解到，为了使脱贫攻坚工作融入企业发展中成为一工作常态，宁德新能源以公司党委为领导，建立了科学的机制，以确保脱贫工作久久为功，取得成效。

"作为一家外资企业，发展离不开当地的各项支持，所以就应该积极融入当地的社会经济发展中，积极响应打赢脱贫攻坚战的号召，履行公司的社会责任，这和公司发展是相辅相成、共融共生的。"宁德新能源党委相关负责人说。

2019年5月，由公司党委、工会牵头成立"宁德新能源扶贫联合工作小组"，构建以"教育扶贫+就业扶贫+定点扶贫"为三位一体的精准扶贫套餐，有力、有序、有效推进精准扶贫脱贫攻坚。

"宁德新能源扶贫联合工作小组"设顾问3名、组长2名、组员5名。每年从政府核准确认的贫困村、建档立卡贫困户、上学困难的学子，或扶贫联合工作小组通过外部平台自行发掘的帮扶对象。

通过设立常设机构，确保脱贫工作有人力、有组织、有成效。宁德新能源在去年设立百万专项资金用于扶贫，今年追加300万元，让有稳定的脱贫基金，确保经费来源。

同样作为一家高科技企业，将教育扶贫放在了脱贫攻坚工作的置顶位置。通过开展爱心助学帮扶活动，对于家庭贫困、品学兼优的学生以一年2000元至3000元不等的帮扶标准，共为77名贫困学子送上爱心帮扶资金，并利用公司人才优势，形成"党员+贫困生"一对一结对帮扶，利用工作之余与学生进行互动，分享学习经验，勉励他们自强不息，珍惜学习的机会。

"授之以鱼更要授之以渔。"宁德新能源发挥公司用工量大的优势，紧密联系全市各县、镇党委、政府及县扶贫、人社等职能部门，不定期组织贫困群众进公司参观，了解公司用工需求、工作环境和薪酬待遇；定期组织公司人力资源部进村开展用工招聘活动、举行职业技能培训班，为贫困群众进公司上班提供条件和便利。2019年以来，累计接纳贫困户就业人员20人。

精准脱贫贵在精准。宁德新能源在扶贫工作小组成员的前期走访、调研下，针对贫困家庭不同人群，制定一对一帮扶计划，送上"精准帮扶套餐"。对于生活条件困难，家庭无劳动力的贫困户，采取以一年资助 3600 元的帮扶标准，共为 6 户贫困户送上生活补助资金，帮助他们树立起自力更生、勤劳致富的正确观念。

宁德新能源不仅针对建档立卡贫困户，还将帮扶对象扩展到边缘困难人群。工作人员走访过程中，蕉城区赤溪镇岩坪村低保户何细福上有老，下有小，还有 3 个孩子要上学，生活存在返贫风险。宁德新能源将对其提供修房补贴，同时通过爱心助学举措，帮何细福的 3 个孩子完成学业。宁德新能源将"扶弱"和"扶志"相结合，以一年 4500 元资助其 3 个孩子上学，同时还以一年资助 2000 元的方式，为他们家送上住房补助资金，把扶贫扶弱工作，帮到"点"上、扶到"心"里。

此外，宁德新能源还制定年度扶贫计划，定期走访贫困户，慰问福利院，孤儿院，内部职工困难帮扶，积极开展"情暖万家"节日慰问活动，累计慰问 321 人。

为了让脱贫群众拥有更加稳定的增收渠道，宁德新能源在公司内部设立 200 平方米扶贫展示馆，主要展示脱贫户的农特产品，通过消费扶贫的方式进一步稳固脱贫攻坚成果。"我们出资 200 多万元定点购买下党乡的高山生态茶；还将和对口帮扶村飞鸾澳坪村、虎贝文峰村开展产业合作帮扶。"宁德新能源党委相关负责人说。

不论宁德时代还是宁德新能源，都十分注重党建引领脱贫攻坚工作，并取得可喜的成绩。脱贫攻坚工作是以人民为中心执政理念所引领的，所以非公党建也必成为引领民营经济参与脱贫攻坚的重要力量，基层党组织的组织性、稳定性，更利于为打赢脱贫攻坚战凝聚合力，为实现全面小康注入新鲜力量。

五彩缤纷美宁川

◎ 郑承东

蕉城，"海上天湖""佛国仙都""百里画廊"。

蔚蓝的天湖，葱郁的青山，清澈的山泉，悦耳的鸟鸣，还有充沛的降雨量，斑驳的阳光，迷人的薄雾，满目的山珍海味、茶果花香——

这里，就是蕉城现代农业农村的山海大观园。

2012年以来，蕉城精心培育小城镇综合改革、美丽乡村建设、千亩设施农业、山地农业综合开发、农业龙头企业发展五朵金花，一路高歌"绿水青山就是金山银山"的主旋律，构筑山水林田湖生命共同体，令蕉城山海大观园四季如春、五彩缤纷——

市委领导寄语蕉城，作为宁德中心城区唯一的建制区，各级、各部门要上下一心，合力攻坚，破解难题，更好推动农业增效、农民增收，城乡繁荣发展，为全面建成小康社会做出新的更大贡献。他们希望蕉城发挥排头兵的作用，为全市发展多做贡献。

三年磨剑为一搏，五彩宁川俏争春。

"小城镇建设+"共享红利

小城镇建设是让广大农民共享改革开放红利，是全面建设小康社会和社会主义现代化宏伟目标的重大战略决策。

"港城一体、产业联动、宜业宜居。"蕉城小城镇规划编制坚持高起点、高标准、高质量。飞鸾、霍童、洋中、赤溪等4个省、市试点小城镇建设群雄并起，各领风骚。

"产业+海洋。"宁德南大门——飞鸾镇，避土地不足之短，扬海洋经济之长，积极融入三都澳海洋经济示范区建设大潮，发展临海新兴产业。大黄鱼产业示范园建设加速推进。

"农业+古镇。"千年古镇——霍童镇，佛国仙都，红色经典，百里画廊，陶醉其间，古镇游方兴未艾，中国环霍童溪骑行赛、全国摄影艺术大展渐成品牌。而食用菌、茶叶、花卉等特色农业镶嵌其间，以农业为基础，旅游业为主导，优质农林产品加工业为辅的旅游性生态城镇初具雏形。

"休闲+工业。""宁德好西乡"——洋中镇，梦里水乡、天湖休闲农庄并蒂花开。洋中工业园区、北洋现代高优农业示范园齐头并进。中国天湖文化影视传媒基地项目独占花魁。两家农业产业化龙头企业，18个农民专业合作社建设高海拔农业示范带，现代高优农业发展格局逐步形成。以产促镇，繁荣、秀美的洋中正散发着高山古镇的独特魅力。

"高优+生态。"生态氧吧——赤溪镇，以建设千亩高优农业示范园为抓手，面向市场，按照专业化、规模化、产业化、标准化和品牌化要求，建设赤溪流域高优农业经济带。农村小康卫星镇已在雁乐溪畔绽放异彩。

特色鲜明的蕉城"小城镇建设+"模式，服务于"港城一体、产城联动、宜业宜居"目标，三年共投入42.8亿元，农民的年平均收入从2012年的8899元，提高到2015年的11420元。让蕉城老百姓真正得到了实惠，切实提高了农民的生活幸福指数。

美丽乡村炫亮宁川

中国要强，农业必须强；中国要富，农民必须富；中国要美，农村必须美。

2014年以来，处于换档期的蕉城经济，如含苞欲放的花蕊，于无声处，悄然绽放。

广袤的宁川山海，希望的田野，绿色经济体也发生着蜕变。美丽乡村化蛹成蝶，竞舞花间。

2014年，蕉城区作为宁德市开展一事一议财政奖补美丽乡村建设唯一的一个试点县（市、区），在全区281个行政村全面开展一事一议财政奖补美丽乡村建设，重点推进22个一事一议财政奖补美丽乡村建设试点村，形成宁屏线为主轴的生态新农村建设"一轴串联、六区联动"新格局。

经过一年的努力，蕉城区美丽乡村建设试点村建设项目总投资2590.52万元，全区281个行政村美丽乡村建设画出了"三道"美丽的弧，令蕉城美丽乡村建设熠熠生辉。

村庄秀美、环境优美、生活甜美、社会和美。随着一个个美丽乡村建设项目的成功实施，蕉城绿色经济体已华丽转身，在宁川大地的山海之间，蜕变出现代农业的新业态，合奏着"百姓富、生态美"的交响曲。

高优示范绿荫葱茏

以市场为导向，企业为主体，产学研一体化的新模式已成为发展高优农业的必由之路。

"区有示范区，乡有示范园，村有示范点。"蕉城区积极推动产学研协同创新，努力打造专业化生产、规模化建设、企业化管理的农业产业化发展新格局。

全国第一家良种实验展示基地网络直播平台《试种网》的重要基地——洋中北洋现代农业综合示范园，是福建主播农业有限公司在洋中北洋建设的主播农业实验基地。该基地是以种业为主导，进行农业科学研究、产学研相结合、育繁推一体化的现代种业实验基地，主攻优质果蔬新品种选育和良种推广。公司将与福建联通集团合作建立的云监控网络覆盖技术，未来可以让良种实验和推广即时便捷地展示在厂商和消费者面前。

一个集生产、观光、体验、休闲、科普等多功能为一体的综合性生态农业产业园已经展现于梦里水乡。

福建省级农民创业示范基地——赤溪千亩高优农业示范园，与福建农林大学、福建省农科院等科研院校建立技术合作关系，引入企业新技术，在赤溪成功种植了台湾红心火龙果、夏黑葡萄等新品种，建设农业气象服务站、智能化控温育苗区等设施，积极打造精品龙头农业基地。该示范园将整合园林造景、立体农业、休闲观光等资源，逐步实现"一产接二连三"融合发展。

引进立体套种模式——虎贝高山农业示范园，引进了万融农业、福景园林两家企业入户。万融农业公司采用来自山东潍坊的立体套种模式。项目的实施将直接和间接带动周边两千农户致富，解决两百多人再就业。

致力于"百姓富、生态美",宁川大地现代高优农业发展新生态绿荫葱茏。

"天山绿茶"折桂中国驰名商标,"传统蒸笼手工技艺传承基地"与"中国黄酒文化之乡"落户蕉城虎贝。5个国家级生态乡镇通过验收。18个高优现代农业示范园和77个农业示范点建设,实现蕉城生态园林、科技研发、田园观光、休闲旅游等于一体的现代农业产业链初具雏形。

山地开发香飘四溢

蕉城,依山傍海,亚热带季风性气候,令宁川大地成了种植花木的桃花源。

继2006年蕉城首次引进台湾企业试种蝴蝶兰获得成功后,引种野生药用植物和新兴花卉成了蕉城现代农业一道靓丽的风景线。

药用植物厚叶岩白菜、沉香树、金线莲及铁皮石斛等,绽放宁川,香飘四溢。

紫薇是当下热门的园林绿化树种。蕉城唐城农业对接湖南林科院,投资1000多万元,建成现代育苗大棚一期2400平方米,于今年引进"美国大红紫薇新品种引种驯化与示范"项目,在七都镇上洋近400亩的紫薇基地拔地而起。该项目还被列入福建省林业科学研究项目,填补了福建省紫薇项目引种、培育、嫁接等多领域的空白。

宁德市唯一一家以园林花卉为主的现代农业龙头企业——福建省绿友农林发展有限公司,在美丽的霍童溪畔建设宁德市蕉城区花木集散中心,建成的3000亩种苗繁育、苗木示范基地,采用"公司/合作社+基地+农户"产业化经营模式,与农户签订收购订单,统一供苗,统一技术指导,统一收购,解决农户大规模种植的后顾之忧。建成之后,将成为福建省闽东北花卉苗木区域集散中心。

从九都绿友农业项目园与绿丰铁皮石斛基地，到八都闽坑金线莲基地、七都镇的唐城农业美国紫薇花基地、欣怡花卉蝴蝶兰基地，再到洋中镇水云源花卉基地、虎贝乡厚叶岩白菜培育基地，各色基地群芳争艳，将蕉城装点得"花"团锦簇，香飘四溢。

蕉城药用植物和新兴花卉产业的发展，激发了山地农业的发展活力，实现了农业增效、农民增收、农村发展。

龙头企业集群启航

蕉城，是"中国大黄鱼之乡"；三都澳是中国最大的大黄鱼海水养殖和育苗基地。

以"抓龙头、铸链条、建集群"为主线，蕉城连续三轮被列为福建省现代渔业生产发展资金项目县。

通过立足渔业结构调整、海洋高新产业、水乡渔村等项目建设带动，现代渔业经济已成为推进蕉城区国民经济发展的重要增长点。2015年，全区渔业产值近50亿元，水产品总产量18万吨，全区水产品加工总量超10万吨，产值近70亿元，出口创汇5亿多美元。

蕉城区致力于打造现代渔业种业体系，淘汰一批生产能力滞后的育苗场，促使富发、官井洋等水产育苗龙头企业不断壮大。全区现有水产育苗场15家，其中国家级原种场一家、省级良种场两家，育苗水体达10.4万立方米。

完善水产品精深加工和流通体系，鼓励水产加工新产品、新技术、新设备产业化应用，延伸水产加工产业链。扶持龙头企业——三都澳物流公司，完成五万吨冷链物流建设，该项目对推动蕉城区水产品市场物流与养殖、捕捞、加工融合发展具有重大意义。2011年以来，扶持14家水产加工龙头企业获得补助资金900万元，带动企业投资9486万元，新建标准厂房24170平方米。

积极调整海水养殖布局，大力发展设施渔业，支持规模化海水养殖设施配套升级，发展陆上工厂循环水养殖。

实施水产品牌战略，全区共注册20多个产品商标，其中中国驰名商标3个、国家地理标志证明商标1个。

2014年，福建省最重要的淡水水产良种科技研发与推广基地——东富工厂化养殖产业园区分别被国家农业部和福建省海洋与渔业厅授予"水产健康养殖示范场"和"现代渔业产业园区"的光荣称号。"东富"牌大黄鱼产品在国内年销售量达8000多吨，实现产值2.4亿元。在鳗鲡封闭式循环水工厂化养殖领域，起到了产业带头示范作用。

正在建设中的中国·三都澳大黄鱼产业园，总面积1524亩，总投资27.34亿元，融水产品精深加工、交易、冷链、展示、研发、综合办公等为一体。项目建成后，可新增产值220亿元，就业岗位2000多个。中国·三都澳大黄鱼产业园，助力蕉城打造水产加工业百亿产业集群，推动蕉城区海洋产业集聚发展，壮大海洋经济总量。

蕉城渔业经济龙头企业的发展壮大，带动渔具制造、饲料供应、产品加工、旅游与餐饮等相关行业的集群发展，从业人员近20万。

蕉城区的大黄鱼产业已成为宁德市海洋经济的支柱产业。

"五位一体"起宏图，五彩缤纷满眼春。

2016年是"十三五"规划的开局之年，蕉城区主动融入"六新大宁德"发展大局，举全区之力推进产业转型升级和精准扶贫精准脱贫，建设社会主义新农村。

这里的山更绿了，这里的水更清了；

这里的乡村一步一景，这里的百姓奔向小康；

这里，正在成为一条展示南中国农耕文明的绿色走廊；

一张望得见山、看得见水、留得住乡愁的"生态文明名片"炫亮宁川。

以诗为媒擘画乡村的彩色蝶变

◎ 何焱红

四月的乡村，早已郁郁葱葱。村里葳蕤繁茂的老榕树，等待着一对幸福的恋人一生的盟约。几个孩子在人缝里钻来钻去嬉戏着。

这是福建省霞浦县松山街道长沙村的第一个乡村婚礼。俞云灿回想起自己回乡担任村主干26年的光景，心潮起伏难平。

俞云灿，霞浦县松山街道长沙村党支部书记。年轻时的俞云灿在外干事创业多年，1994年有偶然的一个机会，他决定回来重建老房子，并计划开个机砖厂。那一年他被推选为村民主任，3年后，1997年，俞云灿被推选为长沙村党支部书记，他接过杨先进书记的接力棒，倍感肩上责任之重。他说："当年老百姓口中的顺口溜到现在还记得，'垃圾靠风刮，污水靠蒸发，家内现代化，家外脏乱差'。"那时，俞云灿暗下决心，一定要先改变长沙村的面貌。

村子美了　村民富了

霞浦县松山街道长沙村属于库区移民重点村，1972年和1991

年，因霞浦最大的中型水库建设，历经 2 次移民，崇儒乡、柏洋乡共 160 户 612 名群众背井离乡来到人生地不熟的长沙村。怎样让这些移民"住的下、稳得住、能致富"成为村两委急需解决的关键问题。经过召开村党员大会和村民大会决定，将全村的宅基地、耕地、山林、滩涂资源进行重新整合，重新分配，把位于公路沿线最好的宅基地安排给库区移民建房，把最好的耕地、山林、滩涂分配给移民经营。

然而好景不长，2008 年，霞浦经济开发区扩大建设，长沙村 60% 的农田被征用，大量移民因失地面临转型困惑。对于村民而言，最关心的无疑是收入问题。于是，如何带领群众转型走上增收致富路被提上日程，俞云灿和村两委仔细分析村情后，将目光投向了养殖大弹涂鱼上。

可是这个想法刚提出，村民并不支持，"还是不要折腾这些没把握的事，穷就穷点，也算安稳，这弹涂鱼一旦失败了，那可真是承担不起了"。

为了让村民们吃下"定心丸"，俞云灿决定自己先试水，先干出一番成绩来。于是俞云灿先试养了 12 亩大弹涂鱼。功夫不负有心人，一年后，大弹涂鱼试养成功了，这是他回乡后赚到了第一桶金。接下来，他带领着村民开始了新一轮产业转型。开垦荒滩 2000 亩，成立了长沙大弹涂鱼专业合作社，组织失地村民投资入股养殖经营，并且将养殖经验传授给村民。同时，村党支部还发挥战斗堡垒作用，组织党员、致富能手与失地困难户结成帮扶结对子 36 对，帮助 30 户困难户争取每户 3 万元小额贴息贷款。仅养殖大弹涂鱼，村民当年人均纯收入就增加了 6300 元。

2012 年，规上工业企业——邦德合成革有限公司在长沙村落户。公司成立党支部后，在长沙村党支部的争取下，长沙与其开展"联合共建"，签订合作协议。公司承诺不建职工宿舍楼，按每人每月补贴 50 元标准，安排公司 400 多名职工全部租住在长沙村民家中。

村民邱钦贤首先看到了商机，成了第一个"吃螃蟹"的勇者。他是第一个将旧屋推倒重建的村民，盖起了 6 层新楼，留两层自用，其余用于出租，如今，他每年仅租金就有七八万元，加上一楼自家开设的小卖部带来了 1 万元收入，一年光新房产生的受益就达近 10 万元。随后村民们纷纷开始整修自家房子，养殖户摇身一变成了"包租婆"，通过发展"房东经济"，每年为全村带来了 400 多万元的房租收入，村民人均增收 3149.6 元。

现在全村有荷花观赏池 40 亩、火龙果采摘园 100 亩、民宿旅馆 23 家，加上个体经营的京杂店、小吃店等，第三产业已成为长沙村民增收的主要来源。

2017 年 4 月，村党支部充分利用国家光伏扶贫工程优惠政策，引入分布式光伏发电项目，通过推行"党建+扶贫+光伏"发展模式，向上级争取了 41 万元建设光伏发电项目资金，首年村财增收达 5 万多元，并与生产能力不足的贫困户签订协议，在光伏项目中折股量化切出 20% 作为分红，贫困户首年分红达 2000 元。长南片空余的 3 亩多集体土地平整，出租给石材厂，年实现租金收入 1.5 万元。

2019 年，村民人均收入 17560 元，村财收入 30 万元。口袋鼓起来了，村民们笑了，日子也日渐红火。

放下锄头　画出彩头

每到黄昏时候，平日热闹的村子瞬间安静了下来，新的问题又摆在了眼前：外出务工的青年越来越多，村子渐渐失去活力，怎样才能吸引人气，让它充满生机活力而不沉寂？这是俞云灿最关注的事情。经过外出考察学习，他发现"文艺+文旅+文创"发展模式，助力精准扶贫，是可以走出一条以文化助推乡村振兴的新路子的。

正当他踌躇满志的时候，机会来了：2018 年 8 月，福建省雕刻艺术家协会和福建省商盟公益基金会向长沙抛来了橄榄枝，决定与长沙村和下村村签订了合作共建协议书，启动实施以农民油画创作、民间工艺美术、农民书画创作等为核心的"文化脱贫工程"项目，并以农民油画培训班为撬点打开文化振兴的工作局面。机会来之不易，这又会是长沙走向乡村振兴的一条新路子。

油画班开始前，俞云灿带领村两委从贫困户宣传发动入手。31岁的国定贫困户黄荣库，从小父亲早逝，母亲改嫁，与年迈的奶奶相依为命。"我们这拿锄头的手，怎么可能会画油画？"黄荣库没有信心。培训班开班第一天，黄荣库和村里其他3个贫困户在我们的鼓励下前来学习临摹，在专业美术老师的指导下，一幅幅水墨滩涂的油画初见端倪。围观的村民看到都诧异，"你这拿锄头的手也可以画得这么漂亮，真不敢相信"……渐渐地，村里陆陆续续有50余人加入了培训班，农民油画队建立起来了，村民们农闲时都会到油画创作室来画上一幅，成为周边村子的一道文化风景线，也吸引了城区的人们前来围观，村子渐渐地有了人气。

在"文化脱贫工程"的带动下，越来越多的村民"放下锄头、拿起笔头"。2018年10月，黄荣库收到第一笔拍卖油画款2000元，激动地说，"现在日子比以前好多了，我不仅住上了新房子，每个月有800多元的公益性岗位工资，往后越来越有盼头啦。"顺利脱贫的黄荣库还主动加入农民油画队，油画能出售，加上各种分红一年收入有两三万元。在得到艺术熏陶的同时，也获得了实惠。

如今的长沙村，许多村民拿着画笔，端坐在画板前认真绘画，乡村景色、田园风光、劳动场景……一幅幅图景跃然纸上。

农民油画队培训班开班2年多以来，已连续举办16期，参训学员近200人，年龄最大的有87岁。村中有10多人长期固定进行油画创作。山水美景、田园风光、劳动场景、民俗民风、霞浦滩涂等等，都成了他们绘画创作的好素材。目前，8名油画队队员共创作颇具水平的油画作品2000多幅，收入80000多元，2018年11月16日，长沙村农民油画队 28 人参加中国世界遗产文化主题（福州）博览会现场创作，得到在场的领导与嘉宾赞赏与肯定。

诵出诗情　留住乡愁

一个村子有了色彩便有了温度，长沙村还应该是有声有灵魂的美丽乡村。随着"文化脱贫工程"的深入开展，长沙村的文化氛围日益浓厚，长沙村的人气也越来越旺。

趁着这股东风，长沙村又举办了多场文创下乡活动。2019 年 3 月 23 日，"新时代追梦人"走进乡村系列活动"长沙之春"乡村音乐会在长沙村的一场春雨中唱响序曲。当天，数十名省内外著名音乐人同台献艺，为当地村民群众带来一场别开生面的文化视听盛宴。福建省音乐家协会还给长沙村颁发了"乡村音乐传习所"，长沙，一直在追梦的路上，一步步地实现梦想。

2018 年以来，越来越多的文化活动进入了长沙村的行列里。2020 年 3 月，霞浦诗歌馆在长沙村落成，随即着"大往"诗歌咖啡馆也在长沙村落地。4 月，长沙村迎来一些爱诗的朋友和乡村的孩子，响起了琅琅书声——"长沙诗歌分享会"。诗歌分享会上，诗歌爱好者朗诵各自喜欢的诗歌，村里的孩子坐成一排，稚嫩的童声，打动在场每一个人。在这春日里，诗歌的种子就这样悄然种下。

长沙村获得"全国文明村""省美丽乡村建设示范村""省级卫生村""省乡村振兴示范点""四星级农村幸福社区"等荣誉称号，并成为新兴城郊旅游点，增加了农副产品销量，提高了村民的经济收入，成了霞浦旅游新晋网红打卡地。

习近平总书记曾说过，"留得住青山绿水，记得住乡愁"。振兴乡村要想凝心聚力谋发展，关键还得留住乡愁。乡愁不仅是一种情怀，更能产生巨大的精神力量，让更多有思想，有能力，有情怀的乡贤返乡，不断推动振兴乡村战略一步一步变为美好现实。

破茧成蝶沐春风

◎ 邱　灵

革命老区蜕变重生

战火纷飞的革命岁月，英雄辈出，历史的画笔勾勒出他们伟岸的身躯和光辉的事迹。而在没有硝烟的和平年代下，英雄成为励志的动力源，激励着人们奋发进取。

曾经，山高林密、地势险要、易守难攻，是不少老区基点村成为"红色摇篮"的优势所在。然而，中华人民共和国成立后，交通闭塞、信息不灵则变为当地经济发展的"枷锁"。

下洋，就是这样一个地僻人难到的地方。曾经，不通公路的它像是一座孤岛，村里唯一能出山的通道只有一条弯弯曲曲的傍山险路，村民们过着肩挑背驮的日子。何时能通上电、通上路，是村民们祖祖辈辈都盼望的事情。

20世纪80年代，为了解决通电问题，老支书林发胜第一个站出来，他卖了自家的猪，把白米饭换成了地瓜米，甚至还借了外债。这些举动感动了不少村民，大家也纷纷自掏腰包，或出工出力，火热地投入到了这场通电工程中。

"山路陡峭崎岖，路旁就是悬崖峭壁，最窄的路段仅能过一个人。电线杆又长又重，大家合力像蚂蚁抬树一般扛着上山。"对于当时的场景林发胜仍历历在目：村民们前面拉绳、后面助推、中间使力、旁边扶持，喊着号子抬杆缓步行进，每一步都要小心翼翼。"十几个人只要有一个人脚下一滑，整根电线杆连带十几个人就有可能都滚下山去。由于路太难走，每天最多只能扛一根电线杆到位，遇到阴雨浓雾的天气，工作就无法进行。"林发胜说。

"一二三，一二三……"号子声久久地回响在寂静的山谷中。3年间，从汾洋水电站至下洋，途经8个村落，村民们共安插了上百根电线杆。

1988年8月8日，下洋村终于通上电了！村民们告别了点竹篾片、靠煤油灯照明的日子。希望如星光照亮了山野，也照亮了村民的心堂。

几乎是同一时期，下洋村的修路工程也在紧锣密鼓地筹备。后人无法想象，这是一场多么艰难险阻的持久战役。由于生产生活条件极为有限，村民们不得不用最古老的方式——靠着双手挥舞锄头"啃"山石，凿开一条条通道。

但资金短缺和设备落后搁置了开路工程。直到1991年，村里竭力申请省里"以工代振"的扶持项目，争取到了扶持金30多万元，修路工程得以重新开工。修路工程断断续续历时8年。1997年，下洋村的村民开辟出了下洋至坑坪一段长达5公里的机耕路。

政府帮一把，群众跳一跳。在福安市委、市政府的扶持下，下洋人继承并发扬着革命老区不怕苦不怕累的精神，战天斗地，愈挫愈勇，攻坚克难。

路通了心宽，灯亮了眼明。下洋村宛如一个虫茧，慢慢地挣脱茧壳，张开翅膀。

美丽乡村田地"生金"

随着通村路的不断完善，下洋村村两委又开始致力改善村容村貌。同时，潭头镇也对村庄实施以整村环境治理、公共设施完善为主的综合整治，将美丽乡村串点成线，打造一条珍珠链式的美丽乡村景观带。

近年来，下洋村先后获得"全国旅游扶贫重点村""省级美丽乡村""省级森林村""宁德市党建示范点"等称号。

盛夏里，村中草木葱茏、山泉清澈，流水、梯田、人家组成一幅清新明快的乡村图。

如何让绿水青山变成金山银山，如何实现环境与产业的和谐发展，下洋人一直在求索。

下洋村有600多年的历史，这里的农民世代伴田而居。但因海拔高、山田坡度陡，不仅农机上不去，畜力耕作都十分困难。"斗笠丘、眉毛丘、蛤蟆一跳过三丘"，这句生动的民谚是下洋村的真实写照。

2015年，村支部书记林建平在网络上看到浙江青田、景宁等地稻田养鱼很出名。"稻鱼共生"是一种相互依存的农业模式。稻田为鱼提供良好的生长环境，而鱼能为稻田清除杂草和病虫，稻田可不施用农药和肥料，鱼和水稻都是纯正的绿色食品。于是，他与村两委组织村民前往浙江实地考察，通过对比发现下洋村山区梯田具有其天然优势，十分适合稻田养鱼。

说干就干。2016年3月，林建平以村集体名义组建了田福生态农业发展有限公司和三洋种植专业合作社，流转了300多亩水田。随着10万多尾鱼苗的投放，"稻鱼共生"种养结合模式在下洋村展开。

为起到带头示范作用，林建平还在村里选择100户农户作为首批重点扶持对象，除了资金入股的方式外，农户也可采取土地流转、劳务出工等形式入股，获得收益后，按比例分红。村民占股90%、村委占股10%，"组织+公司+合作社+农户"的发展模式正式建立了起来。

3年多来，下洋村通过发展"稻鱼共生"项目，每年为村民增加收入近百万元，村集体收入也从近于零增加到10万元，村级组织的"造血"功能大大增强。

为助力精准扶贫，村两委还动员村里低保户、五保户和贫困户加入合作社，并让他们在合作社打工。截至2018年底，村中8名建档立卡贫困户已全部实现脱贫。脱贫户陈大兹便是其中的受益者，如今他在合作社上班的工资，加上自家种植茶叶，年收入已有近2万元。

五彩田园农旅焕彩

为了让乡村旅游业为村民增收再助一分力，村里在"造景美田"上下功夫：一方面夯实田间基础设施，使之"宜种宜观"，在梯田景区建设了观光亭、游步道，既方便农民耕种、收割，又为游客提供了漫步赏景的去处；同时，在田间开辟"农事体验区"，让游客深入体验下洋村梯田独特的农耕文化，"可赏、可玩"的模式深受游客欢迎。

在上级党委政府支持下，该村已连续成功举办三届潭头镇下洋村开镰节活动，开展"割稻比赛""下田捉鱼比赛""田间拔河比赛"、篝火晚会等民俗文化特色活动，吸引了福安及周边各地游客共计1万多人次，还有效拉动了闽东山羊、蔬果、米酒、农家粉扣等下洋土特产销售，推动了生态、休闲、观光等乡村旅游业发展。目前，该村已成为全省"庆丰收"系列活动的15个主要举办地之一。

"农业+旅游"让村民尝到了甜头。在旅游产业的带动下，不少之前外出的村民纷纷返乡搞起了农家乐和特色种植。

"春耕、秋收前后都有很多游客到村里。我准备把家里空房改造成民宿。"村民林建华笑着说。

笔者一行前来采访时，时令正是稻花香、鱼儿肥季节，下洋村又迎来了新一年的"开镰节""尝新节"。田间割稻捕鱼喜"吃新"，村民们祈福五谷丰登，脸上溢满了幸福的笑容。因为，世代向往的美好生活图景就在眼前。

"一朵菇"带来新气象

◎ 杨远帆

仲夏时节，走进古田县大桥镇岭南村，生生食用菌基地里一派繁忙的生产景象，建成不久的 50 间标准化银耳菇棚已有过半投入生产。"这批新建成的标准化菇棚整体坚固美观，保温性强，更有利于银耳生长，今年预计会有更好的收成。"基地负责人程春生忙前忙后，却心有喜意。

食用菌作为古田县的富民主导产业，目前全县开发生产的食用菌类达 37 个，从业人员 30 多万人，每年产业链产值超过 100 亿元，其中银耳产量占据全国 90% 的市场。50 多年来，当地精心培育食用菌产业，建立标准化生产、精细化分工、社会化合作的食用菌全产业链体系，推动食用菌一、二、三产业融合发展，形成独具特色的"县域工厂化"生产模式。在当地，食用菌产业链分工精细，菇农们足不出县就能获得各个环节的专业服务，覆盖原辅材料供应、菌种研发、食用菌栽培、加工、营销等。

党的十九大报告提出，要坚决打赢脱贫攻坚战。脱贫攻坚，"三农"是重点，也是难点。在"减贫摘帽"的过程中，古田县改

"大水漫灌"为"精准滴灌",围绕食用菌产业为靶心,真正通过发展"一朵菇",带来了全新的气象。

"租金股金薪金" 贫困户腰包鼓了

边拿工资,边收租金,年底还有分红。这是古田县城东街道桃溪村建档立卡贫困户林勇以前想都不敢想的事。

早年因为老母卧病在床,又遇妻子体弱,林勇一家人的生活陷入困苦之中。2016年,他把自家的3亩地流转给村里的中信食用菌合作社,成为一名社员,每年在合作社里打工三四个月,收入1万多元没问题,其他时间种几亩橙,再加上年底的股金分红,收入比原先增加了1倍多。"扶贫信贷资金5万元入股合作社,到年底就可拿到6000元分红,再加上工资、土地租金,日子会越过越好。"林勇说。

在村里,像林勇这样从合作社尝到甜头的贫困户还不只一户。城东街道组织委员姚秉钧说,村里依托合作社,推行"合作社+贫困户"模式,以"租金+股金+薪金"的方式,帮助贫困户脱贫致富。"这种'合作社+农户'的方式,变单打独斗为抱团发展,让传统农民变身为'产业股东''职业工人'。"姚秉钧说。

2016年开始,古田县专门成立扶贫小额信贷促进会,设立扶贫小额信贷风险资金池,对建档立卡贫困户5万元以内的小额贷款予以担保并贴息,有效地解决贫困户创业的资金难题。

在凤埔乡,金融扶贫日渐见效。由福全村72名村民以土地入股和资金入股等方式合作设立的福泉鑫食用菌专业合作社,其中18名土地所有者将土地流转金作为入股资金。"年终时,入股贫困户不仅拿到分红,还能有工资薪金。"福泉鑫食用菌专业合作社负责人程泳春说。

补短板强链条　菌菇产业"接二连三"

位于大桥镇的天天源银耳生产基地是全国首个袋栽银耳工厂化生产项目。基地的现代化银耳栽培厂房内，每一间都安装了自动化设备，智能综合监控系统可自动监测并调节菇棚的温度、湿度，使银耳始终处于最佳生长环境，实现全年全天候生产。"120多间菇棚满负荷生产，日常管理维护却只需要2名工人，这得益于工厂化生产节省了大量人力。"福建天天源生物科技有限公司总经理杜昌铿自豪地说。古田食用菌企业目前代表着国内银耳工厂化生产的最高水平。

循着"菇香"，从古田食用菌产业链的生产端走到加工端。在吉巷乡永安村，芳海食用菌专业合作社经营的烘干厂里见不到明火，也没有燃烧传统燃料产生的烟尘。原来，这里用不锈钢气泡清洗机替代了人工清洗，同时还引进了热泵烘干设备，实现清洁能源烘干设备全面替代老式锅炉。合作社负责人郑春海说："现在烘干1斤鲜菇较之前可节约20%的电力，清洗鲜菇较之前节约40%的水量，省下不少开销。"

促进烘干工艺设备提升、推进加工企业清洁能源替代、打造食用菌工业园区和工业走廊、扶持开发精深加工系列产品……近年来，古田县认真查找食用菌产业在发展中存在的问题，形成补短板、强链条的清晰思路，成效颇为明显。

打开最新的古田县工业发展规划布局图，一个定位明确、配套齐全的百亿食用菌工业园区，自西向东形成一条经济带。古田县委、县政府围绕打造全国一流现代食用菌产业高地、做大做强食用菌全产业链的目标，整合提升县城周边东、西、北三个区域，建设食用菌产业园区，不断巩固和发展食用菌作为富民兴县支柱产业的主导优势。

"全国食用菌市场前景广阔，产业发展方兴未艾。古田县作为全国最大的食用菌产销县，只有不断提高产业化水平，不断延伸加工链条，不断加强服务保障，才能稳站中国食用菌产业高地。"古田县食用菌产业管理局局长余新敏表示，古田食用菌产业的转型升级已形成清晰的发展思路，即推进"一二三产"的融合发展。

党旗插进菇房　脱贫有了"主心骨"

2020年是决胜全面建成小康社会、决战脱贫攻坚之年。"脱贫攻坚越到最后越要加强和改善党的领导。"工作中，古田县着力抓食用菌产业链党建，以高质量的基层党建带动高质量的产业发展，助力脱贫攻坚与乡村振兴。

7月初，位于凤埔乡食用菌产业园区内的福建福泉鑫生物科技有限公司，厂房扩建工程已经完成过半。这种建设进度，是公司总经理程泳春在3个多月前根本是无法想象的。

"受疫情影响，当时产品运输受阻，销量减少，这么多菇积压在仓库，当时心里是很焦虑的。"程泳春回忆着。

为减少企业损失，第一个前来伸出援手的，是产业园区党委。他们一方面协助联系多个部门在第一时间为企业办理了农产品货物通行证，畅通运输通道；另一方面积极协助做好复工复产工作，并请来高校以及县里的专家来现场做具体的指导。经过实地走访，专家们通过调节菇房的温度调控出菇速度，适应市场市场销售，同时改进包装，降低原材料生产成本，从根子上解决了福泉鑫公司的燃眉之急。

围绕产业抓党建，抓好党建促发展。凤埔乡食用菌产业园区于2019年7月成立园区大党委，推动园区企业党支部加强标准化建设，夯实组织力量。同时，建起功能齐全的园区党群活动服务中心作为阵地，积极内联外引，整合优势资源。"以前园区内企业的党建和经营活动比较分散，大党委平台建立后，将企业与企业，企业与乡、村、协会、专业院校以及金融部门紧密联动起来，及时协调解决企业党组织建设和生产过程中存在的困难问题。"凤埔乡食用菌产业园区党委书记张国策介绍。

在党建的引领带动下，凤埔乡食用菌产业园区内 4 家企业党支部已建成推动产业发展、促进集体增收的示范党组织，吸收 20 名左右贫困人口及 500 多名群众在家门口实现就业，辐射带动全乡 85% 以上农民从事食用菌生产。

如今在古田县，食用菌产业链上共建有产业党支部 86 个，聚集党员 8200 多名，通过成立县级食用菌产业链"大党委"，培育凤埔、吉巷等多个食用菌产业链党建乡级示范点，将产业党组织串联起来，将党建的政治引领优势转化为产业发展优势，打通产业链之间"藩篱"，形成了食用菌产业各环节融合发展、相互促进的良好局面。

以茶富民 以茶兴村
——省科技厅驻村干部李坚义扎实开展柘荣凤里村扶贫

◎ 黄其瑞

从柘荣城关驱车往东然后再往南，不到半个小时，你可以看到一个茶树满山，家家都是小洋楼的山村。在这里，你最大的感受就是村民洋溢在脸上的笑容，在这里，你处处可以闻到从房屋中散发出来的茶香，这就是柘荣县乍洋乡凤里村。10年前的凤里不是这样的，交通不便，即使有一条通往乡政府的道路，也是坑坑洼洼的机耕路，晴天一身土、雨天一身泥，老百姓靠天吃饭，一年到头也剩不了几个钱。

打通思想拔穷根

凤里村海拔580米，山清水秀、土壤肥厚，茶叶是凤里村的特色产业，过去村民经常有种植绿茶的历史，但由于加工技术落后，经常靠天吃饭，茶农收入有限。省科技厅2002年挂钩扶贫以来，为提高农民收入，资助凤里村种植了适合加工乌龙茶的茶叶新品种"茗科1号"和"茗科2号"150亩，但由于农户的种植管理水平和乌龙茶的加工技术等原因，效益始终不高，也影响了广大茶农的积极性。

"思想是贫穷的真正根源，一个人穷首先是脑袋贫穷，要想让群众过上富裕的生活，首先要让群众有富有的思想。"李坚义到凤里村跟村两委成员充分沟通后，大家一致认识到要想帮助群众致富首先要解决好群众的思想工作。为了打消群众的顾虑，李坚义利用自己省科技厅的资源，广泛征求专家的意见，带着村班子成员深入田间地头，经常是踩着一脚泥巴就跟茶农唠上了嗑，通过前期的调研摸底，李坚义不仅掌握了栽种乌龙茶的要领，也详细了解了前两年栽种乌龙茶失败的原因；特别是知道县里出台了《关于扶持乌龙茶产业发展的实施意见》，对全村种植一个优质乌龙茶品种达到50亩以上规模，且茶农一户新建连片优质乌龙茶品种达到5亩以上规模的，每亩补助苗款的50%；对专业大户和重点户购置乌龙茶加工机械设备（每套在3万元以内）的，每户补贴购机款的15%。这些措施更加坚定了李坚义以及村两委成员鼓励农民种植乌龙茶的决心。为了让群众继续种植乌龙茶，村两委成员总是不厌其烦地一遍遍跟群众解释沟通，同时详细跟群众讲解乌龙茶栽种的注意事项，特别是重新制定了乌龙茶的发展规划，在规划中对群众可能遇到的问题都一一做了说明。组织10名茶农到安溪县实地参观学习，邀请福建茶科所、县茶技服务中心的技术人员举办了三期"茶叶种植管理"技术培训班，共培训农户100多人次，分发"茶事活动表""有机茶栽培技术""无公害茶叶栽培技术""茶树无公害病虫防治技术"等各种技术资料300余份；为提高茶园的管理水平，村委还无偿提供有机肥奖励管理较好的农户。

在村委班子的共同努力下，农户种植新品种茶树的积极性空前高涨，全村共新植"铁观音""茗科1号"210亩，连同此前种植的茶树，全村共有适合加工乌龙茶的品种"铁观音""茗科1号""茗科2号"520多亩。

矢志奉献解难题

"要想富，先修路。"茶叶的种植规模上去了，摆在村两委成员面前的一道难题就是：如何确保产品的保值增值？如何才能将产品卖出去？村两委成员将11公里通往乡政府的公路硬化作为重点。但由于修路所需资金量较大，而且那时的乡村大都是机耕路，很多村民对花费如此巨资修路颇有微词，特别是由于道路拓宽及料场建设，部分村民的竹林、树木、茶园和田地会受影响，更因此蒙受一些经济损失。为此，李坚义和村两委成员一户一户地耐心说明，一次说不通就两次，两次说不通就三次……在村两委成员的感召下，终于征得了大家的一致同意。可是修路的大量资金从哪里来呢？为此，李坚义多次向科技厅领导和县领导汇报情况，与有关部门进行了多次探讨和交流，争取多方支持。终于，科技厅分管扶贫工作的丛林副厅长为凤里村公路硬化问题，专程赴柘荣与县领导沟通、协商，并制定了这条长度11公里，村自筹资金达109万元的资金筹集计划。在省科技厅和县委、县政府等上级部门的支持下，公路硬化终于完成了。

为了真正实现使农民增收的目的，必须解决茶叶的加工问题，李坚义和村两委成员经过多方考察，拟定了6条措施并坚决实施。一是完善乌龙茶加工厂建设。在2004年建立乌龙茶加工厂的基础上，投入资金3万余元，购置了空调、速包机、平板机、解包机、烘干机、真空包装机等设备，并扩大了厂房面积，提高了加工厂的加工能力。二是培训本土技术人员。选送5人到省茶科所接受乌龙茶加工技术培训，选送了2人到安溪县某台资公司进行为期两个月的跟班学习。三是引进技术人员。通过努力，在春茶加工期间，聘请了2名安溪的茶叶加工技术人员，对乌龙茶加工进行现场指导。四是引进资金。由于本村农户尚未掌握乌龙茶加工技术，无法按照安溪县的模式进行一家一户的加工，只能集中加工，况且当时也没有人有能力承包加工厂，为此只好引进外来人员承包加工厂，保证了茶青的收购。五是设立保护价。由于凤里村是乌龙茶新区，为保护农户发展乌龙茶的积极性和经济利益，在参考其他乌龙茶产区的同季茶青的价格基础上，确定了春茶茶青的收购价为"黄观音"每斤6元，"金观音"每斤8元。六是开发其他产品。为了应对市场的变化和将气候的不利影响降到最低水平，充分发挥新植茶叶品种的品质优势，最大限度地提高农民收入，在省茶科所、县茶业局的帮助下，开展了高档绿茶、红茶的试制工作。经和柘荣县的农业龙头企业——闽东张一元茶业股份有限公司联系，公司在凤里村按每斤40元的价格，收购"黄观音"和"金观音"茶青共50余斤，精心加工成绿茶，加工出的绿茶香气独特，条形美观，滋味香醇。

辛勤耕耘结硕果

茶叶的规模上去了，也有了销路，李坚义和村两委成员又开始思考凤里村未来十年的发展。

"不能将鸡蛋放在一个篮子里！"村两委成员讨论的结果就是这个，可是群众很不理解，茶叶种植的形势这么好，我们只要做好眼前的一亩三分田就好了，还折腾那么多干吗？

"茶叶是靠天吃饭，而且容易受市场影响，我们只有多条腿走路，才能真正地实现富民、兴村！"李坚义和村两委成员将自己所思所想的告诉群众，终于争取到群众的支持。

李坚义和村两委成员结合乍洋凤里村的气候、地理条件，决定鼓励农民大面积复种毛竹，在村民对毛竹林进行垦复的同时，结合科技下乡活动，邀请福建农林大学的专家进村对村民进行技术培训，提高了毛竹的成材率和产量。在乍洋凤里村两委的共同努力下，共垦复毛竹1700多亩。

在李坚义和村两委成员的支持下，乍洋凤里村还投入资金 2.8 万元购买电站股份，使村里对凤里电站拥有的股份从 22.5% 上升到 27.25%；在全县率先示范沼气池成功的基础上，通过实施星火计划，使 14 户村民用上了沼气；修复洋绸自然村造福工程防地基护墙……

"雄关漫漫真如铁，而今迈步从头越。"在李坚义和村两委成员的努力下，仅 2006 年一年，柘荣县乍洋乡凤里村茶农户均增收 3000 元，全村农民人均纯收入 4365 元，增长 12%，实现农民人均纯收入连续三年增幅 10% 以上。

扶贫是一种责任，更是一种态度，它不是做花架子，也不是搞数字游戏，更不是搞形象工程，而是要真正地为群众干实事、谋福利，要让群众自己学会造血。要真正实现扶贫攻坚、产业致富，必须心往一块想、力往一块使，必须凭风借力，依托当地、国家的扶贫、产业政策，必须汇众智聚众力，形成帮扶合力，这样才会真正实现脱贫致富。

古村焕发新活力

◎ 钟自炜　史鹏飞

论地利，龙潭村并无优势。自福建省宁德市屏南县城出发，沿着蜿蜒山路，车行近 1 小时才能抵达。

论人气，龙潭村远近闻名。天南地北的艺术爱好者纷至沓来，今年"五一"假期到访游客超过 2 万人次。

小小山村缘何广受青睐？"是一支画笔改变了龙潭村。"屏南县传统村落文创产业项目总策划林正碌说。从开设公益画室起步，龙潭村发展文化创意产业，走上了一条乡村振兴之路。

"以画为媒，村民增加了收入，开拓了眼界"

当 30 岁的沈明辉拿着画笔站在画布前，眼中透露出无比的热爱。

沈明辉是屏南县双溪镇双溪村人，自小身体有疾，16 岁丧母，与修鞋匠父亲相依为命。2015 年底，在屏南县残联介绍下，他来到林正碌开办的龙潭村公益艺术教学中心。"教学中心免费提供绘画材料，如果画作卖出去，扣除成本后的收入全给作者。"沈明辉决定试一试。

虽说并无绘画基础，可老师教得耐心，沈明辉学得认真。短短几个月后，他就能在画板上挥洒起来。

拿起画笔4年多，沈明辉逐渐形成自己的绘画风格，作品也在网络上有了市场，每月能有四五千元的收入。"通过画画，我能自食其力了，眼界更加开阔，人也更加自信。"2017年，沈明辉的作品被送往法国里昂参加当代艺术双年展。此后，他还开办了个人工作室，不少人慕名前来欣赏、购买画作。

现在，沈明辉在网上电台开了专栏。"过去我活在自卑当中，很多事情没有勇气去挑战。"他在节目中说道，"在绘画中，我敢于挑战尝试，在生活中，我也可以。"

如今，龙潭村受过绘画培训的村民已有近百人，在画布上展示家乡新貌成了不少村民的爱好。"以画为媒，村民增加了收入，开拓了眼界。"林正碌说。

"村子最明显的变化，就是重新热闹了"

"龙潭村缺乏产业支撑，村民大多外出务工，1400多人仅剩200多人常年留守。"龙潭村第一书记夏兴勇告诉记者，村里有120多栋明清建筑，因岁月侵蚀而渐渐衰败，不少已经废弃，想要保存下来需要重金修缮，拆除重建又于心不忍。

借着文创产业兴起，夏兴勇希冀村子重聚人气、找回活力。但在不少村民眼里，这是一种奢望，"村里人都往外跑，咋指望吸引城里人"？

"我与龙潭村是一见钟情。这里溪水穿村而过，民居极富特色。"2017年，江西小伙子曾伟在龙潭村租下一栋有着百年历史的村居，将其改造为"随喜书屋"，打造了以读书为主题的生活空间。"附近村民如今常来这里喝茶、看书，书屋也成了游客的必到之地。"

"文创发力助推乡村振兴，像曾伟这样的文创人才成了我们重点引进的对象。"夏兴勇说，龙潭村委将古民居以每平方米年租金3元、15年使用期承租给外来业主，业主负责出资修缮，租金收益归村民所有。具体的修缮工作由村里特别聘请的老工匠负责，按"修旧如旧，保持原貌"的原则进行。

"村子最明显的变化，就是重新热闹了。"夏兴勇说，经过几年努力，古民居被赋予新的文化功能和价值，"来自北京、上海、重庆等地的100多人走进龙潭村，将36栋老宅改造成各类文创空间。"

更让夏兴勇欣慰的是，在外来文创人才及其文创项目的带动下，300多名在外打拼的龙潭村民回到家乡创业谋发展。

"向着业态成熟、可持续发展的目标探索前行"

漫步龙潭村，入目即是风景。青石板路，小桥流水，黄墙黛瓦沿溪而建，让人流连忘返。

随着名气越来越大，龙潭村从昔日的"空心村"变为游客和艺术爱好者眼中的"网红村"。

"村里休闲旅游业红火了，我和老伴将家里的老屋改成了民宿，节假日游客爆满，周末一房难求。"村民陈孝高告诉记者。

2017年5月，屏南县成立传统村落文创产业项目指挥部，每年安排专项财政预算资金1000万元，用于文创产业引导、扶持和孵化，推动文创人才和企业集聚。

政策扶持下，龙潭村以农民画室为发轫平台，正逐步建立起多层次的文创产业格局，推动全域旅游发展和农村经济转型。

龙潭村是国家级非物质文化遗产"四平戏"唯一留存的地方。数百年来，"四平戏"依靠这里的农村艺人口传身授。自龙潭村建起四平戏博物馆，76岁的陈秀雨不时登台为村民和游客唱戏。

村民陈孝好的家酿黄酒走俏了。红曲黄酒酿造技艺作为省级非物质文化遗产，是龙潭村家家都会的手艺。陈孝好自家酒窖里储藏的黄酒，如今在电商平台的售价比以前高出几倍。

青山依旧，黛瓦如故，龙潭村焕发新活力。村里的常住人口已增至600余人，每年吸引游客超过20万人次。

"去年村民人均收入18350元，比引入文创产业前增长了3倍。"林正碌说，龙潭村已初步形成特色文创产业，"下一步还要向着业态成熟、可持续发展的目标探索前行，释放更大的发展潜能。"

山水之间 "鲟" 路人

◎ 黄起青

2020年5月12日，在周宁县钟山桥水库的龙鳇鲟业公司的养殖基地，陈明乐与中国水产科学研究院长江所专家商讨中华鲟相关课题项目。

说起养鲟鱼，今年56岁的陈明乐（后简称：老陈）操着一口浓重的福州腔普通话，侃侃而谈。

早在2001年，老陈在老家罗源县做着商品鲟鱼的培育销售，日子过得倒也舒适自在。

一转眼，19年过去了，老陈养的鲟鱼大的100多斤，在周宁驯养的2万多尾史氏鲟、达氏鳇、史氏鲟—达氏鳇杂交鲟，已经可以取卵加工成优质鱼子酱了。

"老板" 变 "打工仔"

周宁好山好水。周宁钟山桥水库基地的水来自于上游的芹山水库，芹山水库库底水用于发电，水温常年保持在15℃-23℃，水质清澈，是冷水性鲟鱼养殖理想的天然场所。老陈说："也许全省乃至全国再也找不到比这更适合的环境了。"

溯水而来，凭水而生。

2012年，老陈将原来在老家罗源县养殖了多年的鲟鱼一股脑儿全部搬到周宁，当起了"老板"。

一条鲟鱼从养殖到取卵加工成鱼籽酱，一般要有10多年，时间无比漫长。

老陈一直从福州一家公司赊购饲料，饲料一斤得七八元，基地5万尾的鲟鱼每天饲料就要两三万元，买着买着，老陈这个"老板"欠下了几千万元。

在老陈养鲟鱼的这十几年间，是中国盛产老板的年代，励志创业成功者比比皆是，许多老板越做越大，老陈这个"老板"，除了钟山桥水库里的鱼，却再也没有其他办法还这些钱了。

2015年，老陈与福州饲料公司老板合议，将龙鳇鲟业重组，老陈所赊欠福州饲料公司的钱转为龙鳇鲟业的股份。福州这家公司只做饲料，不会养鱼，但认可了老陈的养殖技术。重组后的龙鳇鲟业公司雇老陈担任技术总监，还是具体负责养鲟鱼。老陈从"老板"变成了"打工仔"。

身份变了，初心未改。老陈还是一如既往，每天忙碌于库区网箱与驻地。

"我养鲟鱼，就像是上了一架飞机，飞上了天，不可能说停就停。如果放弃了，就永远不知道会错过什么。"老陈说。

在这期间，周宁县党委、政府部门帮助老陈的龙鳇鲟业申请了省级设施渔业支持项目（全塑胶网箱升级改造）及普通陆地工厂化鲟鱼养殖项目，给予资金扶持，协调厂房用地。

"有时候觉得特别难，但是当地党委、政府对我的支持，更加坚定了我走下去的信心和决心。"老陈说。

周宁地处闽东北地区，离老陈的老家有 200 公里。亲朋好友无法理解老陈常驻深山，劝他放手，但是老陈听不进去。在家人口中，老陈就是个"大傻子"。

老陈却说："可能我就是这样一个人，只要产业能做起来，打工就打工，傻就傻吧。"

现在，龙鲟鲟业水域养殖面积 3000 亩，已建网箱 216 个，存塘量可年产鱼子酱 15 吨。"在山清水秀的周宁养殖的鲟鱼鱼子酱品质非常好，得到国际同行的好评。"对于老陈来说，最为自豪的是注册了 CITES。

CITES 是指濒危野生动植物国际贸易公约。经过国内国际顶级专家严苛地层层评选，2019 年 9 月，龙鲟鲟业通过认证，成为全球 20 多家获得鲟鱼 CITES 认证中少数同时拥有养殖和加工双备案，为周宁鱼子酱出口国际市场打开通路。

初中毕业的"国宝级人物"

与亲友眼中"大傻子"形象截然相反的是，福建省农科院农业质量标准与检测技术研究所研究员宋永康对老陈赞不绝口，称他为"国宝级人物""现代鲟鱼养殖的大国工匠"。"他养殖经验非常丰富，在具体实施细节与操作方法中，会有独特的想法与有益的建议。他的技术水平可以算是鲟鱼养殖业者中顶尖水平。"

只有初中文化的老陈说："我念的书不多，看的书不少。"

在周宁的 8 年，老陈带着养殖人员和科研院所合作，突破了鲟鱼早期雌雄鉴别技术、全人工繁殖技术、活体取卵技术，实现了南方全人工繁殖技术，建立了鲟鱼养殖科研、推广、生产示范体系。在钟山桥水库基地，亲鱼年成活率高达 98% 以上，平均取卵率 15%。同时，老陈还申报环保型养殖网箱发明专利、实用型专利，参与编著了《福建省鲟鱼产业发展前景分析》一书，龙鳇鲟业还完成 SC 认证、建立 HACCP质量管理体系。

老陈在业内名气越来越大，引起了国内研究中华鲟的专家学者们的关注，他们数次到钟山桥水库基地参观考察，与老陈沟通交流。渐渐地，老陈成为这些中华鲟业内顶级专家学者们的朋友、座上宾。

2019年3月，中国野生生物保护协会水生野生动物保护分会、武汉大学水利水电学院、中国水产科学研究院长江所、福建省农科院质标所等专家们，冲着老陈，到周宁签订了《中华鲟保种战略合作框架六方协议》，并将中华鲟保种中心的牌子授给了钟山桥水库养殖基地。经过严格的认证审批，6 尾 100 多斤以及 1000 尾幼鱼的二代中华鲟运到周宁交给老陈，让他进行驯养培育三代商品中华鲟。

中华鲟号称"水中大熊猫"，属国家一级保护的水生野生动物，送到周宁交给老陈也许正是适得其所吧。

采访老陈的时候，他正与长江所专家们同当地政府人员商议启动合作项目，商量扩大基地、建设中华鲟育苗中心。

"能帮一个是一个"

翻过了一座山，车程不到 1 个小时，来到泗桥乡坂坑村一个鲟鱼养殖基地，两三万尾优质商品鲟鱼已经可以销售了，大的达到三四斤。

基地负责人肖贤指着池塘里的鲟鱼感激地说："没有老陈提供技术等方面支持，鱼不可能养得这么好。"

到周宁以后，老陈培育了 24 名鲟鱼养殖技术员，每一年，有 10 多户农户在他的养殖基地打工就业。

看到一年一年越长越大的鲟鱼，慢慢地，有人心动了。

2019 年，在外经商打工的肖贤回到周宁，找到老陈说他也想要养殖鲟鱼。老陈说："我深知养殖不易，所以将心比心，能帮一个是一个。只要有兴趣养殖，技术、饲料、销售，我都愿意提供帮助。"

"刚开始，我还有'教会徒弟饿死师傅'的担心，生怕老陈会留一手。后来我发现他真的是毫无保留，能教给我的都教了。三天两头打电话交代这交代那，生怕我养不好。"肖贤说。

得知肖贤鲟鱼养殖存活率达到97%，远高于其他人的70%，老陈闻之为同行喜不自禁。

在山水之间找到"金山银山"之路，注定艰辛。

一旦有了路，走的人就多了。即便风雨兼程，也不乏同路人。

现在，肖贤的基地也吸收了贫困户及当地村民务工前来就业。周边村庄的村民养殖加州鲈鱼、军鱼，肖贤也热心帮着他们。

在肖贤基地打工的坂坑村建档立卡贫困户宋陈达说："没想到我们山沟沟里的山涧水也能养出'国宝'，还让我们跟着赚大钱。"

2020年，周宁县脱贫摘帽了，全县1497户与宋陈达一样的建档立卡贫困户依靠种养产业和就业实现了脱贫。

2020年年初以来，全世界经历了一场前所未有的"新冠疫情"。1月份，日本客商与老陈签订了鱼子酱购买协议。谁曾想又遇到疫情，鱼子酱暂时无法出口日本，交易时间只能推迟，而且暂无明确时间。

老陈却乐呵呵地说："鲟鱼有修复、吸收、再生功能，影响不大，我要做的就是耐心等待。"

的确，疫情终将过去，对老陈来说，鱼子酱出口就是再等待一段时间而已。

乡亲心中的小俞

——记屏南棠口镇安溪村驻村第一书记俞树辉

◎ 张云雪

车刚到安溪村地界，就闻到山上新翻的黄土透出的清香，三月的阳光伸着长手，温柔地抚摸着刚成活的芙蓉李嫩苗，远望村口三百年不变的大柳杉下，一座新亭悄然鹤立。近前，是一座精致小公园，红色"安溪"赫然入目，温暖瞬间袭上心头，如果泉州安溪县是一位富家小姐，家乡安溪村就是一个行乞老妪，"贫困村"的帽子像紧箍咒直戴到2019年。

2017年底，村里来了第二任驻村第一书记——俞树辉，入住当天，他怀揣本子挨家走访贫困户：全家几口人，老人有哪些基础病，地里种啥，儿女在否读书或打工一年寄回多少钱……没人养猪羊，人均年收入一目了然，走访结束，密密麻麻记了一大本。

俞书记走访时曾听好几位老人说水脏，且如乌龟尿（少）时有时无。扶贫"两不愁"中包含饮水安全，首先解决饮水问题。他约上村支书和村主任，立即到三公里外山上勘察。邻居陈大爷好奇他们扛锄提刀便问："上哪？"俞书记回答："准备净化饮用水。"陈大爷不咸不淡地："哦，呵呵。"兀自走了，似乎此事距他一万八千里。

秋末的太阳金灿灿的，将不多的余威尽数披挂，刚硬地呲着大地。乡亲们该上山的上山，该浇园的浇园，村里显得静谧极了，村口躺着一只黑狗，懒洋洋地乜斜了他们仨一眼后，将全身蜷成软皮球，去它的春秋梦里遨游了。

崎岖山路中，六只脚像六块砖头，嗵嗵地砸得地面直响，其中两响携着海的腥咸、陌生、干涩。山风听得不高兴，它不欢迎这样没有预兆的闯入，不停地让树们掴掌"哗啦——哗啦——"整座山像荡漾着愠怒。

在水源下半里处，一块巨石霸道地占领了羊肠小道，那是初秋下大雨滑坡时滚下的，两边荆棘乱生，他们决定从上方劈砍出一小段，把小道续上。俞书记不好意思干等着，从没干过农活的他，也铆着劲抡起柴刀使劲砍，拇指粗的灌木浑身十几处刀痕，竟没一刀能致命，却觉得小臂与腕部韧带坼裂地疼，又像灌了几瓶老醋，酸胀得不行，汗已把后背画成中国地图，他丢下柴刀，一屁股瘫坐在路边。他看着村支书和村主任，左手搂抓灌木，右手刀起，灌木夹荆棘齐刷刷触刀而断，不免心生敬佩。

午歇时，陈大爷说俞书记要净水，被乡亲们"嘻"的一声打断：净水？你怎见得？然后大家会心地笑一下，又笑一下，这笑意味深长，原本淳朴的乡亲，被太多七彩肥皂泡似的诺言教训了。村是铁打的营盘，各级包村挂职的领导是流水的兵，挂职时间一满，走得无影无踪。说是挂职，有的与乡亲面都没照；有的倒是难得来几趟，许了诺，但村里问题多得像奶奶线箩里的线头，缠着绕着，多数不了了之，直到首任驻第一村书记，情况才改变。

经过几天的勘探，俞书记终于把净水方案敲定。施工队一上山，沙、碎石、水泥、水管、钢筋全部到位，净水工程正式启动。那晚，累极了的俞书记做了一个梦：自己成了一尾漂亮的鲤鱼，在一个大湖里游啊游啊，湖水明净透亮，嘬一口甜丝丝、凉津津的。

几个月的山上山下奔忙，当清澈的泉水哗哗从管里奔涌而出时，看着乡亲脸上由衷的笑，俞书记眼角潮湿，鼻头烘热，狠狠地舒了一口气，他实现了扶贫第一目标：提升饮水工程。此时的他下巴尖了，脸黑了，双手长出老茧了，乡亲们不再像刚驻村入户调查时那样生分，也愿意与他亲近了。

一周没见俞书记。

两周没见俞书记！

那天刚好下雨，阿普店里聚集不少人正闲得慌呢，瞧见陈大爷来买烟，众人像被拧了开关的水龙头，谝得可带劲：

陈大爷，你的第一书记飞了！

他升官了，你不去巴结巴结？

……

陈大爷听得满耳聒噪，就钻了话缝："谁承想啊，我以为他住进村里，跟走马灯似的挂名升官干部不一样，会把农民的事记心尖，不过他为咱解决了喝水问题，已经不错了。"

陆大爷憋急了，瓮声瓮气道："按说咱不该埋汰他，非亲非故，他不欠咱，可他在我家时说得真真地，'要带咱致富过上好日子，要把村道铺平，安上路灯，将来还做公园呢。'说得我垂涎三丈啊，诶——我咋就信了呢？"这一声长叹，把氤氲在小店里的失望一缕一缕扯出店门，撒向村庄。

不知谁眼尖，"啊"了一声：我好像见着俞书记了！随即几个脑袋先后塞到窗口，几双老眼追着四五个穿雨衣的背影瞪得溜圆，好一会儿，失望地说："看不清是谁。"陈大爷像孩子似的说："我去看个究竟。"话音未落，脚已跨出店门，戴着斗笠急吼吼地走了。

好久，陈大爷气喘吁吁地赶回店里，一脸通红："真——是——"再说不出其他话，浑浊的双眼透着兴奋的光芒，店里的人似乎被喷了传染剂，一个个也跟着乐。乐什么呢，不说，就乐着。

原来这两周俞书记根本没回家，而是为村道硬化和路灯的事奔忙：报项目、找资金……忙得脚不沾地，今天带相关负责人来实地考察，落实项目。

一向岑寂的村庄像睡了一个长觉，被俞书记突然叫醒，在他"撸起袖子加油干"的感染下，连朝阳都不敢偷懒，每天跌撞着早早爬上山尖，把轰隆作响的挖掘机、搅拌机和来回撵着运送沙石、水泥的货车渡得橘黄一片，村弄里细瘦下去的招呼声逐渐丰满起来，乡亲的笑扒开皱纹的沟壑，舒展在沧桑的老脸上，村庄似乎重新焕发青春。

那一段时间里，乡亲们总是被喜悦包围着，经常是一觉睡到第二天天亮，谁谁门前的坑洼土路消失了，躺着安详的平整水泥路，或哪段路面拓宽了。

俞书记仍和施工队员在村弄里忙碌着。2019 年国庆前夕，路弄和"环城路"矗立着近百盏秀美颀长的太阳能路灯，夜晚把整个村庄都浸淫在洁白、柔和的光亮中，村弄笑了，月亮开心地揽着清辉，和星星一道钻进苍山悠远的梦里。

时间已然走过了两年多，俞书记身上的海腥味已被淳朴、清新的山风替代，他的身影已嵌进村弄的记忆，乡亲们亲切地称他小俞。

腊月赶年的空隙里，正当乡亲们畅想着好日子的成色，一场突如其起来的新冠肺炎，搅乱所有人心思。

武汉封城的第二天，家乡封村，俞书记、村主任、村支书一家家拜访，解决实际困难。

二月中旬，屏南县被认定为无疫情区后，可俞书记的眉头依然紧锁，他担心因疫返贫，经过和村两委讨论决定：一是扩大去年试种的花生种植面，与蔬菜一道保证短期增收；二是引进适宜果苗，配合榛子，做长期致富保障。

村弄里好几天不见小俞的身影。乡亲们掰算着，似乎没到小俞离村的日子，那他忙啥呢？陈大爷特意偶遇村主任，婉转问他是不是出门考察了？歇午时，厝弄里大爷们都在自家门口歇息，陈大爷又聊起小俞。刹那间，似有无声的召唤，几位大爷同时向陈大爷靠拢，呈扇形站着，眼角眉梢尽是希冀，脸也朗润起来。陈大爷心底一箩筐的话只溢出一句：叫咱怎么感谢人家呀！

冷不丁陆大爷焦急地问：听说外面疫情还没结束，小俞有没危险？这一问，大家真懵了，心一下悬起，你瞧瞧我，我看看你，刚才那一束束希望之光换成满目担忧，好一阵子，整条厝弄都被沉默主宰着。猛地，陈大爷道："呸，他是好人，没事！"后来不知谁出主意说去问问村主任，于是，几位老人前后出发，村主任问明原委拍着胸脯保证："村支书和俞书记一起，就在本县的甘棠乡和邻县古田考察芙蓉李，绝对安全，请大爷们放心。另外，俞书记刚刚传回好消息，他已购得近5000棵李树苗及所需肥料，下午就到，大家根据家庭需要和管理能力领取。"

乡亲们草草塞几口午饭，早到旧操场各自（安全距离）站着，耐心地等着小俞，诉说着他两年来办的民生大事，那絮絮的声音亲切、慈爱，一如念自家儿孙的好。

嘀嘀，一辆大卡车停在操场中央，乡亲们卸下果苗、肥料，要是以往大家早开抢了，可今天无人动手，远远地把小俞围了个圆，从头到脚瞧遍，像家中久别重逢的亲人，嘘寒问暖。他们知道，果苗是小俞带来的，守着小俞，就是搂着希望，眼眸里盛满未来幸福烟火的声色。

饭甑岩的热气

◎ 甘代寿

下党的地理标识该就是那块饭甑岩，标志性建筑便是鸾峰桥与文昌阁。我把这三个地标连接起来，想到了这方人代代繁衍苦苦追求的三件事，一为饭甑冒热气，能吃饱饭；二为文昌阁里有书声，让子孙知书达礼；三为天堑化通途，能走出大山。日子随下党溪的溪水穿过鸾峰桥下，一天天流走，三件事的愿望如同面面山坡的绿树根深蒂固，如片片落叶代代沉积发酵升温，在这块土地上储下的股股热气。

燥 气

下党有俗语："山高石头多，出门就爬坡；地无三尺平，光棍五保多。"说这样的话不管语气多么平和，多么轻柔，可心中就是崇山峻岭，会感觉山岭中满坡热浪，即便有一阵又一阵的风，可吹不去那砸在身上的热。怪不得说下党人有三怕，"一怕生病，二怕挑化肥，三怕养大猪。"路难行，聚在下党那股憋屈的热也就流不出去。地憋屈、人憋气，憋出了只有股股燥热，这股热没能让家家饭甑蒸发出香喷喷的白米饭。村里还流传过一则故事，说是有一户人家来了亲戚，可家里实在无法开炊，怎么办？她只好把饭甑端到锅里，烧起火，而后托词去菜园拔菜而回避。饭甑大气已上，还不见主人回，亲戚打开饭甑盖一看，是空饭甑，只好离开了。这股气憋屈了一代代，憋得浑身燥热，百姓们把燥热发泄到土地上，男人刨地，女人进山采野菜拔笋，坚守着过日子。可乡党委书记被这燥热烤得憋不住了，一次地委会议上站了起来，放炮说："对贫困山区，上级要关心，要扶贫！"这一炮放出，他把浑身的燥热泄出，让这股燥热弥漫了整个会场。下党，就以这样的"热情"邀约了地委书记。

喜 气

"天地一大窑，阳炭烹六月。"下党的六月自然避不过酷暑，中午时分，当空的阳光，骄横野蛮，地上的草木也被晒得打不起精神。可下党乡党委书记回到下党倒精神头十足，他的燥热之气泄出时接回了和畅惠风。一个月还没过去，惠风吹来，地委书记带着地直十几个部门负责人及县里相关部门负责人，一共三十多人要到下党来。沉闷的下党，燥热的下党，一下子活跃了。信息流动、激情流动、干劲流动，下党的燥热在一款款的流动里化成带风的喜气，这喜气激动了山水与下党人。

他们清理环境，做卫生，把鸾峰桥洗得干干净净，一座架通两岸，走古走今的厝桥要充当起迎宾厅、会场的角色，好客的下党人能不精心打理吗？细心的下党百姓心里盘算尊贵宾客一路行程，一弯一拐，一坡一岭，他们掐指算着时间。从寿宁城关车程多少小时，从平溪乡的上屏峰村开始翻山越岭，十五华里的行程大概要多少时间，下党人都在测算着。那位煮凉茶的老兄算得更精细，他知道路陡人稀，杂草丛生，甚至树枝横斜，荆棘挡道，他把披荆斩棘的时间算在内，把歇脚拭汗的时间算在内，把察山看水时间算在内，选定了一个时刻开始煮自己家的凉茶，而后挑上山，到了山岭中凉亭刚好清爽可饮。不仅他算得准，许多乡亲也算得准，绿豆汤、鱼腥草汤，样样会时而聚。凉亭清风徐徐，乡亲们热情洋溢，为尊贵的客人们献上自己的一份心情。在村里的乡亲也算得准，鸾峰桥上已经安放好上八仙桌，摆上老茶壶和一个个擦得发亮的茶盏，下党洋溢着从未有过的洋洋喜气。

十一点多，本该是午餐时间，可他们不辞劳累，擦把汗，便在鸾峰桥上的会场召开了一场别具风格的会议。桥下清流声与两岸山坡的蝉鸣、虫吟、鸟啼组成山水和声，成为这次会议的背景音乐，虽没有曲水流觞的雅兴，没有坐看云起的禅语，没有隐居修竹林中的闲情，但为民生大计，则声声高远；虽不用扩音，不入俗套，但为下党脱贫之策则声振林樾；虽不见鲜花，不挂彩旗，但与这方百姓的深情厚谊则让饭甑岩喜气腾腾。就在这喜气中留下了真言、真心、真情。

"这次大家和我一起到下党乡实地调研，相信都很受教育。以后各部门都要到贫困地方去调查研究，帮助解决实际困难。任何原因、种种情况，都不能成为不下乡的理由。"

会议还为下党的发展指出要先解决乡公路、水电照明和办公场所三大问题。

"下党这个地方，我来了一次，一辈子都忘不了。下党不摆脱贫困，我们就愧对乡亲父老。"

一句句，声声在耳；一桩桩，暖透人心。

1989 年 7 月 19 日，对，就是这一天，下党村的每一户困难户，每一条村弄，下党乡的山水，同沐浴在关怀的热气中，全村弥漫着幸福与希望的喜气。

福 气

下党山高坡陡,一阵风吹到山坳,也会在乡村里巡游好久好久。清晨冒起的炊烟才飘到半山就归为山腰间的雾霭,这里是块有根性的土地,是留得住热度的地方,正如鸾峰桥、文昌阁和许多古民居一样,聚在一堂,流转岁月祥云瑞气。那一天,地委书记带来的喜气,更是渗透乡村每一块肌里中,渗透到每个人血脉里,激活了土地,激动了人心。日里有使不完劲,夜里有做不断的梦。

强劲的扶贫东风股股吹进,下党的脱贫之志如山间竹笋节节拔高,又如翠竹扶风,绿满山坡。"撸起袖子加油干",下党人铆足劲头。虽说依旧是艰辛重重,依旧汗水淋淋,但此中奔头在即,每一滴汗珠都闪烁着幸福的咸味。"滴水穿石""弱鸟先飞""久久为功"。公路开通,学校、卫生院、办公场楼相继落成,走上了"一村一品"脱贫发展思路,走出特色产业,乡村旅游相结合致富大道。

1989年的热气在不断添薪加火中,饭甑岩上热气腾腾,幸福之气飘到山外。三十年弹指挥间,沧桑巨变,下党脱胎换骨,省际公路开通,开创了全国第一个可视化扶贫定制茶园模式,推出"下乡的味道"农产品公共品牌,乡村民宿、百口食堂、幸福茶馆、咖啡小屋等等,一块块招牌都闪烁自信、自豪、幸福的光芒。

交通打开山门,交流引来人流,南腔北调的话语,共同讲述的都是下党的福气,一口口行李箱拉进拖出为的是为幸福而来,为幸福而往。下党人说,看着一群群穿着整洁时尚的客人,听着他们对下党的夸奖,本就幸福满满,没想到2019年8月7日,我们收到一份,能让我们下党人幸福代代的厚礼,那就是习总书记给下党村民的回信。他就在鸾峰桥头,用下党话诵读着。神情庄重,字字深情,句句铿锵,那种幸福,那种自豪,一股股流入了我的心田,我情不自禁向那封信深深鞠躬，而后也用自己的母语一字一句地诵读着。

寿宁县下党乡的乡亲们：

你们好！

来信收悉。得知下党实现了脱贫，乡亲们的日子越过越红火，我非常高兴。向大家致以衷心的祝贺！

"车岭车上天，九岭爬九年。"

当年"三进下党"的场景，我至今还历历在目。经过30年的不懈奋斗，下党天堑变通途、旧貌换新颜，乡亲们有了越来越多的幸福感、获得感，这生动印证了弱鸟先飞、滴水穿石的道理。

希望乡亲们继续发扬滴水穿石的精神，坚定信心、埋头苦干、久久为功，持续巩固脱贫成果，积极建设美好家园，努力走出一条具有闽东特色的乡村振兴之路。

习近平

2019 年 8 月 4 日

这封信也是写给我的父老乡亲，写给脱贫致富的全闽东乡亲。

此时，我也满满幸福，登上饭甑岩上的塔楼，看鸾峰桥，看文昌阁，看下党村，心中默念：家家饭甑腾芳香，琅琅书声颂乾坤。条条通衢载福路，张张笑容感党恩。而后大声诵咏起鸾峰桥头的那副联句："古桥留足迹领袖风范传天下，山乡换新颜人民幸福奔小康。"

鸾峰桥上看下党

◎ 缘 莱

　　要写下党，就不能不写鸾峰桥，且不说它是"中国虹桥之最"，"桥跨"曾被学术界认为是中国桥梁古建筑史的绝唱，比闻名遐迩的石拱桥——赵州桥更胜一筹。寿宁当代诗人缪旭照《廊桥吟》一诗这样吟道："鸟瞰鸾峰玉带飘，御风遮雨仰清标。若将贯木拱桥论，天下无桥长此桥。南来北往百余年，桥下仙岩证夙愿。犹记当时从此过，清流泄雪雪花旋。"作者把盛名之下的鸾峰桥通过诗歌的方式展现于人们眼前，让人驻足不前，流连忘返。

　　然而今天，它的成名已经被人们赋予更深更新的内蕴，习近平总书记当年三进下党的故事已是家喻户晓、妇孺皆知。1989 年 7 月 19 日，这个日子对于下党来说，是个难以忘怀的日子；对横跨于溪水之上的鸾峰桥来说，也成了一个永恒的记忆，它见证着下党乡历史变迁的起点。时任宁德地委书记习近平来到了新成立不久的下党乡现场办公，为下党乡把脉问诊，破解发展难题。由于乡政府的临时办公空间狭窄局促，临时起意将鸾峰桥头的空地作为会议场所。40 万元的水电建设资金现场拍板，为下党乡经济发展掘开了第一桶金，注入了新鲜血液。

那日，我们沿着习近平总书记当年走过的崎岖山路时，心中涌起的是一种温暖，是一种感佩，激动的心情溢于言表。今天的下党乡俨然成了一个"百口同居"的和睦大家庭。创新发展，共建共享，让惠民的阳光普照百姓心头：600多人异地搬迁，"安居工程"不再是遥远的奢望。老大爷饱经沧桑的脸上挂满了笑容："共产党是真真的好呀，不然我们哪有今天？"由衷的赞美道出了他们埋藏已久的心声。"五保楼"一夜成名，楼主们用心体会着"老有所养"带来的幸福感。曾经的"五无"乡镇，今天的村民人均收入跨过万元大关。可视化扶贫定制茶园模式的全方位推出，让农民吃了一颗定心丸——因为利益均沾，因为相互制约，因为共建共享。在"下乡的味道"品牌中，植入"消费扶贫"理念，在京城引发蝴蝶效应。收入的翻番，农民朋友喜上眉梢。"下乡的味道"这一平实、朴素的字眼，蕴含着对农民朋友深深的情感，乡野气息扑面而来，亲近感油然而生，绵绵的乡愁从心底冉冉升起，仿佛望见了那袅袅炊烟，听到了那鸡鸣犬吠，农妇浣衣沐着夕阳而归的画面在眼前若隐若现。

随着打造"中国下党红色旅游新地标"这一崭新理念进入千家万户，下党作为全国乡村旅游扶贫试点村，旅游扶贫让农民朋友脑洞大开，红色旅游融入现代元素，注入乡村智慧，款款走进人们视野。31个旅游开发项目，13万游客目睹下党新变，150多名青年返乡创业，一举成名天下知，挥汗如雨的掘金过程彰显魅力，凸显张力。传统村落的含金量，下党八景的有机布局：天马耸秀、金狮戏水、南桥虹水、仙岩高耸、双岵镇立、棋盘石鼓、旌旗启瑞、凤阳古刹，赋予下党旅游丰富的内涵。"天马耸秀"一景有诗为证："轩昂天马欲凌空，来挟青云入望中。势若长驱峰蹴蹴，形如高举鬣丛丛。轻烟作带追流电，磐石为鞍逐晓风。大造钟灵归美地，人才骏发拟镐丰。"一则七律诗，把"天马耸秀"的景致描绘得惟妙惟肖。

　　走进下党村，民居修葺一新，错落其间，加之鸾峰桥、文昌阁相互呼应，村落形成一个橄榄型。村前一条溪涧，曲折蜿蜒，溪涧巨石密布，呈翻滚状，煞是好看，名字各异，传奇一般。金尖岩、鸡橱岩、蛤蟆岩、龙潭岩一字儿排开，金尖岩面如刀削，独立三角，像极古埃及的金字塔，岩石下方有空隙，人们可以在空腹里来回穿越，贴耳倾听潺潺水声，有如天籁之音从远方传来。饭甑岩，更有其口口相传之说，寓意着家家富足，年年有余，意味着灵气、大气、运气。果然不假，下党村"百口同居"王氏家族由此诞生。他们教子有方，家道富裕，于是"文昌阁"也就自然高高耸立了。

　　来到下党，王氏宗祠是一处必看的去处，它见证着下党村的历史和文化。宗祠重建于1935年，之前建筑毁于火灾。"三槐堂""百口同居""五代同堂""功在家国"匾额高悬，记载着王氏家族曾经的风光。"功在家国"的牌匾还珍藏着一段关于抗战的故事呢。相传，1942年抗日战争期间，时任寿宁县县长郭振华发动全县民众捐款捐物支援抗战，王氏族人积极响应，捐助粮食200多担，折合银圆700块左右，表达了王氏族人的家国情怀。因其对抗日战争"献金有功"，郭振华赠匾"功在家国"。如今，村里的老人说起这些故事，还沉浸在自豪的喜悦之中。

　　清新下党，云淡风清。那巍巍屹立的鸾峰桥，那地标式建筑的文昌阁，那千古流芳的王氏宗祠，都将以其古朴无华的形象，喜迎天南地北钟情下党的朋友们，感受"不忘初心"的家国情怀，品味红色文化、廊桥文化、古村落文化散发出的淡淡清芬！

一条清流流出的信息

◎ 陈巧珠

　　沿着溪边的碎石小路一直往前走，会在一块块的石头间读到重重叠叠的脚印，在哗哗的流水声里听到许多的信息。初夏的阳光照射在两旁陡峭的山坡上，被一丛丛的绿紧紧兜住，留在树叶中的阳光让那些绿亮得扎眼，随风翻动的叶子光芒闪闪，像无数目光在交流，她们在相互对视之间，会意地投向两峰夹峙的一溪清流中。一阵山风追随着那条清流从浙江庆元县的后洋坑、荡口村出发，随着一波波绿意翻山越岭来到这里，这股风成了寿宁县下党乡碑坑村的第一股有关村庄的信息。

　　我站在碑坑村南面水尾的木厝观音桥边，目光逆流而上，便把两岸相望的碑坑村屋舍浏览一通。村子并不大，但在黑瓦土墙中读到"古朴"二字。

　　此时，风传乡音，宋景炎元年，也就是公元1276年，沈氏先祖就在这里开荒拓野。拓荒者的足迹踏遍这里座座青山的每一寸肌肤，目光掠过每一株草木，他们就地取材建舍，就地栽种采摘当食，让这里有了灶烟，有了新生儿的啼哭声，这块山水就这样被开启。当沈氏的血脉跳动着这里的一年年四季变幻的节奏时，一个村落悄然兴起。

自然不负苍生，树木的年轮随着树叶绿黄交替而增加，人口随着树木年轮的增长而增长，房屋随着人口的增长也在增多，有的房屋一面向山坡攀爬，紧紧贴着山崖，有的一面向溪边延伸，临溪照影，这样注入这条溪的信息也就多出许多味道。有浣衣的汗息，有洗手濯足的人气，有落花的漂英，有洗菜的浮绿。

相传当年从浙江省庆元县举水乡一位吴姓的年轻男子，在碑坑溪的下游钓鱼，如同《桃花源记》中的武陵捕鱼人，忘记了路的远近。临近傍晚才知归路已远，心想找一借宿之处，无意间看到水中漂来一片菜叶，想必上游有人居住，且该不远，便沿溪而上。先有鸡犬相闻，又见农舍炊烟，就这样他成了这里的客人。然而，这只是一个故事的开始，一段佳话的始端，千里姻缘一线牵，吴姓男子对沈家一位贤良聪慧的女子一见倾心，就再也不想回去，遂入赘到沈姓家族。故事可以很长，长得如这条溪，源源不断；故事可以很多，多得让清溪两岸代代繁衍的两姓人讲个不完。

我采到这条亘古的信息时，自然联想桃花源的故事，想起故事中的描述："土地平旷，屋舍俨然，有良田美池桑竹之属。阡陌交通，鸡犬相闻。其中往来种作，男女衣着，悉如外人。黄发垂髫，并怡然自乐。"可看这碑坑村，我读不到这个情景，见到的是面面陡坡，虽有两溪交汇，但不见美池。村里人说，几块平地都盖了房，这里可谓是"出门就爬坡，耕种两头摸"。他见我有点疑惑，便解释，天没亮摸着出工，天黑了摸着回家，这就是"两头摸"，实则中间还带上一句。"不带草包就带锅"，午餐就在田间地头解决。

我采到这条信息时，感觉碑坑村虽有桃花源的清静淳朴，可生产与生活则是那么艰辛。可为何还是留住了人，还代代生息，并且留下廊桥、古庙、宗祠等典雅的建筑，该如何去解读这碑坑村。村里人说得从容淡定。脚肚有力能爬坡，肩膀有力能扛树，山能养树，地能养人，穷鬼斗不过勤劳人，饿死的是懒汉。原来村里的人就是这样乐观豁达，坚守在这里。正如村名，因寿宁县界碑立定，碑坑定名，守住这里，碑是界，村是碑。

乐观豁达的人生，那是洒脱的人生，是有文化素养的人生，村庄也是这样。翻开碑坑村肇基者沈氏的族谱，品味百年文脉的袅袅余音："寻山问水访斯区，势如网形定我居。两岸夹溪江汉似，双峰对峙斗牛墟。长桥扶穷为屏蔽，短脉行关作案几。此地栖身祥毓秀，人文蔚起百年垂。"看似简简单单的几行字，气度非凡，百年文脉，风雅绵长。再拾阶登上那座建于清康熙六年（1667 年）的观音桥，我反复诵咏"长桥扶穷为屏蔽"，思考着诗意，建桥是为筑屏遮蔽吗？不，是为了通经活络，向富迈步。

碑坑村曾因土地肥沃，叫过肥坑，曾因习武成风，个个健步如飞，又叫飞坑。可见这里的人勤劳勇武，这里的山水有得天独厚的优势。这里产出特色的高山茶叶、高山大米、高山蔬菜，这里有青草药材，还有竹笋、菌菇，样样养人，这些就是丰富的特产资源。此山，此水，这方人，在扶贫脱贫的春风中，清流传递出新的信息。碑坑村于 2016 年被列入中国第四批传统村落保护名录，扶贫攻坚的春风沿溪而入。通往下党的公路开通，扶贫政策入村，扶贫工作队驻村，脱贫的意识也随清流越流越清，汩汩流出脱贫的新信息。

村中建起了长廊，建起了村委办公楼，修缮了许多古民居。那些宅院门口地面的小鹅卵石平铺成八卦图案，走上的乾坤吉卦。那些铺成富贵花吉祥云的图案，绽放出新的姿态。那三座宅院连排成半封闭式的群落，高高的院墙挺立起碑坑村的创业精神。古民居中精美的木雕、砖雕与当下人的对话中，诉说着文根艺脉刻在这，新花绽放在会意的笑容里，古彩新焕。

溪边，一排排长条形的竹筛架着石板，上面晒着各种青草。草香扑鼻，不禁地，我顺手捏起几根青草靠近鼻子嗅了嗅，那是草木根茎特有的芳香沁人心脾。一位大姐友善地朝我走来，点头微笑着介绍："我们碑坑村水源无污染，这些都是我昨天上山刚拨的青草药，清凉解毒，减肥降脂，可以熬汤，也可以炖肉，带些回去，老少皆宜。"

这就是又一道新信息，碑坑村清流流出的"绿水青山就是金山银山"的新信息。

看着古村土墙黑瓦，想着他的美，想着坚守的意义，想着碑的自豪。看着眼前的一溪清流，想着"天时地利人和"的发展条件，想着"绿水青山就是金山银山"的发展理念。碑坑村真的就是一个世中桃花源。我情不自禁诵起："此地栖身祥毓秀，人文蔚起百年垂。"又自创补了一句，清溪可著山本色，时潮频传致富经。

蓝大娘家的开心事

◎ 何奕敏

呀，今天村里来了好多人啊！虽然平时来村里游玩的人也不少，但今天特别多。好，人来得越多越好，儿子媳妇开的民宿和特产店就不愁没有生意咯。哎，老头子啊，你别光坐在门口傻乐呵啊，帮着看看门口的白茶铺，有人要买茶叶帮忙喊一下隔壁的侄儿啊，我去河边把几件脏衣服洗了。

瞧，那几个穿着很时尚的女人，一看就知道是城里人，看啥都新鲜，像是没见过咱们农村的花花草草似的，揪着家门口水渠边的几棵野花野草叽叽喳喳、嘻嘻哈哈，又拍照又惊呼的，笑得那叫一个开心呐，瞧她们那开心样儿，老婆子我也觉得好开心啊。

嗯，家里老头子现在不用再去田里干活了，瞧他坐在门口的竹椅上，一边帮着侄儿看店铺，还不忘跟城里来的这一群人聊天呐。我今天去山上采了一天茶青，赚了不少钱，累是累了点，虽然老胳膊老腿的，劳动一天腰酸腿疼的，儿子媳妇一再交代不要再去山上，别再那么辛苦了，可身子骨还硬朗着。他们如今在村里开起了民宿、餐馆、特产店，随着生活水平提高。现如今城里人就喜欢往我们农村跑，瞧着农田啊、瓜果啊、青山啊、绿水啊，反正我看着不过是再平常不过的东西，在这些城里人眼里，可就成了宝贝咯。随着来村里游玩的人越来越多，村里的店铺生意眼看着一天好过一天，渐渐红火起来了。特别是 2015 年以来，市里来了 10 多名干部组成工作队，吃住在村里，帮助村里理清思路、出谋献策。他们发现赤溪村耕地面积少，但气候、山地和土壤条件却特别适合种植白茶，便开始推广。现在我们村形成了种茶、制茶、茶叶加工的产业链。小小的茶叶，已经成了我们赤溪村老百姓脱贫致富的"金叶子"啦。仅种白茶这一项目，带动我们村民年人均增收达到了 7000 元。2019 年，我们赤溪村人均可支配收入更是达到了 21600 元。像这种发展产业的"造血"式扶贫，让我们老百姓都尝到了甜头。现如今啊，村里每家每户的壮劳力整天忙得脚不点地，忙进货、忙民宿装修升级、忙白茶等当地土特产的生产、包装，忙云顶山那玻璃栈道的修筑，忙农家乐经营等等，看着村里人做事干劲十足，每家每户都盖起了楼房，村委会门口还建了篮球场和村民娱乐健身场，如今空闲时间里，大伙儿不再像以前那样扎堆打牌赌博了，白天忙着干活，晚饭后不是埋头学习，就是去打篮球、跳广场舞、健身，真好啊！你们看，新街这里，每家每户都住上花园洋房了，一栋栋三至四层的徽派建筑民居从街头延伸至街尾，村民们在家门口开起吃住购商铺。瞧，现在我们村的街道多干净整洁啊，我洗衣服的这条溪，水很清澈。能过上如今这样的好日子，像我们原来过惯了苦日子的老年人，真是做梦都不敢梦到的。

想起老头子跟我年轻时，那苦日子真是不堪回首啊。那时候，我们家还住在下山溪畲族自然村里，那里称为"穷山恶水"一点都不过分，路无三尺宽，地无三分平，整个村子就建在半山腰上，屋子背后就是山，门口就是山坡，晚上摸黑出门要特别小心，要不，一脚踩空就掉到山崖底下去了。当年村里的李二狗因为家里穷，跟老婆吵架心情不好，一天晚上喝得醉醺醺地回家，一个不小心，就失足滚到山坡底下去了，摔成了重伤，折断了一条腿，幸好留了一条性命，伤腿就留下病根，瘸了，如今村里人都喊他"李二拐"啦。

提起30多年前的往事，蓝大娘连声叹息着，还给我们唱了一首下山溪村群众自创的民谣：

> 路无三尺宽，地无三尺平；
> 门前万丈深，后门万丈壁；
> 对门喊会面，登门过半天；
> 出门路十里，起身五更天；
> 半壁挂草厝，三代苦相依；
> 遇天作大雨，全家无所避；
> 三餐食番薯，遮体破衣裳；
> 婆媳一条裤，做客轮体面；
> 长天下山溪，日头照半边；
> 种薯山猪吃，种豆无粮收；
> 终年砍毛竹，不足换油盐；
> 野菜加笋干，难度半年荒。

呀，民间的智慧真是惊人呐！瞧，就这样了了几句顺口溜，就栩栩如生地描述出了当年下山溪村的恶劣生活条件和村民们的贫穷困苦。可见当年下山溪村山陡、坡险、溪弯、地狭……耕地面积被山与山挤压到了最低限度。曾经，村民们住的是破烂不堪的木瓦房和茅草房，有些村民穷得连衣服都轮流穿，长期以野菜和笋干果腹……听着民谣，我们这些从未去过下山溪村，更没有体验过这种生活的人，感同身受，内心感到无比震惊，从而产生强烈的同情心。提起30多年前生活的艰辛和活着的不易，蓝大娘的眼角湿润了。

蓝大娘告诉我们，她今年81岁了，家里祖祖辈辈生活在下山溪村，是土生土长的畲族土著居民。1995年，下山溪村22户畲族群众成为福建省第一批整村搬迁的农户，搬到了赤溪主村的新居。此后20余年间，当地12个自然村的350户群众全部迁到了赤溪行政村所在地。提起自己家的新房，家里开的特产店、民宿、餐饮店，蓝大娘有说不完的话。

蓝大娘不停地跟我们聊天，手里洗衣服的活计也不耽误，年纪一大把了还这样勤快，做事麻利，可见她年轻时一定是个能干的家庭主妇。

蓝大娘说，她这一辈子最幸福的事，就是有幸跟国家最高领导人习近平总书记视频连线。提起这件事，她兴奋地两眼发光，满面笑容，跟我们细细提起那一天的经过。那还是2016年2月19日，村支书挨家挨户通知全村村民，总书记要跟大家视频连线了。那一天，村里就跟过节一样，全体村民不分男女老幼，全都高高兴兴地穿上自己觉得最体面最漂亮的衣衫，坐在村委会大厅里。那天村里来了不少人，有很多拿着相机的记者。当屏幕上出现了习近平总书记慈祥亲切的笑脸时，蓝大娘说："真像是在做梦啊！总书记居然真的跟我们面对面通话了。"在与赤溪村村民视频连线时，习总书记对赤溪村的脱贫工作进行了肯定。总书记说："我在宁德讲过，滴水穿石、久久为功、弱鸟先飞，你们做到了，而且你们的实践也印证了我们现在的方针，就是扶贫工作要因地制宜，精准发力。"从那天开始，村两委工作更务实了，他们带领有文化、有闯劲的村民动脑子、想办法，争取资金，改善村里的各项基础设施，村民奔小康的劲头更足了，村容村貌变化更大了。

蓝大娘问我们去过云顶玻璃栈道游玩了没有？她极力推荐我们过去玩玩。

赤溪云顶玻璃栈道如今是赤溪村的网红打卡地之一。背靠太姥山的赤溪村，依托生态资源，把整个村庄变成旅游景区，年旅游人数已经达到了 27 万人次。

绿水青山，如今已经真正成为赤溪村脱贫致富的金山银山了。赤溪村 30 余年的脱贫历程，正是中国政府反贫困、脱贫攻坚伟大斗争的一个小小缩影。蓝大娘家从无到有，从贫穷到小康的家庭发展变化史，正是下山溪村普通百姓生活的真实写照。

2020 年是决战决胜脱贫攻坚年，脱贫攻坚工作一直在路上。

鹅卵石上的巾帼创业梦

◎ 周玉美

五月的赤溪，鸟语花香，绿意盎然。

车子在村口停下，远远望去，一栋栋白墙黛瓦的新屋掩映在树丛中，绿水绕村而过，仿佛是一幅美丽的画卷。

走在长安新街，看到争相入驻的特产商店、往来穿梭的旅游中巴、纷至沓来的八方游客、生机勃发的新村新景，回望 30 多年前，土坯房、茅草屋，村民住不挡雨、食不果腹、衣不蔽体，"一方水土难养一方人"，今昔巨变，仿若穿越。

"这些年来多亏党的政策好，干群一条心，我们这里发生了翻天覆地的变化，村子越变越美，游客越来越多，日子越过越好。"

我转过头去，仔细端详着她，瓜子脸，身着一袭红色长裙，上面绣着畲族特色的图案，留一头乌黑披肩发，朴素又大方。

她，就是赤溪村的妇联主任钟丽眉。

"走，我们先到妇女之家去看看。"这时，只见一名名巧手能妇正围桌而坐，手执画笔，在老师的精心指导下，分别以花鸟虫鱼、畲族元素、感谢党恩、抗疫故事等不同主题，在鹅卵石上进行构思创作。

瞧，课堂上，学员们学得可认真，她们左手拿着鹅卵石，右手握着画笔，低着头，专注地画着。

"老师，请帮我看一下，畲族小姑娘的头饰这样画可以吗？""老师，这座山看去似乎缺点什么啊"……有的学员画得快，就拿着自己刚完成的作品，左瞧瞧右看看，觉得不够满意的，马上去请老师帮忙指点。她们知道机会来之不易，总想在最短的时间内学到尽可能多的知识。

一块块在溪边随处可见的鹅卵石，经过她们的妙笔加工，变成了一件件精美灵动的鹅卵石手绘作品。《鲤鱼戏水》《我给奶奶捶背》《仙人掌》《滴水穿石》《国庆》等作品，那流利的线条，亮丽的颜色，给人一种返璞归真的感觉。

赤溪是中国扶贫第一村，同时也是习近平总书记牵挂的扶贫村。全村共有妇女 750 余人。作为赤溪脱贫致富的见证者、践行者，钟丽眉参加了 2016 年 2 月与习近平总书记的视频连线。她深有感触地说，赤溪村今天的发展变化与总书记的关心鼓励是分不开的。身为村妇联主席，她深知自己肩上的责任，时刻牢记总书记的嘱托，一直在思考着如何当好女同胞创业致富的领头羊。

一方水土养育一方人。经过多方考察策划，去年，赤溪村党总支充分利用当地丰富的鹅卵石资源，积极与宁德鸿爱慈善会社工组织、福鼎市妇联、福鼎市文联合力协作，走街入户上门走访，鼓励妇女学艺营商，创新创业，以村委会一楼"妇女之家"为作坊，创办畲乡巾帼创业社，实现家门口就业。同时，邀请市美术家协会专业美术老师及志愿者定期前来义务教授鹅卵石手绘及工艺品创作。

短短 3 个月的集中培训，畲乡巾帼创业社硕果累累。共吸纳村内创业人员 38 人，年龄最大的 60 岁。其中 16 名妇女已掌握鹅卵石手工品技能，5 名妇女在家成立了"赤溪丽艺手工坊""赤溪云歌手工坊""赤溪畲家创艺手工坊""赤溪畲家女孩手工坊""赤溪英姿手工坊"等5家手工坊。钟丽眉等7人还申请注册了"福鼎巾帼工艺品专业合作社"。社员们创作的鹅卵石手绘成品已上市，明码标价在10元到300元不等。仅8月份，创业社就收到了近9000元的订单。

"之前，我是一个地地道道的家庭主妇，每天围着锅碗瓢盆转，一日三餐，日复一日。现在，我可以利用空闲时间，进行鹅卵石手工艺品创作，赚些零用钱，生活过得很充实。"勤奋好学的小蓝现已是一名手工"艺术家"，刚与客人谈妥一笔生意，见到我们时，非常高兴。

"做梦都没想到自己能创业。"赤溪丽艺手工坊主人小林高兴地说，"当时只是抱着试试看的心理加入巾帼创业社的。"

她是一位热爱生活、心灵手巧、性格开朗的农村妇女，在创业社和家人的支持下，开办了赤溪村第一家鹅卵石手工品销售店，主要销售自己与创业社成员的手工艺品，并为游客提供亲子手绘体验项目。她希望通过鹅卵石手工艺品实现自己创收的同时，带动更多姐妹加入到脱贫致富的行列中，也希望更多游客带着我们的手工艺品走出赤溪，进一步宣传赤溪。

"这是我的手工坊，进去看看吧。"钟丽眉主任用手做了个请的姿势。

一脚踏进"赤溪云歌手工坊"，只见陈列柜里展示的成排五彩斑斓的鹅卵石画，或渗透出浓郁的自然气息，或点缀以独特的畲族元素，或反映时代主题精神，内容丰富多彩，形态各异，生动有趣。

我们在她的画作前时而驻足停留，时而品评欣赏。《为人民服务》《不忘初心 牢记使命》《滴水穿石》《跟党心连心》《中国梦》这一组鹅卵石画，正是她践行初心的写照。

旧路艰辛未敢忘，从今渐入平安境。2001年，20岁的她第一次随男友来到赤溪村。当时村里没有通往山外的大路，来的时候在一个叫龙亭的地方下车，需要徒步翻山越岭1个多小时才能进村。"2003年，我不顾家人反对，嫁到赤溪村。那时我夫妻俩和公公婆婆以及两个小叔子挤在两层的木瓦房里，没有卫生间，生活很艰苦，每次回娘家心里都发虚。"每当想起这些，她颇有感触。

十几年过去了，钟丽眉由外来媳妇成为村妇联主席和乡村旅游致富带头人。现在村村通公路，兄弟三人各自成家，分别盖了新房，每层都有独立卫生间，装了空调、安了热水器，日子可惬意了。

她说，今年是决胜全面小康、决战脱贫攻坚收官之年。我们要时刻牢记习近平总书记的嘱托，不忘初心，牢记使命，发扬滴水穿石的精神，带领村里妇女实现巾帼创业梦，摆脱贫困，奔向小康。

向大山要答案

◎ 柯婉萍

五月的福鼎，浸润在栀子花香里，漫山素白，犹如下过一场雪。这场春夏之交的香雪海，让闽浙边界的城，有了不一样的韵味。循着花香，我走进了全国小康建设明星村——福鼎市硖门畲族乡柏洋村。

柏洋村名声在外，之前我见过它的照片、视频，听过它的故事，但真正走进柏洋，我还是忍不住发出一声惊叹。传统意义上的村庄该是土墙黛瓦，一线溪河，一株老树挑起沉沉的乡愁，几位老人在家门口闲话家常。即便是规划设计过的新农村，村庄干净舒坦，却也总能在穿街走巷中，遇见一两座陪着乡村慢慢老去的古宅。可是柏洋村没有，它那么新、那么时尚。气派的村门口，石雕的门楼上"柏洋村"三个大字张弛有度，潇洒飞扬。宽敞整洁的街道、连片成排的别墅、孝文化主题公园、职工文化广场、百米长廊、老年公寓、商场超市……到处充满着现代化城镇的气息。

因为职业的原因，我对那些有故事、有情怀的人总是心有敬意，总想能和他们多聊几句。比如在柏洋，我与村党委书记王周齐相谈其欢。王周齐是柏洋村的带头人，2018 年全国脱贫攻坚奖奋进奖的获得者。年已六旬的王周齐，声亮如钟，风趣幽默，声调抑扬顿挫。听他讲述柏洋村的变迁，我能感受到一位赤子对家乡故土无尽的爱和对父老乡亲浓浓的情。

曾经的柏洋，中心村面积不到 1 平方公里，村民祖祖辈辈散居在大山深处的 25 个自然村，离中心村最远的自然村有 6.8 公里，村民住在木瓦房、茅草屋里。一把锄头，一块田地，日出而作，日落而息。他们以最传统的劳作方式种植水稻、地瓜、茶叶，自给自足，人均收入不足 600 元。王周齐说："那时候，村里男孩子 30 多岁娶不起媳妇，姑娘不到 18 岁就早早嫁人了。"无望的生活，大山隔阻的盼头，让更多的人选择离开家乡向外讨生活。到 20 世纪 90 年代，村集体经济累计负债 43 万元。

柏洋的这一切，牵动着王周齐的心。当所有的人都想方设法向山外走的时候，他却选择了向大山要答案。1994 年，在外经商的他放弃红火的生意，回村当起了党支部书记。他把自己多年积攒下来的 9.8 万元无息借给村里，并动员村两委班子成员 3 年内不领报酬。当时的柏洋是远近闻名的"赤贫村"，村干部外出引进项目屡屡碰壁。困难摆在眼前，压力来自方方面面，王周齐说他不会服输的，要改变现状就是要坚持。村两委把清理债务作为第一个突破口，只有甩掉包袱，才能轻装上阵。他们把那些连年亏损的村办企业转让经营或租赁承包，对单一的农业品种进行改良，柏洋村开始悄然发生了变化。到 2000 年，村里不仅还清了全部外债，村财政还略有盈余。村两委上任后烧的第一把火，让柏洋群众看到了希望。

2000 年，沈海高速公路建设经过柏洋村，有着多年商海经历的王周齐敏锐地看到了机遇，这是改变家乡贫困面貌的好机会啊。为了落实造福工程易地扶贫搬迁政策，他挨家挨户做群众思想工作，动员村民走出山沟沟，共同建设新柏洋。回想起那些难忘的日子，王周齐深有感触，他说："我曾在一个月里开了 21 场群众会议。让村民搬下山容易，但如何让他们安下心、富起来，提升扶贫开发质量，是我们干部要思考和解决的问题。"2003年，王周齐提出建设柏洋工业小区的设想后，他一次又一次北至江浙、南去广州招商引资。

从筑巢引风开始，到山海并进、工业富村，柏洋村用了15年时间，让21个自然村的群众全部搬迁下山。

村民雷增喜曾是"柏洋第一穷"，住的是田头自然村的茅草棚，透风漏雨。作为当地第一批造福工程受益户，他下山搬迁到柏洋，住进永和新村四层楼的别墅，引种了3亩柑橘、1亩白茶、6亩黄栀子。在农业科技专家的帮助下，他学会了科学种植与管理技术，成为科技示范户。看着柏洋村一步一步发展起来，自己的生活一年比一年好，雷增喜说，真的有点像在做梦。是的，这是美好中国梦在柏洋的完美体现，柏洋人民用奋斗创造了属于自己的幸福。

王周齐说，现在，柏洋村没有闲人，有的去厂里上班，有的自产自销白茶、水果、黄栀子。他掰着手指头给我盘算柏洋的家底：如今有8家企业入驻柏洋，2019年实现工业总产值23.5亿元，每年向国家纳税5000万元。25个自然村缩减成了5个村民居住小区，原来一片弃渣地已变成了生活着3000多人口的美丽乡村……

柏洋村的变化与村党委坚持"五心"工作法密切相关：办事有公心、工作有信心、发展有恒心、为民有爱心、团结有诚心。这五颗心，每一颗都是拳拳的爱民之心，它们贯穿在柏洋发展的过程中，像一股新鲜的血液，也是一缕和煦的春风。王周齐说，这是他作为一名党员矢志不忘的初心。一个全国先进基层党组织，向大山要的答案就是那把为群众打开幸福之门的钥匙，实现"党建强、产业旺、村民富、村庄美、文化兴、邻里和"的新时代柏洋发展格局。

在王周齐看来，柏洋村发展的出发点和落脚点都是为了提高柏洋人的幸福指数和文明程度，让乡村发展成果惠及每一位群众。村里每年都会从村财政收入中拿出一部分用于村庄建设和提高村民福利。近年来，由村集体出资，柏洋村为所有村民办理新农保、新农合费用，此外，村里还兴建孤寡老人安置点和老人和谐公寓，给70岁以上的老人发放每月200元的生活补贴；设立党员帮扶基金、教育帮扶基金，帮助困难群众、困难学生解决生产、生活、就学等方面的问题……

王周齐说，除了柏洋村发展起来，我们也要让周边的村一起发展，让更多的村民一起改变，变成商人，变成创业者，让"小柏洋"变成"大柏洋"。在王周齐的心里，早已为柏洋村画出了一幅新画卷：加快实施"三三一"工程，即，到"十三五"末实现工农业生产总值达30亿元，农民人均纯收入3万元，村财政收入1000万元；着力打造"两区两园"即，永和核电服务区、柏洋工业集中区、金山农耕文化园、田头银山水果采摘园。

沿着台阶向上攀登，我跟随王周齐走进绿树成荫的孝文化主题公园，站在公园门口，展目四望，柏洋村尽收眼底。王周齐含笑看着眼前这座美丽的柏洋村，20多年前回乡向大山要答案，20多年后他交出了一份完美的人生的答卷。他说，他现在最满足的事就是走在自己为之付出全部心血的土地上，看到老人们的笑，看到孩子们一个一个走出去，到外面读大学，有作为，心中溢出的是满满的幸福感。

看"东山"破茧成蝶

◎ 阮兆菁

"摆脱贫困"是习近平总书记写在闽东大地上的四个大字，承载着闽东儿女的美好夙愿，写就了逐梦山海的宁德故事。三十年来，从跨越贫困线，到打响攻坚战，从念好"山海经"，到开发三都澳，"滴水穿石"融入血脉，"弱鸟先飞"成为自觉——

"摆脱贫困"四个大字，衍化成了今天我们的千钧责任；

"摆脱贫困"四个大字，需要我们千倍万倍的不懈抒写；

"摆脱贫困"振聋发聩，"摆脱贫困"浩瀚工程……

那日，我们迎着初夏的微风，披着金色的阳光，去真正感触"摆脱贫困"在东山村轰轰烈烈的实践，在内心深处激发"移山填海"的勇气和志向。从干部群众匆匆的脚步里，从建筑工人锃亮的脸庞上，一件件实事有序铺开：幸福广场紧锣密鼓，展示馆里挥汗如雨，"林虾"工地热火朝天，感恩路上笑声如缕……

眼前的情景把我们的思绪拉回到 1997 年之前，那时的东山村，是贫穷的代名词。我们参观着坐落在东山村广场前的茅草屋原型：墙体泥土夯实，屋顶茅草遮盖，外面倾盆大雨，屋内小雨涟涟。尤其是自然村的 80 多名群众，蜗居在山高路陡、条件恶劣的山旮旯里，现实锁住了他们的梦想。"土灶柴火烟满屋，茅草床儿脚丫露，没水没电不通路，地瓜米饭养全户。"这首讽刺民生的打油诗，正是当时群众生产生活的真实写照。

穷则思变，希望的曙光朗照大地，也朗照着东山村的一草一木。1997 年，1998 年，这是永远值得铭记的两个特殊年份。时任福建省委副书记的习近平同志，在不到两年的时间里，连续两次风尘仆仆地来到东山村调研"脱贫致富奔小康"工作，一路走来，一路凝思，当看到破旧的茅草屋还有村民们在居住时，他发出了朴实的心声，"这么多年了，群众还住在茅草房，真的很苦，很不安全"，要"集中力量解决茅草屋问题。"这简短的话语，为东山村注入了全新的希望。1998 年底，东山主村、墩柄、胡家山、罗伍等自然村的二十二户群众率先实现了就地改造和异地搬迁。"全面实现小康，少数民族一个都不能少，一个都不能掉队。"名副其实的东山村，始终牢记总书记的嘱托，没有让一个少数民族掉队，随着二坑、三坪行政村"造福工程"的落地，东山主村已经成为整村搬迁集中安置的少数民族村寨。房屋整齐划一，溪流穿村而过，村道干净整洁。今天我们看到的就是一个充满生机、充满活力的美丽乡村。

"放眼绿水青山，满目幸福吉祥，日子红红火火，一心向往小康。"几多艰辛，几多坎坷，都在东山人的笑谈之间。东山人奏响了"茅草屋改造、造福工程搬迁、美丽乡村建设"三部曲。安居才能乐业，乐业需要发展。"搬出来，稳得住，早脱贫，快致富"的意识已经在东山村干群的心中悄然萌芽，输血与造血并重，改善与发展并举，谋发展，刨穷根，让贫困户受益于产业发展。这些生动的事例，让我们进一步看到了东山人是怎样做到"摆脱贫困"——

贫困户陈时禄是一位瘫痪病人，孩子尚幼，劳力匮缺，镇村干部劳心劳力，动员亲友捐助，入股合作社，给予教育补助，扑入身心，步步深入，政策帮扶，脱贫成果一朝显现。

村民钟德福从内心里感激共产党："想当年，我住在胡家山自然村的破茅屋里，家处偏僻，没水没电没学校。搬到东山主村之后，一切都已经变了样，一切也都遂了愿。孩子读书，家人看病，方便得很，现在我们的日子真是越过越好。"从钟德福的目光里，我们看到了一个普通村民对未来的憧憬和展望。从他的名字里，我们也读懂了幸福真正的含义。

从二坑村搬迁到此的钟政瑞，生活过得有滋有味："告别贫穷告别山坳，弃'暗'投'明'不再彷徨，紫菜产业发展为要，捕鱼营生一路顺畅。"说起这些生活要道，这位"80后"的小伙子，娓娓道来如数家珍。"新春大吉一帆风顺全家福，招财进宝万事如意满堂春"——钟政瑞为我们诠释了东山人的美好新生活。

今年六十多岁的东山村民林阿灯受益于搬迁政策，住上了两百四十平方米的新房。这是原来在山沟里住了几十年的他怎么都不敢想象的。

东山村还别出新招，让产业收入、村财增收成为脱贫致富的两个新抓手，"依山""傍海"创出亮色，以百万元家底树立"福家山农业专业合作社"品牌，社员的贷款、帮扶金自然入股，宁德市乾元太和生物科技有限公司热情加盟，固定分红让贫困户尝到了每年五千元的香饽饽。

让我们把脚步停下来，聆听着东山村党总支书记钟祖钦的介绍，东山、二坑、三坪三村是如何实现"村村联建"模式？经过多方反复论证，在村级行政区域、村民自主主体、集体资产产权、财务管理体制"四不变"的情况下，打破村域界限，将东山、二坑、三坪三个村实行党组织联建，成立东山中心村党总支，对区域内各类资源进行有机整合，分工不分家，抱团齐发展，设立联合服务中心，结对帮扶助困脱贫，确保尝到甜头的搬迁群众生活温暖，梦里也能笑出声。

三村联建抱团发展，仓储物流基地为东山村群众解开了致富锁，淳盛合作社更是打开东山村群众致富新门道。让经济能人唱主角，强带弱，大帮小。"山间地头忙一年，不如海上三四月"，淳盛合作社海味十足，帮助解决一揽子问题：资金、技术、销售，还能神不知鬼不觉地帮助贫困户脱贫"摘帽"。东山村的贫困户张步勇，儿子癫痫病，昂贵药费折腾人，养殖技术逊色，资金缺口愁煞人，家庭生活入不敷出。联建村党总支伸出帮扶之手，当年就甩掉了贫困帽。

摆脱贫困之后，乡村振兴成了头等大事。沿着感恩路（当年习近平同志就是沿着这条路来到东山村调研的）与钟祖钦书记一路细聊，墩柄村被列入乡村振兴工作的重中之重，打造特色生态古村落正当时。我们不知不觉走到了墩柄村，即被眼前的景色惊呆了：墩柄自然村历史悠久，百年古树群环抱村庄，村道宁安静美，大龙溪曲径通幽，村后一座大济禅寺始建于宋乾德四年（1966年），生态兼具人文，环境优美，不染喧嚣，真有"世外桃源"之美称。近年来，东山村把摆脱贫困与乡村振兴工作并驾齐驱，按照"生态和谐、绿水相间、人居优美、乡风文明"的终极目标，以"保持自然风貌，守住乡土气息"为原则，不砍树，不改路，不削坡，少硬化，以此来美化建设墩柄村，一百三十万的村口广场初具雏形，鹅卵石道，铺种草皮，田园花圃，观赏蔬菜等景观工程，亮点纷呈。三千万的投入将换取今年墩柄村生态、产业、住宅、民宿旅游、宗教文化五大区块的品质大提升。届时，墩柄村的生态公园将以新貌示人，梦幻出镜。

畲族文化的丰富多彩，也成了东山村振兴乡村工作中梦寐以求的新境界。每年的畲歌会，东山村的男女老少都穿上节日盛装，以歌传情，以歌会友，各种民俗表演，山歌对唱此起彼伏，共同抒发对美好生活的向往和热爱。畲歌内容包罗万象，可谓是畲歌的一部口头百科全书。听着钟书记的介绍，我们的耳边仿佛传来了悦耳的畲音畲韵。

今天，我们记住了三沙镇东山村，更要记住东山村的领头雁、党总支书记钟祖钦。他说："改变村子生产生活条件差，农民经济收入低的局面，带领村民们走上富裕路，实现小康梦，是我最大的心愿。"掷地有声的话语，印证在他矢志不渝的"摆脱贫困"的实践中。造福工程、异地搬迁、整修河道、建设仓储……一件件，一桩桩，村民们看在眼里，记在心上。"只要是涉及村民切身利益的实事，他始终摆在第一位，及时办好办实。"说起钟祖钦，村民们总是你一言我一语，喜形于色聊得欢。

每次到霞浦采风，总是与东山村擦肩而过，今天才算是真正走进东山村的怀抱，去感受她的心跳，去触摸她的体温，真真切切地领略她的美丽大方、纯朴自然。昔日贫穷落后的边远畲村——东山村，始终不忘初心，改善人居环境，铺就致富之路，谋划未来发展，嬗变成为宜居宜业的美丽滨海特色畲寨，实现从"穷居山林"到"幸福畲村"的华丽转身。

摆脱贫困，东山村功不可没；

摆脱贫困，东山村榜上有名。

向海而宿

◎ 缪 华

海是很多人心之向往的地方。

诗人海子有一经典诗：《面朝大海，春暖花开》。其实这首诗并没有描写海景的句子，却有对简单生活的崇尚与向往。这种大彻大悟的感慨，让很多人读过这首诗之后纷纷感慨，此生最大的愿望就是"面朝大海，春暖花开"，做一个幸福的人。

这"面朝大海"无论是物质还是精神的，都必须有一个前提，那就是诗中写到的"我有一所房子"。拥有一座"面朝大海"的房子，对很多人来说，几乎是个奢望。如今的海景房价格一路飙升，说出来不把你"吓死"也"吓个半死"，一平方米的立锥之地，就足够你拼命奋斗几个月乃至一年的。

但这仍然挡不住人们对海的爱恋与向往。我甚至听内地朋友说，遗憾此生从未见过台风的模样。这话让我大吃一惊，十多年前风力达十八级以上的桑美台风让多少闽东人至今心有余悸。而在他们看来，海的一切都是那么美妙、那么奇幻。

平心而论，不刮飓风、不起狂浪的大海，那还是很有看头的，它深奥莫窥，遥远难测。风平浪静的时候，海鸥翩翩，舟楫点点；海上的月出日落，也是极有看头的。唐代诗人张九龄的五律《望月怀远》，起句便是："海上生明月，天涯共此时。"这是一幅多么幽清淡远、深情绵邈的相思图。说来惭愧，我尽管家住离海不远的地方，却没有过向海而宿的经历。还是那个理，我没有一所"面朝大海"的房子。

我羡慕那些海景房以及拥有海景房的人，更钦佩那些能把海景房改造成让大众每日与海为伴的人。

这些经过改造、面朝大海的房子，正是我将要说的民宿。

庚子初夏，我们来到霞浦，沿着城区通往三沙的海岸线走访了几座"面朝大海"的房子。它们与这次"决战决胜脱贫攻坚"采风的主题密切相关，因为它们是乡村振兴的新业态。

首先来到的，是离城区不远的草木人民宿。它位于后岐的半山间，那山不高，我插队的村庄青澳就在山上。草木人民宿坐落在一个叫牛栏岗的自然村，这个纯朴的村名很容易让人联想到那个叫牛郎的纯朴帅哥。先前有五六户人家住在这里，但村民在此没有什么经济来源，经不住外面世界的诱惑，纷纷外出谋生。几栋祖辈留下的老厝，空荡荡冷清清地忍受着风吹日晒。

一个女子的到来，改变了这里的一切。她是不是织女下凡，我不敢知晓，但知晓她有织女般的心肠和能耐。

这个女子叫冯敏，一个喜欢茶和旅游的姑娘。当她来到这个破败的小山村时，吸引她的，是居高临下俯瞰的海景，滩涂摄影的一个经典取景点北岐，尽收眼底。于是，她在家人和朋友支持下，选择牛栏岗作为回乡创业的第一桩事业。签下租赁合同，改造危旧老厝，建成了霞浦的第一家民宿。所谓民宿，有着家庭般的温馨与个性化的特点。比如草木人的主人热衷茶道，便将其融入民宿中，不同的房间配备不同的茶，成为独有的个性标签。而民宿大号"草木人"，正是"茶"字的拆解。草木中有人，也是她以人为本的经管理念。

我这是第二次来到草木人民宿。己亥仲夏，我们应邀赴霞浦参加"魅力霞浦·黄金海岸"文学采风活动。趁着月色，一行人兴冲冲地来到牛栏岗，轻叩柴门，被告知主人已歇息。我们只得沮丧地转向草木人的邻家，那儿住着一个响当当的文化人，一个杰出的摄影家。他叫郑德雄，摄影作品在国内外影展中频获大奖，而且是他带动了霞浦滩涂摄影的兴起和繁荣。他是最早看中牛栏岗的，率先租下一栋旧宅重新装修，既成为自己的家又成为各路文化人的落脚点。闻得我们这些老友来，郑德雄好茶招待。我们在牛栏岗静静地感受着小山村的夜晚，站在门前的空坪上看海，月光轻柔地洒在海面，铺出一幅波光粼粼的景象。

冯老板向我们详细介绍了草木人民宿的状况，并带领我们参观了重新改造的一期和新近完善的二期。在保留原规制的条件下，尽力把海和茶的主题做到极致与精致。当你随便走进一间透过玻璃可以看海的房间，体验海子"面朝大海"的意境，自然就有"春暖花开"的心境。

我们还询问了原住民的现状，冯老板告诉我，她租的这两户贫困人家，因有了房租收入以及其他收入，脱贫早已实现，接下来是致富。附近几户人家的状况大同小异，旧房皆在改造之中。很快，一个小小的民宿群，将成为牛栏岗一道美丽的乡村风景。

在霞浦，草木人虽然不是规模最大的民宿，但却是创办最早的民宿。民宿的生成与兴起，是把城市的基因有选择地带到乡村。主打艺术、情怀、个性的民宿，因其独特的设计和经管理念，改写了旅游的形态。这个共识的认定，是我与郑德雄交流的收获。离开草木人后，我们驱车前往位于三沙镇东壁村的近海民宿。这家民宿的主人正是与我们同行的郑德雄，他不但把霞浦滩涂摄影推介给了全世界，而且还把民宿这种新兴的乡村业态引到霞浦。包括声名远播、全国好民宿的拾间海，也是他给出的选址意见。而冯敏的草木人正因为牛栏岗有个著名摄影家为邻，才吃下一颗定心丸。

初次来到逅海民宿，坐在开满绣球花的临海露台时，已是申时。下午茶的时光，望着海面光影的变幻，听着海浪拍岸的呐喊，一路的疲惫渐渐消散。在这里，郑德雄向我介绍了逅海民宿的选址、设计、施工、布置……末了，依然那句真诚而热情的邀请：你什么时候抽空来体验一下，有生活，才有写作的灵感。普通的临海民房，一旦经过设计与改造，就成为一座有温度、有情怀、有灵魂的房子。这就是我在逅海得到的启示。

接着，我们去了夕映、陶时光和拾间海，它们和逅海并称东壁的四大精品民宿。装修各具风格，价格各有高低，这就看客人的喜好和选择了。三沙镇的宣传委员给我们递来一份东壁村的材料，东壁村是一个依山傍海的渔村，作为省级乡村振兴的试点村，它最大的优势就是新兴的民宿产业。除了上述的四家精品民宿外，更多的是临海而居的渔民把自家空余的房间整理、装修后，形成一个民宿群。这二十多家自主经营的民宿，虽然在装修上无法与精品民宿相比较，但也有其原生态、大众化、低价位的优势，满足着不同人群的需求，可谓萝卜青菜，各有所爱。

最后去的，是位于西澳村的半城里，这也是一所声名远扬的民宿。我是第三次来到这里了，但前两次都来去匆匆，包括这次依然是蜻蜓点水。印象深刻的是第二次，己亥九月，为策划全市民营企业主题文艺会演，导演组走访了霞浦几家知名的民营企业，其中就有半城里民宿。当市工商联朱副主席向女老板李艳说明来意并介绍身份后，李艳碎步来到我面前，说读过我的作品，是我的粉丝。我笑言：一个月前参加《闽东日报》组织的文学采风，第一次来这里就留下很好的印象。半城里与其他民宿有所不同的，是它的装修风格，清雅而不失时尚，淡泊而体现高蹈。而第二次来半城里，我还随兴写了一首题为《半城里》的小诗："温导、朱副和我／三个男人从城里来到半城里／

除了向海的民宿，再没有什么 / 让我们感到新奇 // 一半在城里，一半在海边 / 一半任身憩，一半由心栖 / 夕阳下的三个身影 / 被霞光染得如此艳丽。"

此次我们把半城里作为采风的结束站，除了行程顺当外，更多的，是半城里民宿向我们讲述了城乡之间不再两两相望、而是真正的交汇与延展的故事。如今在霞浦、在宁德，有越来越多的山乡渔村都把引入民宿作为振兴乡村的举措。民宿承载着人们回归自然、寻找乡愁的情怀，楔入着乡村文化的张力，而成为小而美的新兴业态。她对城里人来说，是对生活的一种切换。对乡村人而言，是带动乡村振兴的模式，也是展示乡村多元的美丽。

民宿还是城乡文明的交汇点。城市文明让人们体会人造文明的进步与发展；乡村文明则引导人们接受自然文明的熏陶。在城乡间自由游走，这才是当代人最为理想的生活状态。

那里，藏着大海

◎ 许陈颖

福建滨海小县霞浦的南部，有一个被海风吹拂的小村庄，叫"长沙"，与湖南省会"长沙"的名字一模一样。

小小的乡村，名字却爬过省际，过目难忘。

如今，这个巴掌大的地方，却拥有大海的格局与胸怀，它改变，接纳，然后，焕然一新。

现实之海

走进村中，惊到你的，必先是一棵榕树。它的根部游离、蔓延至山脚，续接着大地的烟火，却让自己成长于山顶，见证着这里曾经的变化。沿着它拾级而上，每个石阶上，居然都长出海藻类"叶子"的花纹，像极了远古的海洋化石。专家否认它的化石身份，并告知它是因水渗入地下石层并长期停驻形成。在长沙村，渗入地下的，应该是海水。

早年间，海水容易漫入乡村，特别是台风天，狂风巨浪排铺入村，像一把达摩克利斯之剑，时时悬挂在村民的头上。筑堤修坝、安居乐业成为长沙村居民的生存向往。20世纪七八十年代，村民们也曾努力，他们依靠自发组织，修堤筑坝，想拦住海水，但常常被大海打败，那把剑刺痛了他们的生存。2002年，时任福建省省长的习近平到长沙村前的福宁湾围垦工程调研，心怀百姓，感民所感，殷切希望省、市、县各级痛民所痛，解民所需，一任接着一任干，为霞浦未来、为垦区周边百姓、为长沙村民建好生命之堤，筑好希望之堤。十年磨一剑，2012年，投资5亿、全长5.4公里的长堤终于建成。入侵的海水终于被长长的堤坝赶出了村子，并收缴了一份战利品——弹涂鱼养殖。长沙村支部书记俞云灿在海水的涨落之间，惊喜地发现弹涂鱼能够在稻田中生存，他带领村民开垦滩涂2000多亩，成立专业合作社养殖弹涂鱼，长沙村由此成为远近闻名的大弹涂鱼科技推广示范村。

因为有心，因为用心，因为齐心，长沙村终于从大海的受害者变成了大海的受惠者。

诗歌之海

在长沙村里，沿着大榕树向前走，绿荫环绕，鲜花遍地。一座三层小楼醒目、崭新，那就是网红打卡地"霞浦诗歌馆"。长沙村把凶猛的海水赶出家园，但是，他们从来没有忘记过大海对家园的哺育之恩，那些书写家园的诗歌又被长沙村民请回村里。山顶的大榕树作证，那是长沙村民对故乡精神家园一片赤诚之心。

霞浦是福建古县之一，漫长的海岸线赋予这座小城钟灵毓秀的基因，融入地方文化形成集体无意识，形成家园海域的诗歌传统，唐代的林嵩、宋代的谢翱、元代陈天锡、明代林遂、清代钟学吉……从遥远的古代一直漫溯到今天的"闽东诗群"，霞浦诗人在他们笔下构建了一个充满魅力的诗意世界，传达着古老海域迷人的日常神韵。

在霞浦诗歌馆，坐下，翻看，感受。历朝历代的大海，从指间滑过。

唐代的陈蓬说霞浦的海是"东去无边海，西来万顷田"。（《谶诗》），到了宋代，谢邦彦笔下这里则是"十里湾环一浦烟"。风光秀美的海域景观已是不争的事实，同时，这片大海还赋予霞浦子民们，世世代代，鱼米丰足。清代张光孝的《咏官井》里说"四月群鳞取次来，罾艚对对一齐开。千帆蔽日天飞雾，万桨翻江地动雷。征鼓喧阗鱼藏发，灯光闪烁夜潮回。买鱼酌酒年年例，吩咐家人备玉醅。"这样的丰收场景，在当代霞浦籍诗人汤养宗的《水上吉普赛》、叶玉琳的《海边书》、谢宜兴的"官井黄花鱼"系列、刘伟雄的"西洋岛"系列……都有着深情的呈现。大海以家园的姿态拥抱了诗人，使一代又一代霞浦诗人在自己构建的诗歌殿堂中倾听大海的呼唤。

历史的车轮滚滚向前，朝代更迭间，一切仿佛都被时光改变。然而，大海是居于时光之上的，潮涨潮落的吐纳之间，它滋养着这方海域民众永不破败的日常肉身和精神家园。闽东海域的诗人从不需过多的虚构大海，因为海就在身边，触手可及，教会他们什么叫"悠久的历史"，什么叫"无限的生命力"，什么叫"丰富的可能"。

心灵之海

一场"乡约长沙"的文化艺术节，汇聚了绘画、音乐、诗歌、摄影……这个弹丸之地，把艺术种植到老老少少的心海，使他们从内而外，焕然一新。

在诗歌馆边，是油画馆。墙上挂着许多质朴、有趣且充满着浓厚生活气息的油画。你相信吗，它们竟是出自捕鱼或耕种的村民之手。因为"文化脱贫工程"项目的启动，长村的村民们得到了专业的油画公益培训，优秀艺术家的到来，打开了村民们看世界的另一双眼，让埋头生存的他们学会仰望星空。日常劳作之后的艺术学习既能怡养情性，又可以习得一门技能。村民吴延针夫妻，疾病导致失业，家庭贫困。培训之后，他们用心学画，两人每天骑车几公里，往返教学点与家庭之间。功夫不负苦心人，他们的画叫好又卖座，仅扶贫日当天，他们就收到了卖画款 1400 元。那个叫詹庆生的低保户，因为身体的残疾曾经嗜酒如命，学画之后，他不仅戒了酒，而且画出了颇具特色的田园风光。学习油画不仅增加了收入，改善了生活，同时洗去了他们心头曾有的阴影与自卑，带来了生命的成长与自足的喜悦。

　　长沙村的孩子们是有幸的，生活的苦难尚未来得及遮蔽他们的双眼，优秀的艺术家已经把美传递到他们的身边，并种下希望的种子。在长沙村举办的"乡村音乐节"，这些孩子感受到了三获中国电影"金鸡奖"的作曲家章绍同所带领团队的风采，那些动人的音符和美妙的歌声打开了他们的视与听；第七届鲁迅文学奖诗歌奖得主汤养宗带着他的诗集来到长沙村，与孩子们面对面朗诵诗歌，又是一次语言的解放与美的启迪；在著名摄影人郑德雄举办的摄影展，孩子们看到了作品中的自己，那么精彩又那么欢乐……文化艺术，或许不能直接与经济利益挂钩，但是，如果从小就注意艺术的熏陶，把美植入童心，怡养出来必是健旺、生发、快乐的心灵。

　　长沙村是有眼光的，他们成立霞浦诗歌创作吟诵基地、霞浦摄影创作基地、福建音乐推广协会乡村音乐传习所、福建海峡油画院文化交流基地，同时，还把交流触角伸向省外，陆续与山东、浙江等艺术基地建立合作关系。他们把艺术的心灵引入村子，由一个心灵出发，去感动无数的心灵，去启发无数的心灵的创造。

　　坐在长沙村"大往"咖啡屋里，汤养宗的《大往》犹在耳侧，"你正置身大往/除了大势所趋的大/来来往往的往/你已脱离其他任何问题"。所有生命的潮汐来来往往，藏着希望，生生不息。

从土里长出来的画

——霞浦县松港街道下村村文化扶贫侧记

◎ 刘翠婵

初夏，绿漫山野。

在偏远的乡下，绿，并不全然是生机。有时，绿是荒，是杳无人烟，是废弃与逃离。

霞浦县松港街道下村村，虽地处城郊，却在山沟沟里，长久地，只有这样一种色彩，荒凉地绿着。

下村，是省级扶贫重点村、山区村、老区村。全村9个自然村总人口1078人，但常住人口只有138人，其中低保户、五保户15户23人，残疾人39户39人，建档立卡贫困户18户61人。在崇山峻岭之间，一个村庄有名无实地空着。能离开的早就离开，留下的都是无可奈何地留下，常年守在村里的是89个老年人。

2018年8月，下村村单一的色彩，被打破了。热烈、绚烂的红、黄、蓝、紫，和绿一起，缤纷地走进僻静乡野，走进农家小院，走进绿水青山。

农民：绘画唤醒乡土表达与乡村魅力

每一张农民画，都是画者的一个心情故事。

画中的婚床，红得出奇，不是纯正的流畅的大红，那红中似有曲折。床沿的彩绘，天蓝得透亮，梅红，红到土里。喜鹊停在梅枝上耳语。床脚，石榴开出黄色的花，像山中奔跑的野兔，跳动着喜悦。一朵朵梅花，至红、至粉，在床沿盛开，浓烈，肆意，纯朴的生命力扑面而来。这是 68 岁的缪月仙老人，记忆中的婚床。

农民画中，蝈蝈的翅膀上可以开出花。绿色的茶壶里，就长着一棵树，树上长满黑色的草籽。那些草籽，是农家泡了一辈子的草籽茶。石头小径上，年轻的村姑，辫子黑黝黝，棉袄红通通，裤子黄灿灿，围裙绿油油，像颜色河流，浓到化不开。70 多岁的黄阿赶老人爱画树，他笔下的树，不是绿的，枝繁叶茂地鲜艳着，是红，是紫、是黄，像种在颜料里，每一种颜色都随心所欲地燃烧在画里。

下村村民的农民画，朴素的笔触，不受约束的想法，打破时空的自由表达，真挚的情感，在夸张艳丽的色彩中尽情展现。乡村魅力在最靠近土地的画笔中，获得最乡土的表达。

2018 年 8 月，下村村的村民，迎来文化扶贫的春风。祖祖辈辈拿惯了锄头的手，拿起了画笔，从胆怯、不安、紧张、拒绝，到喜欢、开心、乐意、坚持。从亦步亦趋到天马行空，从依样画葫芦到大胆表达，从不知所措到侃侃而谈，三年来，通过绘画，色彩唤醒了村民心中尘封和遮蔽许久的纯朴表达，对美的情感表达、对美的生活追求。

老屋、土墙、厅堂，从前是灰暗的，自从挂上自己的画，便开始亮堂起来。村庄过去是荒杂的，颓废的，自从有了一群画画的村民，就开始精神起来。精神起来的，还有他们自己曾经孱弱的内心。

一切的改变，缘于他们拿起画笔的那一刻。同样的村庄，同样的人，同样的日子，因为一支画笔，一管颜料，一张画布，乡村的色彩从单一走向丰富，从荒芜走向蓬勃，从物质脱贫走向心灵重塑。

2018年11月16日，詹庆生，这个一辈子没走出大山几次的农民，学习画画3个多月后，就带着自己的画作《绿水青山就是金山银山》，参加在福州举办的第二届中国世界遗产（福州）文化博览会。下村村民的农民画以大胆的构图，夸张的色彩，极强的视觉冲击力，吸引了众多的观众。霞浦县农民油画展馆成了"人气展馆"，全国政协副主席、民盟中央常务副主席陈晓光也成了热心观众，詹庆生和他聊起自己的构思，绘声绘色，就像回到熟悉的山野。作为一个残疾人，当他也能用画笔画出家园的美好并获得点赞时，他的内心无疑是喜悦的。

日复一日，画画在悄然改变着村民的内心。胡梅金背着不满周岁的孙女学画画，三年来，能走路的小孙女也拿起了画笔涂涂抹抹。精神二级残疾的吴延针，虽然结婚成了家，但没有一样工作能做得好，总爱东游西逛让家人担心，画画后再也没有惹是生非，头一回把一样事情坚持做了3年。他和妻子卖画的收入，已经基本满足生活的需要。家人、邻居也感叹：这画画也真有魔力，胜过吃药。学画画以后，吴延针沉浸其中，成为村里画画培训班里出勤率最高的学员。

放下锄头，拿起画笔。目之所及，山川树木，花鸟虫鱼，鸡鸭猫狗，锄头畚箕，锅碗瓢盆，信手拈来，皆可入画，面朝黄土背朝天的生活，被色彩唤醒表达。乡村之美以朴素至极绚烂至极的方式得以呈现，吸引着世人重新发现乡村的魅力。

艺术家：乡土经验滋养艺术灵感

艺术家，是文化扶贫的主力军。

2018年以来，下村村共免费举办27期绘画培训班，培训农民200多人次。来自山东、厦门、福州等地高校、画院、美协的专业老师和画家，他们作为文艺志愿者，从城市到乡村，为偏僻乡村的农民带来了艺术的春风、种子和美的力量。

当艺术亲近大地的时候，大地也给了艺术家原乡的感动、纯美的回馈。

邹光平，退休前是山东师范大学美术学院教授。2018年8月，他成为霞浦县下村村、长沙村贫富结对村油画培训班里第一批文艺志愿者，一来就是3个月。

"我觉得我不是在'教'村民画画，而是'引导'。通过画画，引导农民了解自身的传统文化。通过画画，引导农民表达自己对生活最真实的认识与感受，表达自己最质朴的情感。通过画画，引导他们对身边事物的关注并用色彩表达出来。越关注就越能发现生活中的美，就会越画越好。当他们发现生活中那些司空见惯的东西，竹子、土墙、野花都可以那么美时，当他们通过画画感受到生活的美时，就会更大地激发出创造美好生活的愿望。即便生活中有曲折，但因为有了美的信仰，美的感受力，依然可以热爱生活。"

邹教授关于"美的引导"，从第一次上课就开始了。这个第一次给老师们留下了太深的印象。

老师们支好画架，摆好画布，挤好颜料，等村民来画画，但村民却都是远远地看着，好不容易拉来这个，又走了那个。最后只有一个农民吧嗒着一管水烟筒走过来问老师："要画什么？""喜欢抽烟？""是的，都抽一辈子了。""你这烟筒铜的吧，很漂亮的。""都跟我大半辈子了，抽了好多年了。"邹教授一眼就发现了老农手中的铜质烟筒，就是一个精美的工艺品。"喜欢它，那就画它吧。"老农放下烟筒，开始画他的心爱之物。半个小时以后，老农画好烟筒，邹教授被"震"到了，画里没有技法，只有想法，那就是发自内心的喜爱。

一管烟筒的拙与朴，就是一个农人内心最真实的生活与喜好。之后，那管铜质烟筒成了老农画笔下的"主角"，画中的背景有时是蓝天，有时是大树，有时是土墙，但前景永远站着一管烟筒。几乎是画一张卖一张，成了农民画里的"热卖单品"。

"美的引导"让村民们"人人成了艺术家"。无论识字与否，画画都让村民找到了表达的出口。村民即便听不懂老师的普通话，在语言无法到达的地方，色彩与画画开始说话了。婚床、老屋、农具、天空、河流，这些农民们熟视无睹的物件与景色，从前未发觉的"美"，通过画画，被真实地感受到捕捉到，并被形象地表达出来。

这种"美的引导"，常常让邹教授和文艺志愿者们收获许多"惊讶和感动"，甚至是"激动"。

"这样夸张的色彩，学院出来的是不会用的，但农民们敢用，用的效果还非常好，出其不意。"来自城里的画家被农民画的色彩运用深深打动了。动物的翅膀上画着各种各样的花鸟，这样的创作力和想象力趣味横生，老师们直呼"想不到"。"一张画里，可以同时有平视、俯视、仰视三种透视角度。这种多角度构图，专业画家是不敢画的，想都不敢想。"但下村的村民们，想了，还画了。他们在一张画里，从三个角度画出了长在村庄的树，是对自己周遭的重新认识和艺术感知，带着浓厚的"主观"色彩，这种"主观"恰恰就是没玩内心的自信。老家还是老的，但老农们的心不"老"了，艺术在悄然改变着他们的精神面貌。画画课再也不用生拉硬拽他们来画画了，在老师们不在村中的日子，他们画着画着就会顺手微信发一张给老师求点评。

在"美的引导"中，来自城市的艺术家也被乡村朴素而自然的美"引导"着。那就是"彼此的尊重与互动"。邹教授是第一次来霞浦，走进乡间，贴在灶前的灶王爷、板壁上喜庆的年画、门上的对联、村民手中的剪纸都成了他关注的民间文化艺术，对霞浦地域文化、民俗民风了解得越多,他对未来霞浦农民画的走向就越有清晰的目标。他想"引导"村民把霞浦地域文化融入农民画中,也许有一天,霞浦农民画会以自己鲜明的"地域性"彰显它的艺术价值。而这正是邹教授作为综合绘画艺术专业老师,多年来在专业领域孜孜探索的一个内容,或者农民画正是综合绘画一个合适的平台与传达表现的路径。

"美的引导",把艺术种在辽阔的乡村与田野,它一点一点渗透进土地,渗透进人心。下村,在"美的引导"中,有了独具一格的炫目色彩。

驻村干部:文化扶贫激活乡村经济

艺术,让下村村由内而外美起来。这一点,福建省委统战部下派的驻村第一书记黄小红感受最深。她最大的期盼就是通过画画,通过艺术,通过内生动力的迸发,让村民们活出自己的价值感。

苏文明老夫妻,身体不好,一个74岁,一个69岁,2个女儿早已出嫁,重农活也已干不动。没学画之前,老两口也没啥话好说。学了画画以后,村民经常看到他们在老屋檐下共同作画的情景,阿婆坐在门槛上,和阿伯说着哪里要画一棵树,哪里要描一只鸡。他们的画里总是充满着劳动的快乐与丰收的喜悦,一派祥和气象。两老一个月可以收入1000多元,虽然不是很多,但生活基本保障,满壁鲜艳的画作装点了老屋,也明亮了他们的老年生活。

三年来,邻里之间,说闲话生是非的少了,说画画的多了。老人们脸上,愁容少了,笑容多了。村里大事小事,漠不关心的少了,齐心协力的多了。村口不知堆了多少年的垃圾山被清走了,老屋也不会人云亦云推倒重建,而是学着修旧如旧了。路变宽了,屋子变亮堂了,人也变精神了,心胸也开阔了。画画,改变着村民的穿衣打扮,也改变了乡居环境。农民们自己也感叹,村子好久没有这么干净,这么美了。

越来越多离乡的人，重新发现了乡土之美，乡情之美。回村的人渐渐多起来，30出头的吴晋章，在厦门创业多年，似乎突然发现家乡的美，毅然回乡在吴坑岩村投资200多万开展香草种植，创办亲子体验园。胡邦锦200箱蜜蜂从山底下别人家的山头飞回来采蜜了。种植户缪李吉、缪国辉也不想下山种果了，他们在村里租了400多亩地，扩大种植规模。

一个偏僻的贫困村，文化扶贫激发了乡村经济的发展，带动了个人收入的增加。2018年，下村村争取各类项目资金1800多万元，成立"霞浦同盟农业发展有限公司"，村集体投资扶贫仓储项目和核电营房建设等，村集体收入从0元增加到21万元。三年来，下村村民共创作了4000多幅画，他们除了画，不用担心画材也不用担心销路。画材全由村里和企业爱心筹款购买送给村民。通过网络拍卖和爱心购买，全村画画收入18万元。多的农户，卖画月收入2000多元。吴延针夫妇卖画也有了18000多元收入，当他能够自食其力，有满满的获得感时，他的精神疾病再也没有发作过。

茶余饭后，村民们会自发聚在村口，拉起多年没拉过的二胡，亮开多年没亮过的嗓子，吹起小号唱上几曲，村庄因此充满了美好和谐的生活气息。

漫山遍野，依旧是绿，但如今的绿，已是恣意，欢脱。

是生机与活力，是温暖与希望。

霞光中的身影

◎ 郑飞雪

　　光，从叶隙间漏下来。林中轻烟弥漫，晨光穿透烟雾有了层次感，丝丝缕缕，层层叠叠，亦梦亦幻。畲族老妇牵着一只牛，悠然行走在榕树林里，斑斓的光影幕布一样从她头顶散射下来，农耕画面充满诗情画意。

　　"咔咔咔咔"，摄影师们纷纷举起镜头，摁下快门。画面定格：古榕、畲农、耕牛、阳光、雾岚。这是近年杨家溪风光摄影的经典画面。农妇的背影很小，红黑相间的畲服颜色，点亮了画面，千年古榕翠绿的光流动起来，盘根错节的榕树下回响起脚步穿越的声音。

　　那身穿畲服的农妇名叫章穗珠，现年87高龄，已经有15年的模特经验。农民和模特，这两个不相关的职业概念，在她身上实现了关联。传统农民永远是脸朝黄土，背朝天的形象。随着现代农业技术发展，生产方式发生变化，农民的生活也悄然改变。躬耕劳作的身影，成为时代亲切的追忆。那黝黑的皮肤、粗糙的皱纹、慈祥的微笑、沧桑的泪水，成为摄影镜头展现时代的特征。近年，霞浦滩涂摄影走向世界，从沿海栈道发现了霞光铺彩的"山海画境"。霞浦美丽的风光，成为摄影人必去的"全国十大摄影地"之一。摄影，推动了霞浦旅游产业，也衍生了摄导、渔模、农模、畲模、茶模等职业。背山靠海的农人耕作之余，兼任起摄影模特这份新职业。章穗珠阿婆生在杨家溪，长在杨家溪，杨家溪古榕群旁边的房屋是她一辈子的住所。在榕树下劳动、纳凉、叙话，千年古榕的风情融进她的衣食住行。晨光与鸟鸣，炊烟与晚霞，榕树的情怀铸就了人生岁月。她的茶米油盐、动作姿态都与榕树息息相关，榕树与她共呼吸。某天，她挑着一担水从树下经过，这画面触动了著名摄影家郑德雄。郑德雄让老人走进古树林，千年古榕的画面顿时生机盎然。风光与农耕结合的画面，更改了以往单一风景的纯粹艺术表现。镜头定格。没去过远乡的老人，随着获奖摄影作品名扬远方。五湖四海的摄影爱好者们纷纷慕名而来，老人原色的劳动形象走进镜头里，她的身影成为杨家溪摄影作品的经典背影。

阿婆，找你拍摄的人多不多？我问。

多啦！都是带团来的，有的提早两三天开始预约。走场时间不长，就几分钟。多时一天走三四场，衣服刚脱下又要穿上，畲服不脱蒙在身上很热的。谈起摄影模特经历，章阿婆的声音开心又哄亮。

霞浦每年吸引 200 多万人次游客，其中摄影人数多达 40 多万人次，遍及港、澳、台地区及韩、美、加、澳等多个国家。15 年来，章阿婆受摄影团邀约当模特，走过数万场光影秀，掌握了丰富的走场经验。她了解摄影人需要的光影效果，晨光或暮色中，呈现什么样的动作神情，在某个位置转身。一身畲服，一件斗笠，一头耕牛，一担水，是她走进光影的工作道具。有时她和侄儿搭档，一个穿披簑衣牵牛在前，一个挑水尾随在后；有时是她挎篮、挑水、牵牛的独自背影。古榕盘错的虬根，是老人专属的"T型台"。回想过去，艰辛的劳动为了生活，如今，在镜头下展现劳动姿态，是为了艺术。艺术，相对于一位老农是多么陌生的字眼，她不懂其中含义，但劳动姿态作为美的体现，她体验到生命的快乐。阿婆乐于兼任模特这份职业。时常，章阿婆种菜、采茶、制茶、在古榕风景区旁边出售杨家溪产地的柚子、橘子等水果。章阿婆为人和善，爽朗的性格和游客很聊得来，游客与她熟络了会邀请她当模特。她价格不贵，走一场几十元，纯粹为了热爱。当身影与古榕构成和谐的风景时，她心中的情感也和游客融为亲人。

去年，章阿婆脚长骨刺住院，邀约她当模特的电话依然络绎不绝。她心里惦念着电话那头的游客，他们千里迢迢来霞浦，不能让游客乘兴而来，失望而归。章阿婆提早出院，忍着脚痛，又去走场。在家门前当模特，是她晚年最愉快的生活享受。年纪大了，在树根间走来走去确实有点累，因为脚痛，儿孙们不让多走动，她远远地看游客围着其他的模特拍摄。她风趣地认为别的模特个高、年纪轻，脚步不扎实，不贴合劳动形象。她又坐在古榕树下，希望一拨又一拨游客邀请她……她无法将自己与古榕风情割舍。

摄影催生了模特职业，模特也推动了旅游摄影。霞浦美丽的山海风光是畲族聚居地。半月里村是闽东现存畲族古迹最多的村落，别具一格的建筑和畲族文物，吸引着全国各地游客。人文景观离不开人物衬托，当地畲族村民结合古老的建筑背景，重现消逝的纺线、织布、磨米、抬轿等生活场景。畲族模特钟连娇年近九旬，是目前最年长的一位模特。她瘦弱的身子坐在灶膛边，用古老的火管吹燃柴火，火光映照面颊，畲族乌米饭的炊烟袅袅升起，这场面引起摄影游客极大兴趣，他们争着举起镜头，拍下画面，将畲族风情带向远方。畲族村民雷其松倾尽心血创办了全国规模最大的民间畲族博物馆，是福建畲族发展史的缩影，吸引着各地游客前来观光。为了让游客了解畲族风情，拍出的照片富有人文内涵。他的妻子和女儿俊美的畲家装扮，纺线、织布、刺绣、推磨……身影将古建筑衬托得满堂鲜亮，寂静的文物有了鲜活的语言。

　　霞浦山海连绵。山，是海上的风景；海，是山间的流岚。梦幻般的霞彩，绮丽的水色、翔飞的鸥鸟、林立的养殖竿、奇特的礁岩、金色的沙滩……伫立山头看海，犹如一幅美丽的画卷。光影交织的霞浦滩涂，被誉为"中国最美丽的滩涂"。滩涂摄影不得不提及一位传奇式的摄影人物——郑德雄。郑德雄的滩涂摄影作品在海内外频频获奖，带动了滩涂摄影创作。在郑德雄的筹划下，由中国三星集团拍摄的霞浦滩涂画面，在第31届奥运会开幕式上向全世界亮相，霞浦滩涂由此推向世界。郑德雄在滩涂摄影方面的创新，霞浦出现了第一位渔模。2004年，郑德雄约台湾朋友来霞浦小皓村拍专题片，小皓村海域盛产虾苗，百年历史传承制作的虾苗酱名闻遐迩。每年春季，是小皓村渔民捕捞虾苗的鼎盛季节，作业场面诗意又壮观。可是，台湾朋友在夏季到来，碰不上鲜虾苗捕捞场景。等待来春，又将一年。郑德雄突发奇想，邀请当地渔民提着四角网、篓筐等渔具走向浅海，模仿捞虾苗作业，台湾朋友圆满完成了专题拍摄。此后，摄影渔模的创新使用，方便了海内外远程而来的摄影游客，他们不会因为赶不上渔耕季节白白枉费了旅程。

　　霞浦得天独厚的滩涂地理条件，有渔模配境，不管是春夏秋冬，还是晨昏日暮，游客到海边随时都可以拍摄：帆船、飘网、撒网、海带、紫菜、竹蛎……摄影创作题材丰富多样。渔耕与滩涂，动静结合，摄影语言丰富又生动，呈现出别样的风格。从海洋滩涂摄影呈现渔耕文化，延伸了摄影理念，从新闻摄影、纪实摄影提升到艺术摄影。为了丰富摄影创作，展现霞浦渔耕海殖文化的风景，霞浦著名的旅游摄影点，如北岐、小皓、东壁、S湾等，都创造性地设置一些场景，其中不乏渔模摆拍。

　　渔模江连水有健硕的体格和朴实的脸孔，他所居住的北岐村是连家船上岸村，祖辈父辈是连家船民，以讨小海为生。那年，讨小海的江连水被前来滩涂摄影创作的郑德雄遇见，受郑德雄邀请兼职当渔模，每月有一笔稳定收入。近年，随着霞浦滩涂摄影迅猛发展，摄影旅游逐渐进入商业化模式，对渔模需求也越来越旺盛，有多年渔模经验的江连水瞅准摄影商机，干脆放弃世代为生的讨小海劳动，当起专职渔模。每天邀约的电话应接不暇。曦微中，江连水穿着隔水胶衣，背上鱼篓，扛着渔具，深一脚浅一脚向滩涂走去，北岐海岸边摄影游客早已架着"长枪短炮"等候在那里。当太阳跳出第一缕曦光，银灰的滩涂披上金色的霞彩，呈现出一片片美丽的豹纹。月蓝色的海域中，江连水和他的同伴用力打捞起四角网……他们的身影看起来很渺小，小得如一枚贝壳，一株海草，和广袤的滩涂融在一起。江连水当渔模很辛勤，如当年讨海作业一样，不畏风寒水冷，代表祖辈、父辈、乡亲的形象站在光影里，走进千千万万的摄影镜头里，他有一种幸福感。专职渔模每年可以收入数万元，改善了他原有的生活水平。在江连水的影响下，北岐村十多位渔民也加入渔模队伍，由江连水担任队长，配合摄影游客的各种摆拍。霞浦其他渔村先后出现了庞大的渔模队伍。

摄影是光影造型艺术，是一个寻找美、发现美、定格美的过程。当江连水们的身影在镜头中定格，水影上的霞光绽放出神奇的色彩，丝丝缕缕，如梦如幻。

在霞浦，每一片光影交织的地方，绽放着生命的霞光。

观里村的希望之路

◎ 王振秋

位于福安甘棠西北部的观里，又称鹳里。四面青山环绕，一溪秀水如练，风光旖旎，景色宜人。在革命斗争时期，观里村是中共安德县委、安德县苏维埃政府和下南区苏维埃政府所在地。叶飞、曾志、阮英平等革命先辈在这里留下革命斗争的足迹。

夏日的一天，我慕名来到观里村村口的安德革命纪念园，瞻仰园中的纪念碑和烈士塑像，当我目睹思源亭上的什物文字时，我的思绪便闪回当年安德革命斗争的风火岁月……

1933年，闽东革命斗争风云激荡。是年11月，闽东革命领导人在这里召开福安中心县委执委扩大会议。"观里会议"，为闽东特委和闽东苏维埃政府的成立，奠定了思想、政治和组织基础，其历史意义不言而喻。

1934年3月31日，为扩大苏区，安德县县委书记叶秀荃、下南区主席兼安德县委军事委员陈洪妹，率领警卫连70多名战士开赴宁德龟山，并在那里成立龟山苏维埃政府。龟山民团头目林明益设圈套假投诚，暗中埋伏搞突然袭击，赤卫队员除薛细妹身受重伤爬入古墓内死里逃生，其余 72 人全部遇难。

是年 4 月 21 日，为了替死难烈士报仇，叶飞、詹如柏、阮英平、陈挺等率领闽东工农红军独立二团十六连和赤卫队 1000 多人，包围龟山村，击毙了民团头目林明益三兄弟，这一仗将国民党民团匪徒一网打尽，缴获敌人枪支 20 多支。

1936 年 5 月，闽东工农红军独立师重回安德根据地，进驻湄洋村。同年 12 月，安德县委按照闽东特委的部署，对境内国民党民团团长、保甲长和我党党内的叛徒、内奸进行一个大规模清洗，并将其头面人物镇压了 70 多人，取得阶段性革命的胜利。

在艰难困苦的战争年代，观里人民在中国共产党的领导下，为闽东老区的解放乃至全中国的解放，冲锋陷阵，浴血奋战，许多革命先辈和革命群众献出了宝贵的生命，为后人筑起了一座座不朽的丰碑，老区人民和子孙后代永远缅怀他们的革命事迹，继承他们的革命遗志。

新中国成立初期，一穷二白的观里村，是名副其实的"五无村"(无水、无电、无路、无学校和无办公地址)。经过 40 多年的努力，虽然经济社会有了一定进步，但是全村底子太薄，直到 1991 年，这里的人均可支配收入仅 585 元，村财积累也微不足道。

翌年，东方风来满眼春。观里老区群众终于坐不住了，他们依靠党的富民政策，充分发挥村庄毗邻镇区的地理优势，在劳动力输出和发展茶产业上狠下功夫，逐步走出了一条多种经营全面发展的致富之路。2018 年，观里村不仅壮大了村级集体经济，村民人均可支配收入也达 21700 元，终于脱贫致富奔小康。

回眸 20 世纪 90 年代，观里群众就抓住甘棠造船业的兴起的契机，借助观里毗邻民间船舶修造基地优势，组织村民到那里学习修造，并到船企上班，使相当一部分"泥腿子"华丽转身为企业工人。

"当时甘棠一个船排得停靠 30 多艘船，修复、拆解人手缺呐！村里百多号技术人马全上，每人每天净挣200块，电焊工能挣三四百。"村民吴国平讲到当时景象，喜悦之情溢于言表。"观里是老区基点村，上头有好政策，但我想还是自己动手丰衣足食，所以，高中毕业后，我就自学电焊，有了这门手艺就好比有了金刚钻，不怕揽不到瓷器活啦！"2006年至2008年，他先后被省总工会、省政府授予"省五一劳动奖章""福建省劳动模范"殊荣。

当年，省茶科所在观里邻近的岭尾村建立茶苗品种实验基地，观里村民发现培植茶苗效益可观，一部分村民便踊到茶苗圃子淘金。

黄旺希是村里第一批种植茶苗的茶农，到岭尾村学到技术后便回到村里种植。他说："过去日子寒碜呐！种点稻谷只能糊口，碰到做'世事'（人情世故）或傀儡（孩子）念书啥的，都得靠东挪西借哩。"

如今，黄旺希20亩地里繁育有金观音、龙井、安吉白茶等茶苗达千万株，茶苗行情高的年份便赚得钵盈盆满。买房乔迁，儿女也成家立业。黄旺希日子有了希望后，还带给了全村20多户育苗专业户满满的希望。

"希望是本无所谓有，无所谓无的。这正如地上的路，其实地上本没有路，走的人多了，也便成了路。"迅翁的这段名言，诠释了一条规律，路是靠自己走出来的。正如电视剧《西游记》中唱的："敢问路在何方？路在脚下！"老区观里的前辈不满反动当局的残酷压迫，拿起枪杆子参加革命走上了一条革命斗争的路；今天，观里村民撸起袖子加油干，走上了新时代发家致富的路。两条路殊途同归，均共同奔向一条充满希望的中国道路。

阳光照在湖畔

——古田县城利洋村党支部第一书记
陆开强精准扶贫纪实

◎ 张良远

2018年12月8日，县扶贫办的小姚建议我采访城东街道利洋村党支部第一书记陆开强。我和陆书记在电话上约好第二天上午9点在村委会见面。距城关8公里的路途，不算远，我骑着摩托车去。但见一路上拉石子和混凝土的卡车穿梭不停，扬起一路灰尘。

刚到村委会门前，一缕明亮的阳光穿透密密的云层照耀在头顶。不一会儿，云层逐渐扩散，金黄色的亮光逐渐扩展，而后把整个村庄照亮。于是，粉墙黛瓦，错落有致，排列整齐的古村古宅，顷刻间沐浴在阳光的温暖之中，呈现出一派祥和的景象。

2016年，利洋村响应上级扶贫攻坚号召，依靠上级和有关部门的大力支持，开始对村里的贫困户进行建档立卡。他们采取各种有力措施，精准扶贫，攻坚拔寨，为消除贫困，各项工作稳扎稳打，有序推进，成效十分显著。2018年底，实现全村脱贫摘帽。

现在贫困户是什么情况呢？我想入户去看看。

12月13日下午，我又一次去村里，是支委兼秘书林晓清带我去的。
村里贫困户7户19人，其中有两户长期不在家。

我们走访的第一户是林寿利家。他不在家，到山上给水果施基肥去了，他50多岁的妻子谢群枝在家，我发现他们的居住条件还不错，住的是连排的农村土木结构房子，收拾得也干净，说明是一户勤劳俭朴人家。

她说：前年儿媳妇刚生完孩子，得了鼻癌住院花20多万，家庭经济一下陷入窘境，好在村、街道以及上级政府无微不至的关怀，除了经济上的支持，还安排了家庭医生，小病小痛医生随时来看。去年4月还给我们小额贷款5万，放在晟农合作社半年分红2800元，村里安排我们务工也赚了2000多元，今年水果收入也不错，卖了四五万。

第二户林寿榕，他就一个人，也不在家，也是因病致贫。

我们又来到林寿榕家，听说他卖草药去了，他68岁的妻子林春金在门口赶鸭子，看到我们的到来，打开房门，立即有一幅习近平总书记的年画扑入眼帘，给我印象深刻，她说这幅年画是她小儿子专门去城关买回来的，一家人很感激他。

她有两个儿子，一个1981年出生，一个1983年出生，都有不同程度的智障，小儿子还能干些活，大儿子什么活也干不了，老两口农闲时大部分时间去采草药卖钱，采两三天，去城关卖一天，收入100多块钱，除去来回车费所剩无几。家里养了12只番鸭、5只鸡，芙蓉李和柿子有100多棵，现在政府的扶贫政策好，别人享受的她也有。村里安排小儿子为村里做保洁工作，每月有1500元的固定收入。

看到的和听到的这些人家，之所以被列为贫困户，情况大致是：因病致贫、因残致贫、缺技术缺劳力。到了2018年底，这些贫困户年人均收入都超过4000元，已经全部脱贫，一个也没有掉队。这和村、街道两级扶贫干部的不懈努力有着直接的关系。

这个成绩的取得，作为村党支部第一书记陆开强，功不可没。

责任在肩上

12月8日上午9点，当我第一次来到村委会二楼，一个壮实的青年人自我介绍：我就是陆开强。

坐在我身边的村党支部书记林寿敬介绍：他来自省委政法委，从2017年12月被选派到村担任党支部第一书记，团结带领村两委一班人，把党的温暖带给贫困户，也带给全村人。

陆书记接着介绍村里的情况：利洋村坐落在美丽的翠屏湖畔西南角，系老区基点村、移民库区村，建村650多年历史，文化积淀较为深厚，是国家级传统村落，有明清时期古民居27栋，总面积达24000平方米，其中以"花厝""松庐"保存最为完好。全村1343人口就集中在一个自然村里，16个村民小组。全村面积7.17平方公里，其中耕地1973亩，山地8793亩。

我看到陆书记办公桌对面悬挂着一幅利洋村行政版图，这个版图活像一只母鸡在孵化一群小鸡，幅员狭小，可利用的资源实在不多。

利洋村是翠屏湖沿湖村庄，由于1958年支持库区建设，土地无偿被国家征用，大部分山地划归林场所有，造成村民土地稀少，改革开放多年，2016年之前，这里的村民收入仍然较低。

这个村的一大半收入主要靠几千亩山地种植水果芙蓉李和柿子，水田耕地种出来的水稻也只能自给自足，少部分种植食用菌银耳、海鲜菇，真正成规模的不多。因此，许多壮劳力只好出外打工。

自从陆开强书记第一天踏进利洋村，就开始进行逐户详细的调查摸底，走访老党员、老村干、致富能手、种养殖大户和部分乡贤，看望和慰问贫困户、低保户、五保户等困难群众，掌握第一手社情民意材料，同时，还先后召开多场村两委和党员及村民代表大会，广泛征求意见和建议，寻找致富出路。在深入调研的基础上，认真编制《利洋村三年发展规划》，多方听取意见和建议，几易其稿后，经村民代表大会表决通过，街道办事处批准，发布实施。

利洋的父老乡亲，他们世世代代在这块土地上努力耕作，在这里成长，在这里养儿育女，直至在自己的家园终老，他们没有一天不在殷殷期盼着过上好日子。他们勤劳，却没有更多收入；他们吃苦，却不能过上幸福的生活。这是怎么也不能让人接受的现实。作为村第一书记，能不能带领他们走上富裕，多少个不眠之夜陆开强都在思考这个问题。他终于明白了只有拿出勇于担当，乐于奉献的精神，贴近现实，埋头苦干，从脚下趟出一条路来，除此之外，没有捷径可走。

陆开强意识到肩上的责任重了，村庄虽小，但有 1000 多双眼睛在注视着自己的态度和作为。他想他只有刻苦工作，才能取得群众的信任。他几乎没有固定的休息日，大部分时间吃住在村里，不是在访贫问苦，苦苦寻找致富门路，就是直接盯紧在每个建设工地现场上。

而他自己家里有一个中风后半身不遂的 70 岁高龄的老父亲，生活不能自理，需要人 24 小时照料，他被下派挂职后，这副担子全部落在老母亲身上，他内心总感到对家人的愧疚。可他是党员，在这个岗位，责任重如山，村里的事务一件接着一件，他没法分心。

根据三年规划，目标有了。于是，他带领村两委一班人，计划投资 180 万元建成一条长 1.88 公里，宽 4.5 米，按照农村四级公路标准施工的环村公路，连通 9 条生产机耕路，同时，预留 1.5 米，准备做木栈道，一条美丽的环村长廊即将呼之欲出。投资 38 万元建成一座700 多平方米的集篮球场、羽毛球场为一体的多功能运动场，目前已经建成。投资 180 万建成一座建筑面积 900 多平方米的老年人日间照料中心。三年内，投资 300 万元开展国家级传统村落保护，投资 300 万元，进行立面改造、环境综合整治、污水处理和厕所革命推动美丽乡村建设。投资 20 万元将占地 700 多平方米的老村委会改造成村史馆。投资 20 万元建成一个占地 2000 多平方米的生态停车场。投资

30万元建成一个视频监控系统，链接综治视联网。还要改造提升一个新型农村服务中心。此外，县里还投资1000多万元建成长1100米、宽7.5米的翠屏湖旅游公路利洋连接线。他带领全体村民致力打造环翠屏湖休闲农业旅游村庄，争取最终实现优美幸福、宜居宜业新利洋的目标。

目前，所有项目都已破土动工，有的已经交付使用。

当我第三次去时，是12月13日，也是星期天，小寒刚过几天，阴雨天气。以陆开强为代表的村干部们没有休息，都在忙碌。

我听说老年人日间照料中心明天封顶，工程施工人员正商量着准备第二天庆祝一下，去城里买点鞭炮、糍粑讨个吉利。

翠屏湖旅游公路利洋连接线双幅水泥路已经完成单幅硬化，工人们在铺路面吸水布，好多村民在围观。

村巷里有几个人正在清理废弃水池，排洪沟上有人在捆扎钢筋。

远处，隐隐约约可以看到环村路新挖的黄色路基。

多功能运动场已经建好，道路和卫生设施正在完善，陆书记细心地交代建厕所的施工人员必须按照要求建成无障碍卫生间。

陆开强说：阴雨天气持续很久了，挖掘机无法作业，不然，环村路的路基和涵洞早好了，村里计划路基和涵洞在春节前完工，春节后完成路面硬化。

到处都是热火朝天的建设场面。

当这些项目全部建成，一个集文化体育、旅游观光多功能宜居的美丽乡村就展现在乡亲们面前。

道路在脚下

真正要干事业，困难是明摆着的。村务工作千头万绪，从何入手，步骤如何安排，办法如何实施，都需要智慧和策略。陆开强想，再难走的路，都得靠一步一步走出来。

这个村有着光荣的革命传统。1925 年 4 月 1 日福建省第一个共青团组织福州支部成立，从利洋古宅"松庐"走出的有志青年林大鸣，是早期组织者之一。还有新中国成立前参加革命工作，古田解放那天第一个打开旧城城门迎接解放军进城的林寿铿。

他们的献身共产主义精神和先知先觉的智慧，给了他不少的启发和激励，也是他吸取攻坚克难的力量的源泉。

其实，道路就在脚下。

陆开强深知发挥基层党支部的战斗堡垒作用，至关重要。他着手做的第一件事就是以抓党建促脱贫攻坚为目标，重点抓好村级班子建设和党员队伍的管理，利用村级换届选举的机会，配全、配齐两委班子，形成了一个团结坚强的领导集体，目前支委 4 人、村委 3 人，基本都围绕村庄建设忙碌个不停。村两委班子面貌焕然一新，奋发有为，也感染和团结全村党员加入到村庄发展建设中来。

俗话说：大河有水小河满，大河无水小河干。要做好扶贫这项复杂而艰巨的系统工程，首先必须让集体经济壮大起来，然后才能辐射到贫困群众，如果村集体都没有远离穷困，拿什么来扶贫？

2017 年之前，村里集体经济收入每年就靠一口 65 亩的池塘承包费 3 万元和一座冷冻库租金 1.6 万来维持村里运转开支。2018 年，翠屏湖旅游公路开工建设，要征用部分鱼塘，工程指挥部虽然答应给予一笔青苗补偿款，但这无异于釜底抽薪，本来捉襟见肘的村财政，变得更加拮据。

为了摆脱困境，2018 年初，陆开强带领村两委筹集各类扶贫专项资金 65 万元，建成 100 千瓦光伏发电项目，6 月底并网发电，就这一项，预计每年可增加村财收入 10 多万元。同时，他计划在翠屏湖旅游公路修通后，争取渔业部门的资金支持，对鱼塘进行标准化改造，提高租金，增加村财收入。

下一步，他说他将带领大家向产业的方向发展，争取找到有力的突破口，真正让贫困群众自己产生内生动力。

那一会，陆开强不在，年轻党员防弟主动带我熟悉情况。一个满脸微笑的青年人，他很健谈，一直在夸第一书记。他悄悄告诉我他的文化程度就初中，前几天写了一个东西要给我看，于是我们加了微信，他把影印件发给我，写了有三页，是排比句，有几句写到：第一书记——一个温暖的名字，一个响亮的名字，一个百姓心中共同的名字，你不是亲人胜似亲人，我们敬重你。

他一再声明写得不好，但这是他真实的心声。

陆开强是个肯干事，能办事的人。近一年来，他四处奔波，一心扑在扶贫工作当中，费尽心机累计争取到各类资金470万元。

按照规划的内容，资金还有很大的缺口。陆开强说，他将继续竭尽全力去争取，一定要把村庄建设得更好。

人民在心中

陆开强心中时时刻刻装着人民群众，群众的心中也没有忘记他。

在写本文前，陆开强一再交代，不要写他个人，写他们集体，工作成绩是靠大家一起努力的结果。他说，他没有我们想象的那么高大，他只是履行自己的职责，责任心驱使，做了本应该做的事。他说，他能投入到这场伟大的脱贫攻坚战中来，感到很光荣。

他在建立健全村里各种制度外，还建立了一个微信村务公开平台，群员是每一位本村村民。把每一季度的村里收支情况予以公布，让全体村民共同参与监督，谁都可以发表意见和建议。

在环村路建设过程，1.88公里影响涉及60户村民的承包土地，在他苦口婆心的耐心说服下，在他一心为公的精神感召下，59户群众主动放弃补偿，大力支持他的工作，只有1户提出不合理的要求，后来把设计做了微调，没有耽误工程进展。

有一户主叫郑巧霖的 60 多岁老人，她的土地被占用了半亩，村主任林寿锦主动把自己承包的土地划半亩给她。

在改造 15 吨污水处理池时，占用 83 岁老党员林世斌的土地，村里正在研究补偿方案，老人家自己跑到村部，要求能不能把池子埋深一些，如果这样，不影响他的耕种，他就不要村里补偿了，村里同意了，也照做了。在建设 50 吨污水处理池时也遇到同类情况，村民林世情也没有要村里的补偿。

这些普通人做出的不普通的事，让陆开强看到了风清气正的党风，给全村带来的精神面貌的变化，也使他更自觉地严格要求自己。

他用真心换得真心，团结凝聚了全村干部群众的一致支持。

他看到村里部分老年人喜欢吹拉弹唱，他就有目的地组织他们开展有益的健康文化活动，引导他们组织起来，丰富村里的文化娱乐生活。目前，村里已经自发形成了一定规模的腰鼓队、舞龙队、闽剧小组、二胡笛子吹拉弹唱组、广场舞等不同形式的文化娱乐队伍，去年中秋节、春节还举办了多场文艺晚会。

他提倡廉洁执政、秉公办事，以身作则，带领全村党员经常性开展义务劳动，清洁家里，整治村庄环境卫生。

领导干部的所作所为，群众看在眼里，记在心上。

当人民公仆全心全意为人民服务，人民群众不会忘记。

陆开强在谈到扶贫工作体会时说：农村能够动用去帮扶困难群众的资源十分有限，现在实行村民自治，即使村集体经济增收了，要动用村财去帮扶困难群众，也要通过村民代表大会同意，而且这样的帮扶，那也只是暂时的。为了防止出现返贫、新贫，持之以恒的办法，一是靠困难群众将致富愿望转化为致富动力，二是要靠健全的社会保障制度来托底。

这几天，村里在迎接市精准扶贫考评组的到来，大部分村民正赶在大好的阳光下，在来年开春前，上山为芙蓉李和柿子深翻、施基肥。他们正在勤劳致富奔小康的路上辛勤耕作，怀着善良淳朴，怀着满心希望。

温暖的阳光普照在湖畔大地，大地回报以辽阔无边的绒绒绿色。

绿水青山间的那一道红霞

◎ 曾 烨

每次往返于福州与宁德，我都会不由自主地想起年轻的彭丽媛老师背着棉被来闽东"探亲"的事。30 年来，宁德"长大"了许多，产生了令人瞩目的"宁德速度"。而每次从福州返回古田老家，我更为"两高"开通带来的经济腾飞、生活便捷而无比开心。

那是 2018 年的春节，我回到老家凤埔乡。驻村的大学生村干部给我提供一组数字：2018 年，全县农村居民人均可支配收入 17108 元，增长 10.1%，建档立卡贫困户全部脱贫。全县选拔 1100 余名乡土能人进入村级班子，充实脱贫攻坚工作力量。帮助党员发展增收性项目 310 多个，直接或间接带动 1.2 万名群众增收。

这位佩戴党徽的年轻人侃侃而谈，介绍古田县是如何牢牢把握抓党建促脱贫这条主线，充分发挥基层党组织的战斗堡垒作用和党员的先锋模范作用，着力把党建优势转化为脱贫优势、把党建活力转化为脱贫动力，为乡村振兴提供了有力保证。而我们凤埔乡又是如何持续开展"党建促脱贫 夺旗创精品"活动，着力实施"农村党员创业先锋工程"。

2020年，受疫情影响，我春节并无回乡。近日，我抽空带几个老闺蜜一起回到老家，趁着加工好的春茶和初夏的水果开始陆续上市，我们到附近各村走走，以期实地"淘宝"。令我们惊讶的是，我们看到复工后快递员居然在我们的村道上奔跑得十分繁忙。来到我印象中原是"山高皇帝远的"旧镇村，只见"农村便利店"的生意红红火火。依托电子商务平台，年轻的店主帮助村民们销售竹笋、土鸡、蜂蜜等农副产品。由于突破了信息瓶颈，农副产品的销售量、价格都有了新突破。2019年仅村民郑大叔一户，通过便利店卖出的农副产品销售额就超过了2万元。

这回，我主动联系了当地的驻村干部——也是一名年轻的大学生。他介绍，地处偏远山村的"农村便利店"，源于古田县对基层便民党建模式的精细设计，目前全县已建起20家这样的"党建便利店"，成为集电子商务、便民超市、代办服务、教育培训、大学生创业等功能于一体的党建"新阵地"。为增强村级组织自身"造血功能"，古田县还制定出台了《进一步发展壮大村级集体经济的实施意见》，落实组织、资金、政策、金融、项目"五个扶持"，促进集体经济增涨，目前全县126个村集体收入达到10万元以上，全面消除村集体收入"薄弱村"，为脱贫攻坚、乡村振兴凝聚强大合力。与此同时，古田深入实施"党建促脱贫 夺旗创精品"活动，每年组织力量，对党建促脱贫重点任务落实情况进行集中"检阅"，通过综合排名、发放"流动红旗"等形式，激励先进，鞭策后进，并重点培育了可学可看的党建促脱贫示范点20多个，进一步推动党建促脱贫责任落到实处。

我们凤埔乡有一种"大圣信仰"文化，一年有两次大的活动。诸如此类与当地民俗相关的节日，偏远的农村往往因为村民燃放烟花、爆竹，产生了许多垃圾。这一天也正是一场"游神"活动过后，村道上铺满了烟花纸屑，食品包装物也随处可见。但令我惊喜的情况发生了，只见村党支部书记佩戴着党徽，带领党员和村民，做好自家门前"三包"，开展环境卫生整治，大家忙得不亦乐乎。村民介绍，春节期间，村党支部还统一购买了一批花草，发动党员群众主动认领、自己养护，比谁家房前屋后更整齐、更干净、更漂亮。由此可见，党员、群众积极参与村庄环境整治的内生动力已经被调动了起来。在白岩洞景区，路遇县机关的一位干部带着全家来"旅游"。这位干部介绍，通过加强党建工作，县直机关组织开展"深入基层大走访"及"四下基层、四解四促"活动，通过进村入户走访、召开座谈会等方式，帮助挂钩帮扶的贫困户解决实际困难，认真开展精准扶贫工作。

我不禁深情地审视我的家乡"大古田"。地处福州、南平和宁德三市交汇处的山城古田县，于公元741年建县。作为一个在唐玄宗时代建县的传统农业大县，古田县经历了1200多年的发展变迁，在20世纪80年代，更是以银耳、香菇、竹荪人工栽培的三次浪潮闻名全国，被中国食用菌协会命名为"中国食用菌之都"。但20世纪90年代以来，区位的劣势，交通的边缘化，导致了古田经济发展的逐渐滞后。2011年，古田是当时全省7个不通高速公路的县份之一。2012年2月，古田被省委省政府确定为23个扶贫开发重点县之一。

闽东地区是习近平总书记工作过的地方，闽东人民有着脱贫致富的夙愿。地处闽东北的古田县，习总书记在宁德任职期间尤为关注，在《摆脱贫困》一书中曾12次提及。43万古田群众对脱贫致富更是有着强烈的愿望。近年来，古田县委深入贯彻习近平总书记关于基层党建、脱贫攻坚的重要思想，扎实开展抓基层党建促脱贫攻坚工作，着力建强脱贫一线的核心力量，鼓励广大党员干部在一线冲锋陷阵，挪穷窝，拔穷根，摘穷帽，打赢脱贫攻坚这一场攻坚战。经过"把脉""开方"，古田县确定扶贫攻坚从交通瓶颈破题开始。我们有目共睹，最近几年来正是中央和各级财政资金最为倾斜到农村的历史时机。以"精准扶贫"为导向的政策，对农村不断加大人力、物力、财力的投入，村、社区主干等基本报酬也得以提高，吸引返乡人才政策和项目投资的优惠政策大力向农村集聚。古田县创新"村村联建"等模式，在中心村设立"大党委"，形成"强村带弱村"帮带脱贫模式，甚至将党支部建在产业链上，推行"支部+企业（合作社）+农户"等模式，2015年以来，全县建立农业企业、专业合作社党支部53个。党建引领，使古田全县党员干部补强"精神之钙"，筑牢"作风之基"。

古田还以全国农村"两权"抵押贷款试点为契机，成立民富中心和跨行业合作社联合社，拨付1800万元作为风险补偿金，推动金融机构为农户提供支农信贷、网上申贷、农村产权交易流转等服务。仅2017年，古田县就实施脱贫攻坚11项重点工程，投入扶贫专项资金2.1亿元。干部结对帮扶实现全覆盖，帮扶抽样满意率达到99.38%，还涌现出大桥镇"统建精补"等典型做法。

什么叫"不忘初心""久久为功"？这就是。什么叫"滴水穿石""弱鸟先飞"？这就是。

以打造"千年临水，健康古田"发展品牌为主线，努力建设宜居宜业宜游的"中国食用菌之都"。领头雁是谁？那些佩戴党徽的忙碌身影做出无声却特别坚定的回答。

有了绿水青山间的那一抹红霞，我相信明天会更好。

寨子杨梅甜

◎ 禾 源

　　洋头寨，古称赢筹砦，本为历史文化名村——屏南县漈下村外八景之一，此景三面为田，小洋田之首，突兀一座山坵，北面悬崖，南面缓坡，明朝末年甘氏第三房后裔从漈下迁居于此。村子依山而建，俨落山寨雄踞，故后命名为洋头寨。现有住户127户，486人。

一

　　"洋头寨，洋头寨，十户人家九户败。"这是20世纪70年代一位在县城读书的学生哥在写《我的家乡》一文时写到的。

　　今天一位在外经商的小伙伴"老界子"回到家乡时，又提起这句话。他说："几十年前听到这句话如刺梗喉难以下咽，心里一直责骂着那位就读于一中的村里大哥，怎么能这样损自己的家乡，真想痛打他一顿方能解气。"

　　"老界子"是我们小伙伴给他取的绰号，因为他出生在闽北，7岁左右才回村里，虽能说家乡话，但总夹杂着闽北腔，我们就称他

"老界子"。我两次陪他回村，第一次大约是 2005 年，那时我们已经分别了几十年。太久的分别，再好的伙伴也见得生疏，好在踏进乡村，彼此脚步都有了童年的足音，就在这块熟悉又陌生的土地上有了许多共鸣。他的脚步在回忆，我的脚步在回应，窸窸窣窣中走回了过往。寨子的确有许多酸涩的岁月，就像那些没长熟的杨梅一般，咬一口，酸得流泪。

他指着一幢老屋说：该记得吧，这户人家的一位叔，就因为与人赌吃，一口气吃下了二十几块礼饼，后来村里人用担架把他抬到县医院。又指着那家，这户人家三口人，村里人称标准的单、丁、哥父子三人，且个个好赌。又指着那户人家，这可是当年号称"洋头寨"有名的"第三支手"，一直是公安局重点的抓捕对象……一路指这指那，且每一个记忆全是寨子陈年烂事。我也有些不爽，你一边骂着那位说"十户人家九户败"的大哥，而自己拾掇的也全是这些羞于启齿之事，是不是也欠揍了。

村子不大，从寨顶到寨下，再从寨下走村水尾的那排被称为"恩树"的风水林，我们就在这树跟前伫立，目光随粗壮的树干一枝枝一级级向上攀登，两人都仰着脖子一同在寻找着当年爬树的身影。"呵呵"彼此发出同样的轻笑，可彼此的笑意并不相同。他说："当年你是孩子王，我一直不敢爬得比你高。"而我说："童年的记忆如同这树的针叶，年年随春去秋来，满地针叶。"他向我伸了个拇指，算是给我点赞，而自言自语："树长着年轮，长着记忆，过往的只能走心与落地。"随即还诵咏起"俱往矣，数风流人物，还看今朝"。

我哈哈大笑，笑他太夸张了，生活在一个小寨子的人哪能称得上人物，就在我们的笑声中，曾经的玩伴相继赶来，叽叽喳喳一阵寒暄。他一个个呼过小名："小精灵""大汉""鸭子精"……见到这些伙伴，仿佛见到寨子中的好汉帮，他便朝着我嚷："你看看，怎么不算人物，这些当年的小喽啰都当上了村干部，在寨子可也是能呼风唤雨，能不算人物吗？"彼此递过香烟，就在大树下边抽边聊，带着烟草味的话语，仿佛平添了几分亲近，彼此交流的通道如同烟雾升腾，无拘无束。

树挺立占据了偌大空间，在树跟前留下一块荫凉，年少时这块地是我们的乐园。"老界子"突然笑骂："'小精灵'你还记得吗？一次玩游戏你使坏，我输了被你们罚吃一捧绿莹莹酸溜溜的杨梅，让我傍晚回家牙软得吃不了饭，想起来还想揍你。""哈哈哈，那是你说我们不公，你吃得少，我也是为你吃得多点。现在你当老板了，心里全是甜味，而我们想着寨子，心里满满的还是那种酸溜溜的杨梅味。"

这些年来，甘溪流域的几个村都变了，唯有溪流之源头的洋头寨还是老样子，看看别人，想想自己，心里确实不是滋味。我何尝不是这样，且体会比起他们更加深切，其他几个村的文事活动我常参与，有时还唱主角，说着甘氏家族创业史，说着甘氏名人甘国宝的光辉史，说来说去，总说不到自己的家乡洋头寨。若论地理条件同处于文笔峰下，同饮甘溪一脉之流；若论基因都是甘氏血统；若论历史不是一样长短吗？烟雾在树下升腾，话题依旧酸涩，你一言，我一话，大家说个不停。

"老界子"一声长叹，"打铁还需自身硬"。对，说的对，就是自身不硬，寨子人口少，能人少，再添清朝时的一场大火，把一个荣华之寨化为灰烬，上辈人留给子孙的仅仅是一座破旧的小祠堂和这一片风水林。没有廊桥，没有亭台，没有一鉴小湖。就连两口水井也只是在山边挖个穴，从溪涧边捡些乱石围砌而成，几根毛竹打通关节引水注入，一个有点说头的寨门还比不上寻常人家的大门高大，再说进村的一条公路只是一条又弯又小的黄土路，这样的村子怎么能引起人们的关注。

俗话说："锦上添花的事人爱做，雪中送炭的活儿大家都不喜欢干。"人家担心杯水车薪难解积贫积弱之境，一筐炭火暖不了一个寨子，只有寨子也能发出火来，添薪加油才能如火如荼，才能赢得八方支持，才有众人拾柴火焰高的热火朝天。

对，对！"打铁还需自身硬，矢远全凭弓有力。"我们先从修路开始，铺造两公里水泥路，再修宗祠聚集人心。"老界子"你这大老板要放点血，为乡村助力。"小精灵"接过话题。

"出点力，没问题，不要再戏我，再让我吃那绿莹莹酸溜溜杨梅了。"

一次树跟头的聊天，一次无领导的会议，便达成了共识，让我做两件事，一件是回村开个动员会，毕竟是当年的孩子王，又是在机关上班的干部，说起话来，村里人更容易接受；另一件事是与所有在外乡贤联络一遍，说说乡村要摆脱贫困之境的思路，让他们群策群力。我也不好再推脱，就应允了这两件事。

我们一起罗列了在外工作与当小老板的乡亲也就十来人，且都无官无大老板，看着纸上的十几号名字，十几个电话号码，感觉无从开始。拎起这张纸抖了又抖，轻飘飘，心中空荡荡，这张小纸片像一枚风筝在心空飘来飞去。一周后村干部打来电话催问何时回村。我做了充分准备，就在一个周末与在县城工作的乡亲一起回村去召开这场动员会。

看看会场，虽说座无虚席，但仅仅 30 多人。我见过这一张张晒足阳光透着酱紫色的脸，握过一双双粗糙有力的大手，传递给我的是一股股力量。我振振有词，从寨子地理区位、村情、优劣势、产业发展等，理出一条思路，足足说了半个钟头。

我曾听说过世上最难的事有两件，一件是把自己的想法植入别人的头脑，另一件事是从别人的口袋里把钱掏出来。可那天晚上来的人都听得格外认真，看着他们时不时点头微笑，有的还喊出我的小名说"阿懵球说得很在理"！

"小精灵"看时机成熟，列出的一串翔实的数字，他说："洋头寨行政村下辖左坪村、梨坪 2 个自然村，298 户，967 人。有山地面积 9186 亩，林地面积占 6933 亩，田地园地 2253 亩。现种植果园 1100 亩、蔬菜 400 亩、水稻 200 多亩。除 2 个自然村我们主村有 127 户人家，人口也有 468 人，若以修宗祠而论，从洋头寨迁往霞浦后人达 1 千多人，再添左坪自然村近两千人。若每人捐资 20 元算，我们也能捐到 4 万元左右，这样修宗祠就不怕没钱了，当然本村村民有钱出钱，没钱出力，何愁宗祠修不起来，同时我表态我们村干部全做义工。再说修路，公路全长也就 2 公里，我们已经跑了交通部门，他们表示可以给予大力支持，我们也只有捐些做些配套，这公路一通我们的水果、蔬菜运出不受损还能吸引商家进村收购，就能有更好的收入。"

那个被称为"大力士"的伙伴站了起来说："我有水蜜桃 200 多亩，蔬菜 50 多亩，每年运出费要耗 3000 多元，且因为路况不好，损失不少。我先捐 3000 元修路，再捐 1000 元修宗祠！"这一炮轰响，会场热闹起来了。我想起这位伙伴，他父亲是有名的石匠，当年生产队时，一担能挑 250 多斤，他比起父亲也不逊色。在村里算是一个说得起话的人。这一来，大家有了干劲，就在这场会后成立了 2 个小组，2 位村主干负责公路水泥路铺造，村老人会负责宗祠修复。并印发倡议书，同时每天红榜公布捐款情况，做到账务公开透明。寨子迈开了脱贫的第一步。也就是这一次那个"老界子"兄弟二人各捐了 5000 元，在上海、西安从业的乡亲也跟上了。

二

"老界子"在公路与宗祠修好后，也就是 2013 年，他回过村子一趟，那时正是桃花盛开时节，看村子四周果园桃花簇簇，李花丛丛，还见到一些郁郁葱葱的杨梅树。他说："原来洋头寨子也可以这么美！"可他走进村子，又是摇头又是感叹，"路好走了，山水美了，寨子依然破旧，痴呆儿个头越长越大，更让人难受。"此时"小精灵"已经当上村支部书记，"钵子"当上村民主任。我们一同走到的那片风水林"恩树"头，"钵子"说："叔咦，现在改变这一切的时期到了，县委组织部与环保局就是这扶贫攻坚的挂点单位，我们在他们的指导下，开展了全面摸底，全村扶贫对象有 11 户，根据这些对象研究对策，一户一策确保他们脱贫。同时县委组织部长还带了交通、水利、环保、民政、乡政府领导对寨子全面调研，也将有许多改造项目落地到寨子，一定会让寨子改变的。"

"'钵子'很实在，也很卖力，三五年后，你再回来一定会让你有惊喜。会让你吃到甜滋滋的杨梅，只是我被他拖得自己都不能出去挣钱了。"

寨子变了，我们脸上有光，会想回村，这就是你为我们赚到的。我们这一代人渐渐老了，争取像别的村古人一样给村留点东西，这是大赚啊！

"小精灵""钵子"你们说这些贫困户想如何帮扶他们？我感觉这些困难户大都是扶不上墙的泥巴。这 11 户就是 11 道难题，你这两个不会念书的人，能解这题吗？

我真没想到一个做生意的"老界子"会说这种话，我很认真地盯着他瞧。我说：你若肯出力帮扶一两户，大家齐心怎么会没办法？还有政府为大靠山。

"阿懵球，让我捐点钱可以，但钱给他们也一样坐吃山空，政府是靠山，总不能全让政府买单。"

"叔呀，我看这样，有两户人家，他女儿都大了，也都念了初中毕业，人也挺灵动，你不是办了印刷厂吗？你在厂里给安排个工作，这样这两户就一定脱贫了。"

"唉哟哟，'钵子'，你这当官当到家了，这个忙我能帮，等下你就把这两个小姑娘叫来我看看。"

"你父亲名字叫福星，看起来这'福星'到了你这一代才亮起来。"

"'小精灵'，你这阿祥子，看起来你当干部寨子才吉祥！"

"叔呀，这办法是挂村领导及那位说'洋头寨、洋头寨，十户人家九户败'的大哥等一起算出来的。他们这样启发我们，村里在外企业家、生产能人带动几户，实在没有生产能力的政府兜底，村里项目建设用工上扶持几户，还有一些是因病灾而贫的利用医保政策与小额信贷政策再帮扶几户，这11道难题就能解开了，所以我们就想到您了。"

"哈哈，我还以为就'小精灵'点子多，没想到你这从来独来独往不合群的'钵子'也这么能算。"

"取笑我了，我那时候不合群是因为我从小没娘，我要做许多家务。哪能跟你们比，整天瞎闹，乐翻天。我十几岁学着祖传编蓑衣，后自学打家具，十几岁就在城关闯生活，自然懂得谋生。告诉你，我们还决定修复洋尾垅旧水利，开辟文笔峰下一条3公里长的新水利。让两股清流浇灌寨子基本农田的同时，引水进村，就在这风水林边修个小鉴湖，让寨子也有湖光山色。"

"这要多少的人力财力？你们能做到吗？"

"能做到，这些全靠政府，水利部门全部立项了。还有我们决定重修古殿，再建石拱小桥通往小湖，桥上加亭，让寨子也有亭台小榭。当然修殿等只能自筹资金了。"

"小精灵"递给他烟时说："这下又得看你了'老界子'。"

"一定支持，只是我支持额度不敢超过'阿憿球'。"

"'老界子'，你是老板，我只是一个工薪阶层的人，就这样吧，你兄弟捐一万六，我吧，瘦猪也得拉点硬屎来。"

这是我们第二轮回寨子的一番经历。

三

一晃几年又过去了，每天我在正常的上下班中过去，偶尔想起寨子时打个电话，村里两位干部总报来一个个令人高兴的信息：

河道改造完成，如今村子美而干净起来；公路升级，弯道拓宽，进村公路道旁花圃，还建了公用厕所；村里旱厕全面改造，还建起了污水处理；旧村复垦，种上各种花、树，群花拥翠，寨子成了锦绣塔楼；两条水利修通，引水进村，风水林边的小鉴湖建成；旧学校改造，五保户入住其中；马氏天仙殿已修复等等，还说那些贫困户就这些工程实施中，在村里挣上了钱，有的也种了水果与蔬菜，一个劳动力不足的当上村环卫工，如今全脱贫了。两位村干部还被评为"最佳搭档"奖。

一次次电话，一条条微信，传来的是寨子的变迁，在浓浓的乡愁中绽放着暖心的康乃馨。

2019年端午节，我接到"小精灵"的电话，说是带了些杨梅给我偿个鲜，这可是脱贫户甘振兴种植的。我接到杨梅，满满一小筐，黑红的杨梅粒粒露着酸甜锋芒，刺激着满口生津，几片绿叶闲洒在其上，把新鲜衬得蝉鸣声声，我真想立即吞食。可"小精灵"说："你邀一下来'老界子'，让他六月回来过马仙信俗文化节。让他再看看村里，他所说的那位欠揍的哥还想在新修小舍里与他畅饮几杯。是不是也让他回来修个窝，偶尔回家住住。"我一个劲地点头，急着要回家品尝这新鲜的杨梅。我尝到了酸甜，满足了那份感觉，还增添了一种从未有过的幸福味，那是寨子的味道，摆脱贫困的寨子味。

电话通了，"老界子"并没有回来，我也因事出差，也没得回家过文化节，但就在文化节的第二天，我接到"老界子"电话，他说："看到寨子的变化了，在乡亲的朋友圈中看到了许多照片与小视频。真没想这些难题会在脱贫中解开了。更没想到寨子也有那么多人使用微信。"他居然转发了一组照片给我。我一张张地阅读，在那些光影中，读到扶贫政策的光芒，在整洁的村道、齐整河岸中读到了伙伴们的身影与力量，在朵朵绽放的鲜花中，读到了寨子新一代的笑容……

我给"老界子"回了微信。等杨梅成熟时，我再陪你回家尝尝寨子甜甜的杨梅吧！他在一连串的好中，又给了一个任务。他说你是读书人，给寨门口题个对联。我想了想，写上"苔花绽放衬牡丹富贵，寨子振兴应祖国繁荣"。横批"永世其昌"。

牵起"小手"的南洋客

◎ 莫 沽

故乡深藏在闽东大山中的一个山旮旯里，那里日足山明，百鸟争鸣，石奇水秀，鱼游鹭飞，风景十分优美。无奈山多田少，峰高水冷，土地贫瘠，做吃艰难，温饱问题难以解决，村民们空有一身力气却无处使用。

砍柴、下笋、捕田鼠、打山鸡、摘野果子……相对完整的自然生态链，伴随着孩子们度过山村快乐的童年时光，但饥饿却是免不了的。那个年代村里的孩子皆有三盼：一盼守岁过年，吃饱喝足穿新衣，还领一个大红包；二盼请柬临门，跟随大人去喝酒吃肉；三盼亲友光临，从中分享粉干炒蛋。所有客人之中，孩子们最盼望返乡探亲的南洋客，南洋客出手大方，除了带给家庭一些财物和生活用品外，还会给全村的孩子每人分发两颗甜甜的糖果。为此，只要一听说有南洋客回来，孩子们便相互邀约登门排队领取糖果去了。

我们的小山村为什么有那么多的南洋客呢？听奶奶说，清光绪二十六年（1900年），爱国华侨领袖、港主黄乃裳进村招工前往大洋彼岸的马来西亚垦荒。这对村民们而言，是一个跳出穷山沟的大好机会，村里许多汉子报名应招。那些被招去的汉子多数从未出过远门，要远涉重洋离开故土家园，所要面对的困难大家都心知肚明，但是要改变眼前的命运，只能铤而走险知难而上。他们个个赤手空拳，赶崎岖山路，冒雨前行；坐燃煤汽车，陡坡上不了，得互换角色改为人推车行；乘蒸汽机船，遇上狂风怒浪，船晃荡颠危欲散欲覆，整船的人命悬一线，却毫无抗争之法，唯有闭上双眼祈求上苍，安危听天由命。一路上，历经炎炎烈日，流行疾病，暴风骤雨，惊涛骇浪等灾害的袭击，饥、暑、病、险交加。年底，第一批劳工近百人在福州登上"丰美"号蒸汽船，经1个多月漫长的海上颠簸，一些人在途中流失了，余下的多次面临葬身于大海的危险，但他们个个都咬紧牙关，破釜沉舟，铁心与大自然拼搏抗争，终于冲破层层险阻；次年2月下旬，抵达马来西亚诗巫远郊的新珠山，一清点人数，少了10多人，余下的成为当地第一批闽籍移民。此后，又陆续招了两三批过去。在黄乃裳的带领下，他们聚居农垦，播种五谷蔬菜，开辟橡胶园，种植橡胶树。数年后，橡胶树长大，收入趋于稳定，这些新移民才有了立足之地，开始起厝安家，返乡带领家眷或亲人移居马来西亚，部分人分散于新加坡、印尼等国家，这些远在大洋南方一带的东南亚国家皆被称为南洋，从南洋回来的亲人即为南洋客。为此，故乡虽仅一弹丸之地，却为闽地重点侨村，几乎每年都有南洋客回乡探亲祭祖。

从民国至新中国成立期间，我们的祖国经历了民主革命的社会动荡，抗日战争保卫战的惨烈战火以及为人民当家做主民族解放战争的弥漫硝烟，人口剧降，社会经济停滞不前，甚至倒退。而南洋客有了自己肥沃的土地，播五谷解决温饱，种橡胶树积累财富，虽然过的还是面朝黄土背朝天的日子，但日子却一日日好起来了。手有余粮的南洋客心系家乡，常给苦苦争扎在温饱线下的亲人们寄些财物做生活补给。为此，在改革开放前，南洋客就是村民们的财神爷，哪家拥有南洋客，哪家遭受的饥饿就相对少些。

一次，岗头公的哥哥凯公从南洋回来，孩子们闻讯顶着寒风跑到村口的老树下等了两三个时辰，好容易等到客人了进村，却因害羞而"哄——"的一声散去了。待凯公和他的家人往前走了一段路后，才又远远地跟随着，兴高采烈地议论着，直到跟进了他的家门。孩子们除了各领到2颗糖果外，还领到一块比白米糕还白的"糕"，凯公告诫说："不能吃，只作玩具玩。"我小心翼翼地将"糕"掖入怀里带回家交给奶奶，老人家捧在手里左瞧右看又揉又捏地摆弄了一番，也没能看出个所以然，末了，说："可以用来插针。"说罢找来一根缝衣针试插了两针，果然顺手，奶奶随即用针在一个角上穿上一根线，挂在衣橱边上，给针安个家，使用时不用寻找，十分方便。常言道："姜还是老的辣。"老人家的一举一动让我佩服得五体投地。

　　年底，父亲从临县回家过年，认得此物，说是泡沫板，是用来包装收音机的。我问父亲收音机拿来干啥用？有没有糖果甜？父亲说是一台专门用于收音的微型机器，关于如何收音还耐心地解释了半天，见我还是一头雾水，就抚摸着我的头说，等你上学读书了就知道啦！我哪里肯罢休，跳嚷着要去看个明白，他就带我到岗头公家，这才"明白"收音机原来是用来"听"的，而不是用来"收"的，只要按一下开关，转一下旋钮就能听到里面的小人唱歌、讲故事或播新闻呢。听父亲说我将脖子伸到收音机后面看了又看，看到了什么？这是可想而知的；听到了什么？忘了，只记得里面传出来阿姨的声音比妈妈的还甜。

　　记忆中，我家也来过一位南洋客。

　　一天傍晚，我与姐姐一起去拔兔草回家，走到下廊，看到厅堂上端坐着一位大汉在洗脚，大大的洗脚桶热气升腾。我俩见是一位陌生人，愣住了，吓得不敢上前。奶奶闻得动静走出厨房，微笑着介绍说是她的弟弟，刚从南洋回来，我俩得叫舅公。记得奶奶还招呼我俩上前问好舅公，我俩吓得大气都不敢出，糖果也不敢领，顺手扔下一篮子兔草，一转身就溜出了家门，身后传来舅公哈哈哈的笑声。那时的孩子都害怕陌生人，不像现在的孩子胆大。直到过了晚饭时间，我俩还不敢回家，母亲只好出门寻找着了带回家呢。

舅公带回几箱的礼物，如金项链、金戒指、手表、收音机、布料等，在下火车时就差不多都赠送给前往接站的众亲友了，等他回到老家小住几天，再到邻村来看望我奶奶时，已经没什么像样的礼物了。舅公只带来2件衣服布料、8个面粉袋和2条打过补丁的马裤。记得那马裤有2条细细的黑色背带，十分稀奇，大人们都非常高兴满足，奶奶将礼物分成两份，伯伯与我家各一份，母亲将分到的4个面粉袋缝成一床小被里，直到我上初中时还在用呢！夜晚，我失望地问母亲，舅公怎么没有送我们家收音机？立即挨了一顿训。在那物资匮乏的年代，舅公的礼物无疑是雪中送炭，怎么还不知足呢？

春风有情，春雨润物，改革开放的春风将我们那个藏在山旮旯中的小山村都吹醒了。村里开始实行专业承包联产责任制，村民们的劳动干劲足，粮食大幅度增收，不用说温饱问题，几乎家家户户都有余粮呢！南洋客不再向亲友们赠送礼物，逐步将资金用于办学、造桥、铺路和修建村中公共建筑等公益事业。许多南洋客的名字也因此被村民们刻入石碑、载入村志或写进家谱，作为永久的纪念，让后人铭记那些漂泊异国他乡，却心怀故土，为新中国成立初期家乡发展做出巨大贡献的海外侨胞。

进入新世纪后，我们村在乡派来的科技人员的指导下种植反季节蔬菜，效益好，许多家庭都摆脱了贫困。南洋客开始与家乡人民一起合作投资创业，携手同走致富路。还有一些生活在贫困线下的村民，政府采取"结对子""大手拉小手"等方式实施精准扶贫，许多南洋客加入"大手"的行列，助推"决战决胜脱贫攻坚"工作。确保如期完成脱贫攻坚目标任务。转眼间，一年又要过去了。我带上妻儿回到故乡走走看看，沿途看到的村庄有种食用菌的，有栽培反季节蔬菜的，有制作高山茶叶的，也有酿造红曲黄酒的……村民们只要点拨一下手机或电脑鼠标，就能将蔬菜卖到山外的大世界呢。其中，有好多果园或企业都是"大手"南洋客，牵手"小手"贫困户创办的呢。经过一年多来的奋战，全村贫困户脱贫率百分之百。

常言冬日萧疏，但乡村的冬阳却特别温暖。一路走下来，视野里的故乡尽是一幅幅美丽如画的镜头。我突然明白，众多南洋客从馈赠，到扶持，再到携手创业共同致富，其实就是祖国巨变的一个缩影。而南洋客参与"决战决胜脱贫攻坚"工作，则是对帮助故土人民脱贫致富的一份神圣的使命感。

随着"一带一路"伟大战略的进一步推进，家乡的新面貌与无数深藏在山旮旯中的小山村一样，恰是我们祖国壮丽山河的另一道风景线，正成为一扇向大洋彼岸、"一带一路"沿途国家，甚至全世界敞开的亮丽窗口。

苏家山的蜕变

◎ 李典义

苏家山位于周宁县七步镇东部8公里处，与福安石尖交界，坐落于崇山峻岭之中。这里群山环抱，地势陡峭，因此在民国那个特殊的年代才有着至关重要的战略位置。往东至福安，往西至象运，往北至梧柏洋、周墩，往南只有一条路通牛岭，往东、南、西、北皆可与其他革命根据地相互接应。可谓"进可攻，退可守"，是当时周墩革命活动的村庄之一，也是闽东三年游击战争期间叶飞、阮英平等闽东党的主要领导人经常活动的地方。

这里地处偏僻，交通不便，经济发展长期受到严重制约，村里的农特产品运不出去，外面的信息和商品也送不进来，村集体收入为零甚至为负数。村民住的是土坯房，生活非常艰苦，因此村中青壮年大多外出谋生，村庄变成了一个只剩老弱妇孺的寂寥山村。弯曲的村巷，充满着青草和泥土的气息，斑驳的土墙只留下当年枪林弹雨的痕迹。

改革开放后，特别是宁德撤地设市以来，党的好政策给苏家山插上了腾飞的翅膀，苏家山迎来了前所未有的发展机遇。

时值五一，从周宁县城驱车不到半个小时，就来到被誉为云端休闲乐园的网红明星村——苏家山，只见玻璃栈道上已是游人如织，蹦极、喊泉、滑索、卡丁车等游乐项目中，欢声笑语不绝于耳。伴着夏日凉风，沐浴着"九凤山"茗茶的清香，踏上高空玻璃眺台，放眼望去，蓝天白云映照着连绵青山，好一幅动人心魄的云山绝境。脚下是万丈深渊，树木款款，木叶生韵，飘逸的云朵透过玻璃栈道显得更加清新透亮，变幻莫测。雅致的山光水色，足以让人赏心悦目，不禁赋诗一首：飞梁架绝岭，栈道耸危崖。放眼新天地，方知景致奇。栈道总投资1600万元，总长176米，最高落差500米。

　　苏家山确实变了。20年前的苏家山，除了山还是山，村民种的是土豆，吃的是土豆。现在的苏家山已经初步形成"公司+合作社+基地+农户"的生态种养经营模式，有了茶厂、养殖场、矿泉水厂，生态旅游基地已初具规模。

　　关于苏家山的破茧成蝶不得不提到一个人，他就是苏家山村党支部书记——苏文达。几年前，他得知家乡迎来了发展机遇，就放弃在上海的产业，返乡投资开发休闲游项目并吸引一批经济能人加盟。他带领全体村民修通了总投资1300万元、总长4.6公里的进村公路，改变了当年一下雨就是坑坑洼洼的"水泥路"。这是一条省道标准的农村"四好公路"，为苏家山村发展旅游奠定了良好基础。此后，苏文达成立了苏氏农业发展有限公司，结合自然环境和乡村人文特点，努力打造一个让游客值得来、留得住、玩得尽兴的个性乡村游目的地。发挥生态优势，致力农旅结合、茶旅结合，先后投资1.1亿元，培育茶旅观光基地，完善食、宿休闲设施，建成高空玻璃栈道、空中滑索、飞碟登月、高空蹦极、越野卡丁车等多元化拓展参与性强的休闲运动项目。与此同时，公司还发挥企业的辐射带动效应，推进美丽乡村建设，吸引更多村民参与到乡村游产业链中。今年以来，虽受疫情影响，自驾游的游客还是络绎不绝。

今天的苏家山村已华丽蜕变，只见村道宽阔平坦，每条巷子都铺上了地砖，小洋楼整齐林立，荷花池、栈道点缀其间，村中央一株1267年的红豆杉傲然挺立，像一面红旗彰显着村庄的红色历史。村便民服务中心的前方有一口硕大的水池，一群群锦鲤在碧波中畅快地游来游去，为大山深处的山村平添了几许生机与活力。环村公路就像一条精致的腰带缠绕着苏家山，显得更加现代与奢华。丛林穿越体验区，不时有三五成群的孩子嬉闹玩乐，欢笑声、惊呼声此起彼伏，处处洋溢着无限欢乐。

个性休闲游使苏家山成了周宁全域旅游的"网红"打卡点。据统计，2019年，全村接待游客超过50万人次。人气的日渐增加促进了乡村消费，村民也有了稳定创收。不便外出的村民都聚集到休闲农业基地服务中心旁的小吃广场里，经营起了各种特色美食：红薯粉条、泥鳅面、烧烤、手抓饼、土豆丝等，这里俨然成了地道的美食天地。

苏家山在养殖产业方面更具多样性。这些年，在当地政府和乡亲们的支持下，乡民们先后注册了苏氏养殖有限公司、溢民农业专业合作社，由单纯的传统农业生产发展成为"种、养、加、游"（即有机茶业种植开发、特种养殖、食品加工、自驾游）为一体的生态立体农业产业。乡民们搞起了养殖场，养土猪、豪猪等多种市场需求大、经济价值高的养殖品种。至2020年特种养殖基地年产生猪1500多头，存栏豪猪400多头。

现已开发有机茶园500亩，注册了茶叶商标"九凤山"，建成了2000平方米无尘化、清洁化、标准化的厂房，所生产茶叶已通过国内有机认证，正在申请欧盟有机认证。

2016年，村里引进"竹之海"公司投资800多万元开发竹子水生产线并投入生产，现已建成占地2000平方米的厂房和办公、宿舍楼，年可生产竹沥水近4万吨。

苏家山的产业变了，不少村民的身份也变了。村里通过资金、土地流转等方式入股项目，吸收劳动力在基地上班等途径，吸引在外地务工的劳动力返乡，村民变老板、农民变上班族。全村有 20 户村民以土地流转、40 户村民以现金等方式入股公司或游乐项目，目前已有 50 人在村里的公司上班，其中残疾人 11 人，13 户困难家庭全部脱贫。苏家山人的腰包也逐渐鼓了起来，有机茶园每年可带动茶农增收近 30 余万元；竹沥水加工厂，每年可为竹农增收 50 多万元。

　　和风送进乡间道，再上农家一层楼。在全体村民的共同努力下，2019 年，苏家山成功获评"国家 AAA 级旅游景区"。这里越变越热闹，村民的生活越来越富足，幸福指数也越来越高，苏家山村从穷乡僻壤到现在游客慕名而来，经济效益和社会效益都得到了显著提高。我们坚信：在落实乡村振兴战略与深化脱贫攻坚中，苏家山的明天一定会越来越好。

高山明珠

——周宁县象运村随笔

◎ 萧　珊

　　第一次听到这个名字还是在很小的时候，心里想，这个"上段"（音译）究竟在什么地方呢？为什么有一个如此铿锵的名字。

　　直到 2018 年的冬天，县里组织了一次重走红军路——象运行，才真正知道象运村就是妈妈所说的"上段"。

　　一行人先到黄县下车，周宁坊间说法，说黄县是周宁最牛气的村庄，一县一人一房，据说这里曾住过建文帝，黄县意为"皇殿"，在革命战争时期，这里是红军当年重要的交通站，在八十年前那段不寻常的岁月里，当地人为红军做过许多贡献。当时，红军走后，所有的房子都被焚毁了，现在的房子还是新中国成立后重建的，这里住着的蓝传灼先生是个有血性的人，拒绝国家的补助，他直接喊出掷地有声的口号："你要钱，他要钱，政府哪有许多钱。"

　　沿着闽东水电站的公路，我们来到岩崩岭脚下，岩崩岭名副其实，其巨岩如削，直插云霄，在底下抬头望去，云里面的巨石仿佛在俯瞰着你，直视惊心，我的担心是，万一这巨岩哪一天来个翻脸不认人，从山上一跃而下，究竟要掩埋多少生物啊，当然，我的想法是多余的。这里地势险要，山路崎岖，林蔽石路，它曾是象运通往福安的交通要道，八闽三十六寨之一，从山下通往山顶，有三十六道弯，两千多级台阶。

1950年，曾有寿宁籍的土匪在此据天险，盘山洞，负隅顽抗，后被县武装大队率部击毙六人，投降三人，俘虏一人，我军战士张裕应牺牲。

不到两米宽的古石道弯着绕着在枫林中穿梭，石道上洒满了早落的戟型枫叶，石缝中不时见到麦冬、兰花、车前草。有人嚷嚷着，要把这些大山的宠儿，纯天然的良药移植到自己家中，我笑着说，还是让它们生活在这片山林里吧，在林子里，它们活得自在。岩崩岭的古枫丛有几百年的历史，枫树在树林与竹林之间穿插而生，红的枫叶，绿的松，青的竹子，黄的山茅披满山腰，仿佛是一大块水彩画。

伤后久不运动，一路行走，只盼快点到达山顶，快点进村休息。当行至一个山坳处的岔口时，我以为可以走下山路了，同行的人却说，不行，不能从此岔口下山，要爬到山顶，无限风光在山顶。于是，几个人又继续往上爬，通往山顶的路看得出来是人工整理出来的，还没有砌上石阶，我几次差点滑倒，全蒙同行的朋友一路关照。

到达山顶，真的可以一览众山小，峰顶以东是福安地界，以西是周宁地界，视野开阔，两地风光，尽收眼底。

临近中午，人们就不在山顶逗留了。快接近象运村时，由于新修的道路还不能行走，路两旁淤泥堆积，泥泞不堪，同行的周老师见我举步难下，望路兴叹，便带领我从右面山的竹林绕行至村后，在村后的林子里另寻山路下山进村，竹林里杂草丛生，但老路径依稀可辨，一路跋涉，幸亏周老师带了解暑的"臭籽茶"，当快到达村里的时候我往前一看，顿时觉得眼前豁然开朗，好一片开阔的高山平原啊！只见村前梯田层递，村里绿树环绕，老房子上的青砖黛瓦在碧水蓝天的掩映下，整个村庄仿若浑然天成的高山明珠。真是行至山远处，便是两番地。

这个象运的先祖有着聪慧的眼力，长远的心思，才能择此地而居啊！

村中竖立的碑志上生动地描绘了象运村的形胜："群山苍莽，九龙西来裂壑以潜，迤逦数里，双涧交汇，一山峙立镇守关隘，兀起百尺，鬼斧峭壁，神工危崖，而屹上叠嶂，南来诸峰聚首于此，连峰以为帷帐，三面临空，左列碧潭储翰墨，右出悬空枕椽笔，坐视万山俯首，屹上旷阔，翠羽翻飞，蹄足跳踉，低岗浅谷，栖居胜处。"

中国传统的村落普遍遵循"枕山面水"的格局，理想的选择是依山傍水，然而象运村地处峰峦山巅，没有溪河，村落里的饮用水和灌溉用水全靠山上渗透的泉水。世人多对村名"象运"感到新奇。此村名，据说是七百余年前的象运先祖，因遭谗避害远适林泉隐居，迁入象运时，见高山上有平地，平地上又有高山，山林广阔，物产丰富，背后的笔架山缓至呑处，向北亘一横峰，如横龙出世决定在此兴居，建房横峰上，因所放之牛尽宿与此间，有牸牛生两子，其型似象，故取名象运。

"山中岁月，日出而作，日落而息，上天眷顾，万物欣荣，无饥馑冻馁，村民之间，不疏友间亲，乐此桃源，从容淡定。"

象运由于其特殊的地理位置，曾是周宁与福安的地理要道，四通八达的山路通往苏家山、桐岔、梨坪、黄县、文谭村诸村，又曾是革命老区，村中现有多处文化古迹，有原建于清初的许氏祠堂，有象运堂、八字庵，还有回龙宫。

今年元月初再去一趟象运，发觉象运这两年来，变化可真大。村的四周种了很多三角梅、蔷薇花、月季，让整个村庄环绕在花香中，菜地外围围上竹篱笆，使村庄有了花园的味道，村庄也比以前干净了许多，增加了新的设施。

象运村曾是"双薄弱"村（经济基础相对薄弱、党建基础相对薄弱），而且基础设施建设滞后，村内水、电、路、网、线（有线电视）、灯等基础设施基本建设严重滞后；还有乡村治理矛盾凸显，宗祠、干群、群众之间积怨较深，引发群众时常性上访，成为远近闻名的上访村。

驻村两年多来，张伟义一书带领村两委干部打开局面，解决难题，从建强组织、改善民生、提升产业着手，啃下脱贫这块"硬骨头"。目前村里的贫困户已全部实现脱贫、贫困村成功摘帽，并于2020年3月份通过省扶贫开发领导小组的第三方评估验收。

全力补齐村庄基础设施短板。驻村以来，张伟义共向上级有关部门争取支持资金七百多万元，帮助村里发展村庄公路、河道工程、饮水照明、幸福院等二十多项民生基础设施建设项目；实施了"美丽乡村"建设项目，提升村庄人居环境，使村容村貌焕然一新。

组织新建村便民服务中心、村诊所、光纤网络进村等民生事业项目，帮助群众解决日常生活之困；通过建设幸福院、落实帮扶挤困行动，争取省联社等上级扶困资金二十多万元，慰问特困群众五十六人、帮扶贫困学生十五人，保障特困人群及贫困学子。

制定了《党务村务公开制度》等多项党务村务制度，并对村两委"四议两公开"议事程序等进行了规范，干群关系得到恢复，群众对支部和党员的信任度大大提升。

推进美丽乡村建设。争取省级"美丽乡村"建设项目，组织开展村内"三清三拆"、改水改厕及农房的人居环境整治，村庄变得干净整洁。

张伟义对村里几个有爱上访的住户极其耐心，经常到他们家里走走，通过上门座谈等方式，从源头上预防和化解矛盾纠纷，尽量做到"小事不出村、矛盾不上交"，确保村庄和谐稳定。他还利用春节期间，开展了一系列迎春文体活动并举办"振兴乡村 传承文明"为主题的首届春节晚会会演，丰富群众节日文化生活，推动村庄移风易俗、树立乡风文明。

目前张伟义正在村里大力抓文化，为提升村庄发展软实力、打造象运村村史馆、并利用村庄古道及红色革命文化底蕴、打造老区红色徒步线路积极做铺垫工作。他的设想是能于年内修复村内原红军被服厂等红色革命旧址，打造红色教育基地。

如今，这个高山上的明珠正等着人去发现，去惊叹，去赞扬。

古中原地带，有民族骑马背而居，依山而眠，也有先民恃象而行。持山之恒久，象者，大运也，在此祥地，幸福绵延，万年不衰，此地便是乐地，福地。

西坪人家

◎ 诚　鹏

　　未去西坪之前，一位年轻的女作家通过微信告诉我，说这个村庄隶属柘荣县的宅中乡。宅中，是她参加工作的第一站，一待就待了 3 年半。她的回复让我怦然心动："西坪是个很美的地方，以前常出美女。"她怀旧地感慨：以前在乡里当团委书记的时候，带团员去西坪搞活动。雨后，水面缭绕着一层雾气，姑娘们从水边踏过，就像是从历史走出来的。

　　有了这些诗意的语言铺垫，我对西坪也就多了些诗意的想象。

　　我们是在中午时分从宅中前往西坪的。烈日炎炎，山路弯弯，车一路下滑到一处看得见西坪的地方。给我们当向导的乡党委副书记赵冬银说，请大家下车，随我看一座寺庙。路旁这座修建中的寺庙，叫普觉禅寺。始建于明洪武三年（1370 年），重建于明永乐十八年（1421 年），修建于民国 31 年（1942 年）。这座名不见经传的寺庙命运多蹇，六百年间数度遇火。最近的一次火灾发生在壬辰年元宵节，一把火将本已风雨飘摇的寺庙烧了个精光。八年来，因住持孜孜不倦地筹措和信众涓涓流水地捐赠，寺庙的主体算是搭盖起来了。

这寺的基地倒是块好地，依山傍水，山有象貌，水有龟相。赵副书记对我说，这地最早是你家祖先的。我吃了一惊，我家祖先怎么会无缘无故跑到这远山远水的地方？他说和你开个玩笑。但这片土地最早的主人姓缪，和你是本家，是他们将山地水田无偿捐给寺庙，才有如今的地盘。只是这寺难成大器，若不是明朝万历进士、湖广布政司参政、柘荣人游朴题写的牌匾，真还没什么有影响力的高人盛事甚至逸闻趣事，以至一场浩劫的火灾也没有闹出多大的动静。

普觉禅寺的兴衰与凉热，表现的是坚守的精神与修为。游朴题的"深山佳处"四个字，说是山水，也说人事。对我而言，却多了本家的缘分，使我对西坪突然有了"自家地盘自家人"的感觉。

一条溪水将西坪主村隔在对岸。环顾四周，两岸群山相围，彼此谦让，却让出了一条波浪宽的大溪，也让出了一片稻花香的平地。这溪就是"水面上缭绕着一层雾气，姑娘们从水边踏过"的那条溪。不是丰水期的时候，溪滩裸露出许多卵石，岸边的蒹葭在微风中轻轻摇晃。一条几乎贴着水面的简易桥沟通着两岸。桥旁有磴步，它尽管在溪水长年冲刷下失去棱角，但流传了几百年的故事却深嵌其中，这故事又与游朴挂上钩。他勤学廉政的品德和故事，在柘荣城乡是家喻户晓、妇孺皆知。当年游朴曾隐于西坪寒窗苦读，然后怀着理想走出大山，在三月的春闱大考中荣登进士榜，由此步入仕途。他的"三主法司，无一冤狱"让世人也让后人肃然起敬。这条磴步就是游朴感念当地百姓出行艰难而捐建的。而旁边那条简易桥，则是上世纪末在省、市领导关心下修建的，并取了个颇有时代感的桥名：康裕桥，康即小康，裕则富裕。

坪，泛指山区和丘陵地区局部的平地。在汉代许慎的《说文解字》一书中，诠释为地平也。从字面看，也传递着同样的信息，左边土旁，右边平字，而取名西坪也应该有这样的表述吧。至于西，指的是方位。在山区有一块平地，就意味着有一个聚宝盆，无论是耕作还是盖房，无论是买卖还是交通，平地带来的便利显而易见。由此，也可以说明西坪当年之繁华的地利因素。

平畴的地貌足以让人的视野无遮无拦地闯入。我们在此岸观望一阵后，穿桥过溪进入村庄。这又让我想到那位女作家的话：西坪从前很繁华，街道古老，石板路挺有味道的。于是我把关注点聚焦古街。街不长，也就百来米，街边十多栋的老厝也显得特别苍老，就像坐在门前的那群老人，目光呆滞，表情单一。其实这才是一个村庄在沉寂时最真实的表情，他们在垂暮之年是很难有波澜起伏的情绪。来自市直国企的驻村第一书记杨振城告诉我们，西坪行政村下辖五个自然村，三百户千余人。如今主村常住人口仅一百六十多人，多是中老年人。青壮年外出或务工或就业或求学，他们带走了女人，带走了孩子，也带走了村庄的人气。但村庄自有村庄的坚守，村民也自有村民的活法。在古街，我们看到一位老者正专心致志地干活。面对众人的围观，他也只是微微点个头就继续忙碌着。他是个木匠，制作的是饭甑。从他从容的表情与娴熟的手艺来看，他可谓西坪人家的代表，自食其力，自得其乐。村庄位于霞浦、福安和柘荣三县交界处，先民在不断的迁徙中落户于此，也养成了荣辱不惊、聚散不言、悲欢不见的处世模式。

来往的人多了，进出的货多了，以至西坪后来成为商品集散地和商旅栖息处。商铺、客栈、集市……应有尽有。赶考的举子、买卖的商人、风情的女子、壮实的男儿，犹如东溪和西溪在西坪交集。石板路在夜晚间泛着柔柔的月光，古民居在寒雨里飘着浓浓的酒香。星移斗转，烟消云散，日往月来，物是人非。曾经的繁华，如今成为茶余饭后的往事。

我们走进一栋保存尚好的老宅。在二楼，看见一件像木凳的器具，长约三米，宽三十厘米，红楮木所制，一头多孔，一头大凹。赵副书记告诉我们，这器具是切烟丝与打草鞋用的。多孔的一端切烟丝，大凹的一端打草鞋。他还亮出一个独特的推论，大凡有驿站的地方，烟丝与草鞋是捆绑经营的，这店就叫烟草店。在此且不说推论如何，但这器具我是第一次见。乡村的智慧，往往彰显于鲜为人知之处。

我们走的另外一户人家，在过去也算是个大户人家，百余年前曾拥有一个油坊，位于溪边。用于榨油的水渠达两百五十米，水流推动着榨油机的六个石轮。据说油坊年产油五十吨。一吨两千斤，五十吨就是十万斤，这个数字，莫说乡村油坊，就在县城油坊也难以比肩。由此可见，仅一座油坊就足以证明西坪当年之繁盛。我们顺着油坊的旧址走到了溪边。从里有两条溪，分别是东溪和西溪，两溪在村口的康裕桥上端汇合，有了一个新的名字——西坪溪，并由此流向下游的茜洋溪。

我们由下至上、再由上至下围着村庄缓缓转了一圈，到处是一种悠然自得、慢条斯理的乡村状态。一路上。我向乡领导询问了有关西坪的情况。他们说，西坪肇基于明洪武年间，为避战乱，先是缪姓人家迁徙至此，定居西坪茶园岗，成为这里的第一支居民。明永乐年间，又有陈、吴、林、叶、袁、杨、邱等人家陆续加入，彼此间亲仁善邻，齐心协力，筑家园、开荒地，修官道、建驿站……人口和姓氏不断增加，宽容的西坪遂有了"百姓村"之称。我问，如今缪姓人家还有多少？他们顾左右而言他。我理解他们的回复，那就顺着他们的话题聊西坪。村庄以农林为主，近年来，除了农业这个根本，村民还大力发展种植太子参、茶叶等。2019 年，人均收入接近一万五千元。

这个收入数字令我赞叹，西坪不仅脱贫，简直就是往小康路上奔了。乡领导告诉我，西坪村整体脱贫是在宁德市委挂钩领导的指导帮助下进行的。2017 年，西坪村被列为市级扶贫开发重点村，在市委领导、市县帮扶部门及宅中乡的帮扶下，通过近三年的持续发力，西坪村得到了快速的改善和发展。村容村貌焕然一新，基础设施逐步完善，村财收入稳步增长，村民钱包明显鼓胀，尤其是十三户贫困户全部实现了脱贫。物质层面的发展推动了精神层面的提升，西坪村以其悠久的历史、传统的文化与优美的风光，先后被评为福建省美丽乡村、福建省传统村落和宁德市历史文化名村。如今，他们启动了西坪古村历史文化内涵的挖掘，两溪自然风光资源的打造，明确了乡村休闲文化旅游+传统特色农业的茶叶发展方向。富含锌硒的西坪土壤给稻谷、豆类、蔬果添加了有益于人体健康的元素，山中有小茎竹笋、热带水果，溪里有大官鱼、白甲鱼，还有古官道、蝴蝶谷以及南风宫状元文化传说等，让越来越多的人对西坪的未来充满期待。

但我还是有一点点的困扰，在西坪，既没有看到美女，也没有遇见缪姓人家。年轻的乡长叶建国看出我的困惑，机智地补救说，你说的那个女作家曾经是他的同事，美女一枚吧；他的前任中还有一位美女乡长，而且和我是本家，也姓缪。

我大笑三声。

叶乡长说的这两位美女，我都因文学而结缘，年轻的女作家自不用说；我那位本家乡长也是个文学作者，当过县作家协会的秘书长。她因工作干得出色，不及不惑之年就提拔为副县长。

当年普觉禅寺择地选址时，看中了这地貌的龟象造化。龟，象征长寿；象，代表健壮。这是人类从古至今的生存期盼，也是人们钟爱二物的精神寄托。西坪地界的普觉禅寺如此，普觉禅寺旁的西坪村亦如此。

回望飞鸿鸣远天

◎ 吴　江

或许，你有点奇怪，是不是灵光一闪，起了个这么诗意的题目。或许，有一个故事，与之关联。暂且，我把这两个疑问搁置，让题目与西坪的风物，交织缠绕，渐渐铺展，必有答案。

此次，到柘荣宅中乡西坪村进行文艺采风，是由市委统战部和市文联联合发起的。不论是探究西坪村的历史，还是总结当下的扶贫成果，都让我们感到收获满满，不虚此行。

透过六百多年前的历史云烟，缪氏先民，踏着荒山野岭之小径，抵达西坪。倘若是在白天，站在东西两溪的交汇处，奔流的溪水在这里相拥相融，与古人择水而居的理念，与江河溪交汇口必是富饶之地的想法，不谋而合。如果是月明星稀之夜，站在西坪高处，环顾四周，于崇山峻岭间，依稀可见，这一处小小的平地，依水而生，依水静卧，当是世外桃源之佳处，确也与福建历史文化名人游朴，到西坪游学时，捐献古碇步，应普觉寺主持之邀，所题"深山佳处"的意境契合。缪氏先民在此开基，应该是必然而自然，后续之"百姓村"的称呼，更是验证了缪氏先民的独到眼光。从福宁官道看，作为北承柘洋、福鼎、温州，南接溪柄、赛岐、福安的重要驿站和枢纽，南来北往的客，曾经在此驻足留连，多少带动了这一方水土的繁华。

随着公路交通的兴旺，这里繁华落尽，留下南风宫的寂寥，留下蝴蝶谷的清幽，留下东西溪的静流，更留下百十位老人的坚守。虽然这只是西坪历史的遥远之光，地域风土的自然之光，但当不忘初心、牢记使命的扶贫之光照耀，当市委统战部及挂钩帮扶单位的希望之光与之链接，似乎预示了西坪置之死地而后生的前景。

我们这些线上线下的采风团，由闽东的四面八方来到西坪，不正是飞鸿在远天听到了鸣响？村容村貌的整治成效，最直接体现在我们目力所及的地方。远望修复后的古碇桥，村口的 60 米过水路面桥，任流水淹没，浅透古意，如虹横卧，此时恰有福鼎女作家小王的飘逸红衣衬托，当是绝配。俯视溪岸老树枯藤，虽茕茕孑立，沉默不语，然 600 米防洪堤与之相交，似有蓦然回首、不舍远去的依恋。流连于西坪村，听挂村第一书记、宁德市港务集团公司干部杨振武介绍，古街道改造、古厝修缮、改水改厕、线路下地入网、路灯安装、廊亭故事墙绘建设，如数家珍，娓娓道来，一幅乡村整村脱贫的瑰丽画卷徐徐展开。以基层党建为基础，以"合作社十农户"产业模式为抓手，以真挂钩、真帮扶为根本，西坪村实现了蝶变。由原省委常委、秘书长黄文麟，原省政府副省长潘心城，政协原副主席陈增光筹资建造的康裕桥，印证了西坪村乡村振兴的美好未来。

沿着新修建的蝴蝶谷小径，缓缓而行，不时遇到蹁跹的蝴蝶，引路的蝴蝶，蝴蝶谷果然名副其实。而蝴蝶谷的柑橘硕果累累，茂林修竹轻拂，飘来南风宫状元文化的传说，犹如西坪村的脱贫故事，犹如莘莘学子祈学的心声。置身其中，微风吹山谷，流水鸣溪涧，应该是西坪整村脱贫和乡村振兴的"双响炮"鸣响在我们的心头。

回望西坪，回望东西溪。有宅中乡党委副书记赵冬银一路陪同，一路解说，留下西坪"八谜"；有宅中乡政府食堂厨师郭学龙出的《回望飞鸿鸣飞天》谜面，谜目是人名。似乎此行与"谜"有缘。"八谜"留待专家解答。至于《回望飞鸿鸣飞天》的谜底，就留给你来揭晓了。

东侨印象

◎ 刘建平

初夏的东湖，还在雨季，雨急一阵缓一阵。来得有些早，门没开，站在屋檐下避雨。雨中的东湖，迷迷茫茫，望不见远山，也看不到兼葭苍苍，湖面熟悉的空茫和疏阔也不见了。

雨晴后，再见东湖，仍不见天高云淡。粼粼波光中有桥如虹，有楼如影，搅碎了一湖宁静的梦。湖畔的楼盘住进了很多人，他们或清晨或傍晚都涌到东湖来。人沿岸边走，鸟往湖中去，一样的悠闲或专注。东湖看着还是年轻，心态却不同了，如年轻人成了家，气质也随之变化。东湖从一湖春光无限的曼妙轻灵，走进了沉稳平实。

栈道绕着湖畔，越修越长，散步不需要回头，行人三三两两。

"东侨没有老房子，都挤到新房来，难怪一房难求。"

"住在东侨，真好，每天都可以到公园。没来之前，还瞎担心，以为看不到乡下老家的山水了。"

"有湖的城里真好，空气也好，我们可以多活一把岁数呢！"

到岔路口，各走各的路。不是相约，只是偶遇。在城市，聚散之间，只是日子的常态，都为了生活而奔忙。没有牵挂，就没有送别，没有怀念，就不会有歧路上的不舍与忧伤。

下一路口，刚辞旧人，又遇新人。

"我去年十月刚来的。"

"我更晚，今年春节后才住进来呢。"

"还担心在城市找不到聊天的伴。可你瞧，这东湖栈道就是村里的青石路，走一圈，都是熟人呢。东湖很大，却更像是村里的巷口水井旁，供我们慢慢嗑唠。"

最初的东湖，偏僻，荒野，杂草丛生。不在城市的怀抱，却属于城市的版图，在城市之内，说不上诗与远方。初建公园时，路远，静谧，星光黯淡。一路情语，不嫌路长，两人世界，无人相扰，那时的东湖是情人们爱恋的好去处。临湖而居后，东湖已不再是一个人的江湖，而是城市的湖，城市的眼。

罗马不是一次建成的。东侨从海中"捞"出来，用了几十年，建城又花了二十年。这一截时光与罗马历经的悠悠岁月相比，仿佛只是一夜之间。把时间拉长，更远的是，从村落到城市，人们普遍"进城"，走进东侨，却仿佛只是一夜间。

年轻的东侨，一切都是新的。湖是新的，公园是新的，道路、桥梁是新的，艺术馆、图书馆、博物馆、规划馆也是新的。繁华落尽，才是废墟。没有废墟，东侨没有负担，没有怀念，也没有久居城市归去时的失落与怅惘。

赤鉴湖旧时叫作西陂塘，分不清哪一个名字更好，这体现的也许只是一种时代变迁。当时围海成湖，湖边还有许多村庄，退潮后，会露出条条港汊，是出海的通道，叫作西陂塘，更为妥帖，有着乡村的温暖情怀。西陂塘后来建了一座高楼，如鹰般高踞这方土地，只是蓝天下，看不到盘旋的鹰影，湖已不再属于乡村。村民走了，土地变成了工地，能源小镇的厂房如农作物节节拔高，绵延而去。此时，叫作赤鉴湖，更具有时代感。

赤鉴湖是界湖，是东侨与蕉城的另一脉分水岭。东侨是蕉城走出去的孩子，母亲对孩子的索取，向来是无私的，不会狠下心来一刀两断，除了冰冷的行政区划图，如果有的话。温情脉脉让很多人说不清是否存在着划出来的界线。

赤鉴湖成了东侨的另一座湖，另一只眼睛。从此，东侨有了两座湖，东湖宁静，是宜居的，赤鉴湖热闹，是兴业的。两湖相望，遥相辉映，注定了这座城市有着美好的未来。

站在高处，望着这片空阔的土地，忙碌的大型机械和匆忙的身影在穿梭，仿佛原野上的农人耕耘着丰收的希望。

"这是产业集聚的园区，随着时代能源的进驻，相关的配套产业也陆续落户在这里。"

"那是上汽公司的用地，以每天可见的工程量正在创造着上汽速度。"

"能源小镇的上下游企业也进来了，都是大手笔，建成后无论规模还是产值，在国内均位列前茅。"

"从经济账来算，这是数个千亿产业的布局啊！"

听着这席话，我仿佛听到这座城市的心跳。这是奋进的节律，也是美妙的和声。

东侨一日

◎ 陈曼山

　　那天我沿着东湖的栈道走走停停时，我忽然想起了儿时的一个小伙伴对我吹过的一个牛逼。他说，你没去过宁德吧，宁德真的好大好大啊。他在说这话时两支手臂无限展开，似乎在比画着一个宇宙，而那时的宁德还没有东侨。所以那天他若是也如我一般走在如今的东湖栈道上，那么他一定会重新斟酌用词和重新比画手势，因为仅一个"大"字和一双手臂已描绘不了如今的宁德了。

　　东侨是后来才有的，全称为"闽东华侨经济开发区"。二十年前的这里唤作东湖塘，只是一块荒芜的旷野。那天在看到此前东湖塘的照片时，我一下子愣是没能将那片荒芜与我刚刚眼见的繁华与美丽联系在一起。原来，沧海桑田也只需二十年。

　　我完全可以想象这二十年里东侨建设者们的付出。我仿佛看到他们当年运筹帷幄挥斥方遒的样子，看到他们举袂成云挥汗如雨的姿态。那时，他们定然不计辛劳不问宠辱，因为他们心里一定都藏着一幅美妙的蓝图。于是二十年后的今天，泥泞土路变成了通衢大道，滩涂沟渠变成了高楼大厦。蓝图，渐渐变成现实。

所以一天的时间远不够我去感受如此的沧海桑田，所以车驶过时代新能源，驶过上汽产业，驶过许多还在建设中的工地时，我的心里也正沧海桑田。东侨区政府的领导同志在为我们一路介绍，我从他们充满自豪的话里听到了许多美丽的名称许多让我震惊的数字——体育中心、文化中心、广电中心、会展中心、大学城、别墅群……三个百亿产业集群、产值四百亿、覆盖全球二十几个国家、二十多家房地产商……汽车的噪音和车旁不断驶过的工程车声盖住了他们的声音，我索性把目光投向窗外，索性让自己的眼睛去迎接和感受这不断刷新的惊艳吧。

车窗外，高楼大厦与黄土工地轮番上场。鳞次栉比的建筑夹杂着一片片大大小小的园林绿化带沿宽阔的马路在我们的车轮两旁延伸，一往无前到似乎没有尽头。可一转角，又见平展展的大块工地配合着轰鸣的工程车，热火朝天地黄土飞扬。这样的场景在你的脑袋里会自然生成一种关于未来的画面——富足、欢乐、向上、蓬勃，充满生机和希望。我们的车后来停在了一块尚未完全平整出来的地面上。东侨的领导同志和工作人员领着我们走到这块地面的边界处，告诉我们这里是新能源公司的下一期项目地盘，这里将一步步构建起一个千亿级的新能源产业集群，这里未来将是一座崭新的新能源城。他们指指点点的姿势像极了指挥千军万马的将军，他们自信而充满期待的样子也深深感染了我们，我们中的许多人都在这里留了影。大家兴高采烈地拍照，我想大家一定也是在为自己能够参与这里的沧桑巨变而感到高兴，为自己也曾亲眼见证这里的从无到有而心生荣耀吧。

目不暇接，这个词语在东侨一日有些不够用了。因为不只是"目"，还有感和思，因为由目之所及至心中所感所思的距离似乎被无限压缩又被无限拉长了。压缩，是因为不断刷新的画面和不断更新的感受被拥到一处而变得千头万绪；拉长，是因为眼见之实中蕴藏了太多的未来预见而变得虚实难辨。直到后来我遇见了东湖。

我是第一次见到东湖，但又似并非如此，因为我在微信朋友圈里已无数次地见过。其中有专业的摄影者从各种角度拍摄的美图，也有普通到只是朋友在东湖栈道上跑步时留下的打卡画面。这些图片在我心底留下的美妙联想又在那天下午我与东湖的亲密接触里完成了一次从期待到拥有的过程。

　　是的，就是拥有。因为那天我在东湖的北岸栈道流连时，我能真切地感受到源自心底的一种熟稔。这种熟稔仿佛来自我读过的许多诗书，又像是一种自儿时起就对山水自然的一种天然亲近。那天天气不是太好，有点阴，但似乎更让我品尝到了一种天人合一物我两忘的滋味。我仿佛走进了一幅画，又像是正读着一首诗，一直以来想象中浓淡不一的色彩和舒缓自如的音调仿佛正从我眼前的湖水中，从身畔的花草间，漾起，浮出，然后氤氲成一种沁人心脾的力量，让我从此前的千头万绪和虚实难辨中走出。心，一下子安静下来了。

　　我想起了苏轼。"欲把西湖比西子，淡妆浓抹总相宜。"此刻我眼里的东湖，正是一千多年前苏子笔下的西湖。苏轼两度为官杭州，并深度治理西湖，终让西湖造福杭州。苏轼于杭州留下的佳话，于西湖留下的诗文，如今恰似在我眼前的这一面波光潋滟里传说。嘿，守着这一方美好，享着这一方安宁，东湖人何其有幸，东侨人何其有幸！

　　东湖有许多白鹭。白鹭是有灵性的，它懂美，懂生活。唐人刘禹锡有诗——"白鹭儿，最高格。毛衣新成雪不敌，众禽喧呼独凝寂。孤眠芊芊草，久立潺潺石。前山正无云，飞去入遥碧。"草木芊芊，眼底无垠，是白鹭们的追求，而这，恰又是东湖岸人的当下和日常。

　　"雀啼催早，都说东湖好。烟水迷濛藏栈道，岸柳眼中窈窕。谁家总角醋嬉，谁家双燕相随。最是多情白鹭，湖中自顾丰姿。"从东湖回来，我填下了这曲《清平乐》。我知道东侨一日，我所见只如走马观花，我所感更是挂一漏万，但我愿意为她歌唱，因为——遇见，即钟情。